éternels

tome 1 : evermore

éternels

tome 1 : evermore

alyson noël

Traduit de l'anglais (États-Unis)
par Laurence Boischot et Sylvie Cohen

À paraître
Éternels, tome 2 : *Lune Bleue*

Titre original : *The Immortals – Evermore*
Première publication par St. Martin's Griffin
© Alyson Noël, 2009.

© Éditions Michel Lafon, 2009, pour la traduction française.
7-13, boulevard Paul-Émile-Victor – Île de la Jatte
92521 Neuilly-sur-Seine Cedex
www.michel-lafon.com

À Jolynn « Snarky » Benn —
mon amie de plusieurs vies.
(Dans la prochaine, nous serons des rock stars !)

remerciements

Je n'aurais pas pu écrire ce livre sans l'infinie générosité ni le discernement des personnes suivantes : Brian L. Weiss, M.D., et Christina Gikas, qui m'ont ouvert les yeux sur un passé que je n'aurais pu imaginer seule ; James Van Praagh, qui m'a appris à regarder le monde autrement ; mon agent, Kate Schafer, qui me guide avec compétence ; mon éditrice, Rose Hilliard, qui relit mes histoires avec un si grand soin ; ma correctrice, NaNá V. Stoelzle, qui a revu plusieurs de mes livres et déjoue toutes sortes de pièges grammaticaux ; et, comme toujours, Sandy, le dernier des hommes de la Renaissance !

signification de la couleur des différents auras

Rouge : énergie, force, colère, sexualité, passion, peur, ego

Orange : maîtrise de soi, ambition, courage, prévenance, manque de volonté, apathie

Jaune : optimisme, joie, intellectualisme, convivialité, indécision, faiblesse de caractère

Vert : calme, apaisement, compassion, tromperie, jalousie

Bleu : humour, loyauté, créativité, sensibilité, bonté, versatilité

Violet : esprit, sagesse, intuition

Indigo : bienveillance, grande intuition, curiosité

Rose : amour, sincérité, amitié

Gris : déprime, tristesse, fatigue, baisse d'énergie, scepticisme

Marron : avidité, nombrilisme, dogmatisme

Noir : absence d'énergie, maladie, mort imminente

Blanc : équilibre parfait

« Le seul secret que les gens gardent
est celui de l'immortalité. »
Emily Dickinson

un

– Devine qui c'est !

Haven presse ses paumes moites sur mes yeux, et sa bague en argent terni en forme de crâne s'incruste dans ma peau. Je ne vois rien, mais je sais que ses cheveux teints en noir encadrent son visage, qu'elle a enfilé son bustier en vinyle noir par-dessus un col roulé noir (c'est le code vestimentaire du lycée), que l'ourlet de sa jupe neuve en satin noir qui traîne par terre est troué (elle l'a déchiré avec le bout de sa Doc Martens) et qu'elle a des yeux dorés, parce qu'elle porte des lentilles de couleur.

Je sais aussi que son père n'est pas réellement en « voyage d'affaires », comme il le prétend, que le coach sportif de sa mère lui propose des séances très particulières et que son petit frère est mort de trouille à l'idée de lui avouer qu'il a cassé son CD d'Evanescence.

Non, je n'écoute pas aux portes, et j'ai autre chose à faire que de colporter des ragots. Je sais tout cela, parce que je peux lire dans les pensées des gens, voilà. Ou, si vous préférez, je suis télépathe.

– Allez, grouille ! Ça va sonner ! insiste-t-elle d'une voix enrouée, comme si elle fumait un paquet de cigarettes par jour alors qu'elle n'a essayé qu'une seule fois.

Je la fais languir exprès, en réfléchissant à la personne qu'elle déteste le plus.

– Hilary Duff ?

– Beurk ! Je te laisse encore une chance !

Elle appuie plus fort ses mains sur mes yeux, sans savoir que je n'ai pas besoin de voir pour deviner.

– La femme de Marilyn Manson ?

Elle éclate de rire et me lâche. Elle humecte son pouce pour effacer la tache qui noircit ma joue, mais je la prends de vitesse. Non que l'idée de sa salive me dégoûte (je sais qu'elle est en bonne santé), mais je ne veux plus qu'elle me touche. Les contacts physiques me révèlent trop de choses, c'est épuisant. Je fais donc mon possible pour les éviter.

Elle arrache la capuche de mon pull et louche sur mes écouteurs.

– C'est quoi, ça ?

J'enlève mon iPod, que je dissimule dans la poche intérieure pour que les profs ne voient pas les fils, et le lui tends.

Elle écarquille les yeux.

– La vache ! Tu veux te crever les tympans ? C'est quoi ? demande-t-elle en me passant un écouteur pour que nous puissions entendre ensemble Sid Vicious beugler *Anarchy in the UK*.

En fait, j'ignore s'il est pour ou contre l'anarchie. Je sais seulement qu'il braille assez fort pour engourdir mes sens particulièrement aiguisés.

J'éteins mon iPod et le range dans sa cachette.

– Les Sex Pistols.

– Comment as-tu fait pour m'entendre avec ce machin dans les oreilles ? C'est pas croyable !

Elle me sourit au moment où la sonnerie retentit. Je hausse les épaules. Pas besoin d'écouter pour entendre. Évidemment, je ne m'étends pas sur le sujet et me contente de lui donner rendez-vous à l'heure du déjeuner, avant de me diriger vers ma classe, à l'autre bout de la cour. Deux garçons se faufilent derrière elle et écrasent le bas de sa jupe pour la faire trébucher. Mais lorsqu'elle se retourne en arborant le signe du diable (d'accord, ce n'est pas vraiment le signe du diable, c'est juste un truc qu'elle a inventé) en les fusillant de ses yeux jaunes, ils battent en retraite et la laissent tranquille. Je respire en poussant la porte de ma classe : je sais que la tension qui m'habite depuis ma rencontre avec Haven ne va pas tarder à se dissiper.

Je file au fond de la salle, en évitant le sac que Stacia Miller a sournoisement placé sur mon chemin, et feins de ne pas entendre « loseuse ! », la rengaine qu'elle scrine tout bas dès qu'elle me voit. Je me glisse à ma place, sors livre, cahier et stylo, j'enfile mes écouteurs, rabats ma capuche sur ma tête, pose mon sac sur la chaise libre à côté de la mienne et attends l'arrivée de M. Robins.

Il est toujours en retard. En général, il profite de l'interclasse pour avaler quelques gorgées de sa petite flasque en argent. Remarquez, avec sa femme qui passe son temps à lui crier dessus et sa fille qui le trouve trop naze, il y a de quoi, non ? J'ai appris ces détails le jour de la rentrée, lorsque ma main a frôlé la sienne en lui remettant ma fiche de renseignements. Depuis, si je dois lui donner quelque chose, je fais bien attention à le déposer sur son bureau.

Pour passer le temps, je ferme les yeux et glisse les doigts à l'intérieur de ma capuche pour remplacer les hurlements de Sid Vicious par de la musique un peu plus *soft*. Plus besoin de ce vacarme, maintenant que je suis en classe.

Nous ne sommes pas nombreux, ce qui réduit les énergies psychiques, en quelque sorte.

Je n'ai pas toujours été une bizarrerie. J'étais une adolescente comme les autres, avant. J'allais aux soirées du lycée, j'étais raide dingue des stars et j'adorais tellement mes longs cheveux blonds qu'il ne me serait jamais venu à l'idée de les attacher en queue-de-cheval ni de les dissimuler sous une capuche. J'avais une mère, un père, une petite sœur, Riley, et un adorable golden retriever appelé Caramel. Je vivais dans une belle maison, dans un quartier sympa, à Eugene dans l'Oregon. Tout le monde m'aimait, et j'étais heureuse. J'attendais même avec impatience ma rentrée en première, car je venais d'être acceptée dans l'équipe des pom-pom girls. J'étais gâtée par la vie et rien ne me semblait impossible. Il n'y a pas pire cliché, je sais, mais, comble de l'ironie, c'était vrai.

Maintenant, c'est comme si tout cela appartenait à une autre vie. Depuis l'accident, la seule chose dont je me souvienne, c'est la mort.

J'ai vécu ce que les médecins appellent une EMI, ou « expérience de mort imminente ». Sauf qu'ils se trompent. Parce que, croyez-moi, cela n'avait rien d'« imminent ». Voilà comment ça s'est passé : j'étais assise à l'arrière du 4 x 4 de mon père avec Riley, la tête de Caramel posée sur ses genoux, tandis que sa queue remuait contre ma jambe... Et la seconde d'après, les airbags s'étaient déclenchés, la voiture était bonne pour la casse. Moi, j'observais la scène de loin.

Je contemplais l'épave, les vitres en miettes, les portières disloquées – la voiture avait heurté un sapin de plein fouet –, me demandant ce qui avait bien pu se passer,

18

priant pour que les autres soient sains et saufs. J'ai entendu un aboiement familier, et je les ai vus avancer sur un chemin, Caramel gambadant devant en agitant la queue.

Je me suis mise à courir pour les rattraper, et puis j'ai ralenti, histoire de flâner un peu dans cette immense prairie odorante où les arbres oscillaient et où les fleurs ondulaient. J'ai fermé les yeux dans la brume aveuglante qui métamorphosait l'horizon en un mirage scintillant.

Je n'avais pas l'intention de m'attarder outre mesure, mais, quand j'ai rouvert les yeux, j'ai aperçu mon père, ma mère, ma sœur et le chien qui traversaient un pont en souriant et en agitant la main dans ma direction. Le chien était avec eux. Quelques secondes plus tard, ils avaient disparu.

Prise de panique, j'ai couru dans tous les sens pour les retrouver, mais j'avais l'impression de me heurter à un mur de chaleur, d'une blancheur éblouissante, immaculée, dans ce brouillard stupide qui n'en finissait pas. Je me suis écroulée par terre, j'avais la chair de poule et le corps secoué de frissons. J'ai pleuré, hurlé, insulté, supplié, promis n'importe quoi.

Une voix m'a sortie de ma torpeur.

– Ever ? C'est bien ton nom ? Ouvre les yeux, regarde-moi...

Une douleur au front, j'ai refait surface tant bien que mal dans ce bas monde, où tout n'est que souffrance. J'ai croisé le regard sombre de l'inconnu penché au-dessus de moi.

– Oui, je m'appelle Ever, ai-je murmuré avant de perdre connaissance.

deux

Juste avant l'arrivée de M. Robins, j'enlève ma capuche, éteins mon iPod et feins de lire mon livre. Je ne lève même pas les yeux quand il annonce :

– Bonjour à tous, voici Damen Auguste, qui nous arrive du Nouveau-Mexique. Damen, allez vous asseoir au fond, à côté d'Ever. Vous suivrez avec elle en attendant d'avoir vos affaires.

Damen est magnifique, je le sais sans même le regarder. Je me concentre sur mon livre pendant qu'il s'avance dans ma direction. J'en sais déjà tellement sur mes camarades de classe que je me délecte de rester dans l'ignorance encore quelques instants. Mais à en croire les pensées profondes de Stacia Miller, deux rangs devant moi, « Damen Auguste est trop canon ». Honor, sa meilleure amie, partage entièrement cet avis. Craig, le petit ami de Honor, aussi, mais ça c'est une autre histoire...

Damen balance mon sac à dos par terre et s'installe à côté de moi.

– Salut !

Je hoche la tête en me gardant de lever les yeux plus haut que ses bottes de motard noires et brillantes. Plus genre « défilé de mode » que Harley-Davidson. Et totalement décalées au milieu des tongs de toutes les couleurs qui s'alignent sur la moquette verte de la classe.

M. Robins nous prie d'ouvrir les livres à la page 133.

– Je peux suivre avec toi ? demande Damen en s'inclinant vers moi.

J'hésite – j'appréhende cette proximité –, mais je finis par glisser mon livre à l'extrémité de la table. Et, quand Damen rapproche son siège du mien, comblant ainsi l'espace qui nous sépare, je me réfugie sur l'autre bord de ma chaise et me cache sous ma capuche.

Il ravale un petit rire amusé, mais je n'ai aucune idée de ce que cela signifie. Je perçois simplement une pointe d'ironie indéchiffrable.

Je m'affale sur ma chaise, le menton posé sur ma main, les yeux sur la pendule, bien décidée à ignorer les regards acérés et les remarques désobligeantes, du style : « Le pauvre, il est vraiment super sexy, trop trop beau, et dire qu'il est obligé de s'asseoir à côté de cette tordue. » Commentaires de Stacia, Honor, Craig, et d'à peu près toute la classe.

Enfin quasiment, car M. Robins attend la fin de l'heure avec presque autant d'impatience que moi.

Pendant le déjeuner, Damen est sur toutes les lèvres.

– Tu as vu Damen, le nouveau ? Il est trop craquant, trop sexy... Il paraît qu'il vient du Mexique... Non, d'Espagne, je crois, enfin de l'étranger, quoi... Je rêve de l'inviter au bal d'hiver... Mais tu ne le connais même pas... T'inquiète, c'est comme si c'était fait.

Haven s'assied à côté de moi et me regarde à travers sa frange trop longue qui tombe sur ses lèvres rouge foncé.

– Oh ! là, là ! Tu as vu le nouveau, Damen ?

Je secoue la tête en croquant dans ma pomme.

– Non, pitié, pas toi !

– Tu ne dirais pas ça si tu l'avais vu en chair et en os.

Elle sort de son carton rose un petit gâteau à la vanille dont, comme d'habitude, elle lèche le glaçage, même si elle a davantage un look à boire du sang qu'à manger des pâtisseries sucrées.

– Eh, les filles, vous parlez de Damen ? chuchote Miles en s'installant sur le banc, les coudes sur la table. (Ses yeux marron nous dévisagent à tour de rôle, et sa bouille de bébé se fend d'un grand sourire.) Magnifique ! Et vous avez vu ses bottes ? Trop *Vogue*. Je crois que je vais lui proposer d'être mon nouveau petit ami.

Haven lui lance un regard jaune.

– Trop tard, j'ai déjà pris une option.

Il grimace, lève les yeux au ciel et déballe son sandwich.

– Ah bon, je ne savais pas que tu fréquentais les non-gothiques.

Haven éclate de rire.

– S'ils sont comme lui, bien sûr que si ! Sérieusement, il est trop splendide, il faut absolument que tu le voies. (Elle secoue la tête, déçue que je ne participe pas à leur délire.) Il est tout simplement sublime, ce type !

Miles se cramponne à son sandwich et me regarde bouche bée.

– Tu ne l'as pas vu ?

Je baisse les yeux en me demandant si je dois leur mentir. Ils en font un tel plat que je me dis que c'est le seul moyen de m'en tirer. Sauf que je ne peux pas. Haven et Miles sont mes meilleurs amis. Les seuls. Et je leur cache déjà tellement de choses... Je finis par craquer.

– J'étais assise à côté de lui en littérature. On était obligés de partager le même livre. Mais je ne l'ai pas bien regardé.

Haven repousse sa frange pour mieux observer la folle qui a osé dire un truc pareil.

– Obligés ? Quelle horreur, ça a dû être atroce ! Quelle chance tu as ! soupire-t-elle en levant les yeux au ciel. Et dire que tu ne t'en rends même pas compte !

– Quel livre ? demande Miles, comme si le titre allait révéler quelque chose de significatif.

Je hausse les épaules et pose mon trognon de pomme au milieu de ma serviette en papier en rabattant les coins autour.

– *Les Hauts de Hurlevent.*

– Et ta capuche ? Avec ou sans ? s'enquiert Haven.

Je me souviens de l'avoir remise quand il s'est approché de moi. Je hoche la tête.

– Euh, avec... Oui, avec, je suis sûre.

– Ouf, merci, marmonne-t-elle en cassant son gâteau en deux. Je n'avais pas vraiment besoin que la déesse blonde entre en compétition.

Je fixe la table, mal à l'aise. Je déteste quand les gens disent des trucs pareils. Avant, je ne vivais que pour ce genre de compliment, mais plus maintenant.

– Et Miles ? Il n'entre pas en compétition, lui ? dis-je, histoire de détourner l'attention sur quelqu'un qui saurait l'apprécier.

Miles se passe la main dans ses courts cheveux bruns et tourne la tête pour nous présenter son plus beau profil.

– Oui, ne m'élimine pas trop vite.

Haven secoue les miettes de sa jupe.

– C'est évident. Damen et Miles ne courent pas le même

lièvre. Ce qui veut dire que ta beauté dévastatrice, digne d'un mannequin, ne compte pas, Miles.

– Comment sais-tu quel lièvre il court ? demande Miles en ouvrant sa bouteille d'eau vitaminée. Comment peux-tu en être aussi sûre ?

– J'ai un radar à homos, là, dit-elle en se tapotant le front. Et cette fois, crois-moi, il n'a rien détecté.

Damen était non seulement dans mon cours de littérature le matin, mais aussi en arts plastiques l'après-midi (il ne s'est pas assis à côté de moi et je ne l'ai pas regardé, mais les pensées qui fusaient dans la classe, même de la part de la prof, Mme Machado, m'ont appris tout ce que j'avais besoin de savoir sur la question).

Et voilà qu'il était garé à côté de moi ! Jusqu'ici, j'avais réussi à ne voir que ses bottes, mais j'ai vite compris que mon répit était momentané.

– Il est là ! Juste à côté de nous ! s'écrie Miles de la voix suraiguë et monocorde qu'il réserve aux moments les plus excitants de la vie. Et vise sa caisse ! BMW, noire métallisée, vitres teintées... trop de style ! Bon, tu sais ce qu'on va faire ? Je vais ouvrir ma portière et cogner accidentellement la sienne, comme ça j'aurai une excuse pour lui parler.

Il se tourne vers moi et attend ma réponse. Je secoue la tête en extrayant mes clés de mon sac.

– N'abîme pas ma voiture. Ni la sienne. Ni aucune autre !

Il fait la moue.

– C'est ça, brise mon rêve, je m'en moque. Mais regarde-le au moins ! Et après, ose me dire en face qu'il ne te fait pas craquer.

Je me faufile entre ma voiture et une Coccinelle garée de biais, à croire qu'elle essaie de grimper sur ma Mazda Miata. Je m'apprête à ouvrir la portière quand Miles arrache ma capuche, fauche mes lunettes de soleil et se rue du côté passager, d'où il me fait des signes hyper discrets de la tête et du pouce pour que je regarde Damen, debout derrière lui.

Je ne peux pas me défiler indéfiniment... Je respire à fond et j'obéis.

Et je reste pétrifiée, sans voix.

Miles s'agite, me fait les gros yeux... Bref, il m'envoie tous les signaux possibles et imaginables pour me signifier d'abandonner la mission et de rentrer à la base. Je ne peux pas. C'est-à-dire, j'aimerais bien, parce que je suis consciente d'avoir l'air de la folle que tout le monde croit que je suis, mais c'est impossible. Damen est effectivement très beau avec ses cheveux noirs et brillants qui lui arrivent aux épaules, soulignant ses pommettes saillantes. Quand il soulève ses lunettes de soleil, ses yeux en amande, sombres, profonds, bordés de cils si longs qu'on les dirait faux, me semblent curieusement familiers. Et sa bouche ! Pleine, pulpeuse, la lèvre inférieure un peu boudeuse. Avec un corps délié, musclé, et tout de noir vêtu !

– Euh, Ever ? Tu peux te réveiller, maintenant, s'il te plaît ? dit Miles avant de se tourner vers Damen. Il faut excuser ma copine, d'habitude elle a sa capuche, précise-t-il avec un petit rire nerveux.

Je sais que je dois m'arrêter. Tout de suite. Mais Damen me fixe intensément, tandis que ses lèvres esquissent un sourire.

Cependant, ce n'est pas son incroyable beauté qui me met en transe. Pas vraiment. Tout autour de son corps, de la tête jusqu'au bout carré de ses bottes noires, il n'y a rien qu'un espace vide. Pas de couleur. Pas d'aura. Pas de lumières qui oscillent.

Tout le monde a une aura. Des tourbillons de couleurs émanent de chaque être vivant. Un champ d'énergie arc-en-ciel dont ils n'ont même pas conscience. Ce n'est pas dangereux, ni effrayant ou nuisible. Cela provient simplement du champ magnétique visible (pour ma part, en tout cas).

Avant l'accident, je ne soupçonnais pas l'existence de ces choses-là. Et j'étais encore moins capable de les voir. J'ai commencé à percevoir de la couleur partout en me réveillant à l'hôpital.

– Comment te sens-tu ? m'avait demandé l'infirmière rousse, l'air soucieuse.

Je clignais des yeux, troublée par la lumière pastel qui l'environnait.

– Bien, mais pourquoi êtes-vous rose ?

Elle parut de plus en plus inquiète.

– Pourquoi je suis quoi ?

– Rose. Vous êtes toute rose, surtout autour de la tête.

– Ne t'en fais pas, ma chérie. Repose-toi, je vais chercher le médecin.

Elle était sortie de la chambre presque en courant.

Ce n'est qu'après avoir subi toute une batterie d'examens des yeux, scanners du cerveau et autres évaluations psychologiques que j'ai appris à omettre les spirales de couleurs que je voyais. Et quand j'ai commencé à lire les pensées des gens, à connaître leur vie par un simple contact et à recevoir régulièrement la visite de ma petite sœur disparue, j'ai compris qu'il valait mieux me taire.

J'ai été tellement habituée à vivre ainsi que j'ai oublié que ce n'est peut-être pas la seule façon. Mais le fait de voir la silhouette de Damen se découper sur sa voiture de luxe d'un beau noir brillant me rappelle les jours heureux de ma vie normale, celle d'avant.

Le visage de Damen s'éclaire d'un sourire qui révèle une autre de ses perfections : des dents d'une blancheur éblouissante.

— Ever, c'est ça ?

Je reste clouée sur place en m'évertuant à regarder ailleurs, pendant que Miles toussote avec insistance. Je finis par me rappeler combien il déteste être laissé pour compte et m'empresse de faire les présentations.

— Oh, désolée. Miles, Damen. Damen, Miles.

Damen lui accorde un regard et un bref signe de tête avant de reporter son attention sur moi. Et même si cela semble complètement fou, pendant la fraction de seconde où ses yeux ont quitté les miens, je me suis sentie glacée, sans force.

Mais dès qu'il a de nouveau posé son regard sur moi, j'ai eu l'impression de revivre.

Damen me sourit.

— Puis-je te demander un service ? Pourrais-tu me prêter *Les Hauts de Hurlevent* ? Je dois rattraper mon retard, mais je n'aurai pas le temps d'aller à la bibliothèque ce soir.

Je fouille dans mon sac, pêche mon livre tout corné et le lui tends par un coin. Je meurs d'envie d'effleurer ses doigts, d'établir un contact avec ce bel inconnu. Mais mon autre moi, celle qui est forte, sage, extralucide, se ressaisit, redoutant l'horrible flash de conscience qui accompagne tout contact.

Une fois qu'il a jeté le livre sur le siège de sa voiture, remis ses lunettes de soleil et lancé « merci, à demain », je me rends compte qu'à part un léger picotement au bout des doigts je n'ai rien senti. Et avant que j'aie le temps de répondre, il a fait marche arrière et s'éloigne.

Miles s'installe à côté de moi en secouant la tête.

— Excuse-moi, Ever, mais quand j'ai parlé de « craquer » tout à l'heure, tu n'étais pas censée le prendre au pied de la lettre ! Sérieusement, qu'est-ce qui t'est arrivé, là ? Parce que franchement, c'était tendu entre vous, du genre : « Salut, je m'appelle Ever, et j'ai l'intention de te suivre comme ton ombre. » Je ne rigole pas, j'ai bien cru qu'il allait falloir te ranimer. Et tu as vraiment eu de la chance que notre chère Haven ne soit pas là pour le voir, parce que, je suis désolé de te le rappeler, mais elle a jeté son dévolu sur lui...

Miles continue à broder sur le sujet jusqu'à la maison. Je le laisse finir sa tirade sans l'interrompre, et, tout en conduisant, je caresse machinalement la grosse cicatrice rouge cachée sous ma frange.

Comment lui expliquer que, depuis l'accident, les seules personnes dont je ne puisse pas lire les pensées, déchiffrer la vie ni voir l'aura sont mortes ?

trois

Je rentre à la maison, attrape une bouteille d'eau dans le frigo et monte directement dans ma chambre. Je n'ai pas besoin d'inspecter les lieux pour savoir que Sabine est encore au bureau. Sabine est un bourreau de travail, de sorte que, la plupart du temps, j'ai cette immense maison pour moi toute seule. Mais je préfère rester dans ma chambre.

Je suis désolée pour Sabine. Désolée que sa vie ait été chamboulée à jamais le jour où elle s'est retrouvée coincée avec moi. Mais ma mère était fille unique et, mes grands-parents étant décédés depuis mes deux ans, elle n'a pas vraiment eu le choix, j'imagine. En gros, soit j'allais vivre avec elle – la sœur jumelle de mon père –, soit c'était une famille d'accueil jusqu'à mes dix-huit ans. Et même si elle ignorait tout de la façon dont on élève un enfant, je n'étais pas encore sortie de l'hôpital qu'elle avait déjà vendu son appartement, acheté cette immense baraque et engagé l'un des meilleurs décorateurs du comté d'Orange pour aménager ma chambre.

Outre l'essentiel – un lit, une commode, un bureau –, il y a aussi une télé à écran plat, un immense dressing, une salle de bains gigantesque avec Jacuzzi et douche, un balcon avec une vue sensationnelle sur l'océan, sans oublier mon

29

repaire : une salle de jeu équipée d'un deuxième écran plat, un bar avec évier, un micro-ondes, un mini-frigo, un lave-vaisselle, une chaîne hi-fi, des fauteuils, des tables, des poufs... la totale, quoi. C'est drôle, avant j'aurais donné n'importe quoi pour posséder une pièce comme celle-ci. Et maintenant je donnerais n'importe quoi pour pouvoir revenir en arrière.

Comme elle passe sa vie avec ses confrères avocats et leurs clients VIP, Sabine se figure peut-être que tout ce luxe est nécessaire. Je n'ai d'ailleurs jamais su si elle n'avait pas eu d'enfant parce que son travail ne lui en avait pas laissé le loisir, parce qu'elle n'avait pas encore rencontré l'homme de sa vie ou bien parce qu'elle n'avait jamais voulu en avoir par principe. Peut-être un mélange des trois.

Il peut paraître bizarre que je n'en sache rien, moi qui suis télépathe. Mais le fait est que je ne perçois pas forcément les motivations des gens. Je vois surtout les événements. Des séries de flashs qui reflètent la vie des autres, un peu comme des livres d'images, ou des bandes-annonces. Parfois, ce sont des symboles que je dois décoder. Un peu comme dans les lames de tarot ou dans *La Ferme des animaux* de George Orwell, que nous avions étudié en cours de littérature l'an dernier.

Parfois, c'est loin d'être évident, et il m'arrive d'interpréter de travers. Mais chaque fois que cela se produit, je me rends compte de mon erreur, parce qu'une image peut avoir différentes significations. Par exemple, un jour, j'ai vu un gros cœur déchiré en deux et j'ai pensé à une déception amoureuse, jusqu'à ce que la femme dont il était question s'écroule, terrassée par un infarctus. Ce sont des énigmes difficiles à démêler. Mais les images, elles, ne mentent jamais.

Enfin, je crois qu'on n'a pas besoin d'être extralucide pour savoir que, quand les gens veulent un enfant, ils rêvent d'une petite chose gazouillante en layette pastel, et non pas d'une ado blonde télépathe de 1,65 m, aux yeux bleus, qui trimballe un bagage émotionnel d'une tonne sur les épaules. C'est pour toutes ces raisons que j'essaie de me faire aussi discrète que possible et de ne pas traîner dans les pattes de Sabine.

Et je garde aussi pour moi le fait que je reçois presque tous les jours la visite de ma petite sœur défunte.

La première fois que Riley m'est apparue, elle se tenait au pied de mon lit, à l'hôpital, une fleur dans une main et me saluant de l'autre. Je ne sais pas ce qui m'a réveillée, car elle ne faisait pas le moindre bruit. J'ai dû sentir sa présence, un changement dans la pièce, une atmosphère plus lourde.

J'ai d'abord cru à une hallucination, un effet secondaire des antidouleurs dont on me bourrait. Mais après clignements et frottements d'yeux, j'ai dû me rendre à l'évidence : elle était toujours là, et d'ailleurs il ne m'était même pas venu à l'idée de crier ou d'appeler au secours.

Je l'ai regardée s'approcher en désignant mes bras et ma jambe plâtrés. Elle riait. D'un rire silencieux, évidemment, mais moi, je ne trouvais pas cela drôle. Voyant que j'étais fâchée, elle a changé d'expression et m'a demandé, par gestes, si j'avais mal.

J'ai haussé les épaules, encore un peu vexée et plutôt secouée de la voir là.

— Où sont papa et maman ? ai-je demandé, même si je n'étais pas entièrement convaincue que c'était bien elle. Et Caramel ?

Elle a incliné la tête comme pour me signifier qu'ils étaient là, à côté d'elle, mais je ne voyais rien.

– Je ne comprends pas.

Elle s'est bornée à sourire, mimant qu'il était temps de me rendormir en penchant sa joue sur ses mains.

J'ai fermé les yeux, alors que je ne l'aurais jamais laissée me donner des ordres avant. Mais je les ai aussitôt rouverts.

– Eh ! Qui t'a permis de prendre mon pull ?

Pfutt, elle s'était évaporée !

J'ai passé le reste de la nuit à me reprocher d'avoir posé une question aussi débile, mesquine et égoïste. J'avais l'occasion de résoudre l'une des questions les plus énigmatiques de la vie, de pénétrer le plus grand mystère qui occupe l'humanité depuis la nuit des temps. Mais il avait fallu que je gâche tout en reprochant à ma sœur de s'être servie dans mon placard. À croire que les mauvaises habitudes ont la peau dure.

La deuxième fois, j'étais tellement contente de la voir que je n'ai même pas fait allusion au fait qu'elle portait non seulement mon pull préféré, mais aussi mon plus beau jean (qui était si grand qu'il plissait sur ses chevilles) et le bracelet à breloques dont elle rêvait depuis qu'on me l'avait offert pour mes treize ans.

Au contraire, je lui ai souri comme si de rien n'était.

– Alors, ils sont où, papa et maman ?

J'espérais les voir se matérialiser en me concentrant très fort. Mais Riley a fait mine de battre des ailes.

– Quoi ? Ce sont des anges, c'est ça ?

Je n'en revenais pas.

Elle a roulé des yeux et secoué la tête, puis elle est partie d'un fou rire muet, à se tenir les côtes. J'ai laissé retomber ma tête sur l'oreiller. Franchement, je trouvais qu'elle abusait, même si elle était morte. Mais je voulais à tout prix éviter une dispute.

– Super, merci. Laisse tomber. Bon, allez, raconte. C'est comment là-bas ? Je veux dire, au paradis ?

Elle a fermé les yeux et levé les paumes vers le ciel, comme si elle portait quelque chose. Et alors un tableau est apparu de nulle part.

Je me suis penchée pour contempler un paysage qui ne pouvait être que le paradis, souligné par une bordure crème et un cadre doré. L'océan y était d'un bleu profond, les falaises déchiquetées et sauvages, le sable blond, les arbres en fleurs, et une petite île se profilait à l'horizon.

– Mais qu'est-ce que tu fabriques ici, alors ?

Elle a haussé les épaules, et le tableau a disparu. Et elle avec.

Hospitalisée depuis plus d'un mois pour fractures, traumatisme crânien, hémorragie interne et j'en passe, je n'étais que plaies et bosses avec une profonde coupure au front. Et pendant que j'étais emmaillotée dans les bandages et gavée de médicaments, Sabine s'occupait de tout – liquider la maison, organiser les funérailles et emballer mes affaires en vue de mon départ pour le Sud.

Elle m'a proposé de lui faire une liste de ce que je voulais emporter. Les vestiges de ma tranquille petite existence d'avant à Eugene, dans l'Oregon, que j'aurais envie de transporter avec moi vers l'effrayante nouvelle vie qui m'attendait à Laguna Beach, en Californie. Mais, hormis quelques vêtements, je ne voulais rien. Je ne supportais pas de voir un seul souvenir de ce que j'avais perdu, et un stupide carton bourré de gadgets débiles n'arriverait jamais à me rendre ma famille...

Tout le temps que j'étais restée coincée dans ma chambre immaculée et stérile, je recevais régulièrement la visite d'un psychologue, un interne débordant d'enthousiasme, vêtu d'un gilet beige et armé d'un bloc-notes. Il commençait toujours nos séances en me demandant comment je vivais cette « perte tragique » (je cite). Après sa question à deux balles, il essayait de me convaincre d'aller en salle 618, où l'on m'apporterait un soutien psychologique.

Il était hors de question que, assise en cercle en compagnie d'une poignée de désespérés, j'attende mon tour pour raconter à tout le monde l'histoire du pire jour de ma vie. Quelle utilité ce genre de thérapie pourrait-il avoir, je vous le demande ? Irais-je vraiment mieux en affirmant en public ce que je savais déjà, que j'étais responsable de ce qui était arrivé à ma famille, et qu'en plus j'étais tellement stupide, égoïste et flemmarde qu'à force de lambiner je m'étais privée de l'éternité ?

Sabine et moi n'avions guère parlé pendant le vol. J'avais simulé le chagrin, la souffrance des suites de mes blessures, mais en réalité j'avais besoin d'espace. Je n'ignorais rien de son conflit intérieur, elle faisait de son mieux, mais elle ne pouvait s'empêcher de se demander : « Pourquoi moi ? ».

Moi, je ne me demande jamais *pourquoi moi*, mais *pourquoi eux et pas moi ?...*

Je ne voulais pas non plus lui causer de la peine. Après tout le mal qu'elle s'était donné pour m'accueillir et m'offrir une vraie maison, il ne fallait pas qu'elle sache que ses efforts et sa bonne volonté ne servaient à rien. Elle aurait pu me larguer dans n'importe quel trou à rat, cela m'aurait été complètement égal.

Sur le trajet de l'aéroport à la maison, le panorama se résumait à la mer, au sable et au soleil. En arrivant, Sabine m'a immédiatement montré ma chambre, et moi, après un rapide coup d'œil, je me suis contentée de marmonner un vague merci.

— Je suis désolée, mais il faut que je te laisse, s'est-elle excusée, apparemment pressée de retourner au bureau, où tout était organisé et cohérent, à mille lieues de l'univers sens dessus dessous d'une ado traumatisée.

La porte à peine refermée, je me suis jetée sur mon lit et, le visage dans les mains, j'ai éclaté en sanglots.

— Non, mais tu n'as pas honte ? a dit quelqu'un. Regarde un peu autour de toi ? L'écran plat, la cheminée, le bain à bulles ? Je me demande ce qu'il te faut de plus !

— Je croyais que tu ne parlais pas ?

J'ai roulé sur le côté et lancé un regard furibond à ma petite sœur qui, soit dit en passant, portait un survêtement Juicy rose, des Nike dorées et une perruque fuchsia, comme une poupée chinoise.

— Évidemment que je parle, t'es bête ou quoi ?

— Mais les autres fois...

— Je m'amusais, c'est tout. Pas de quoi en faire un plat.

Elle a tournicoté dans ma chambre en effleurant le bureau, l'ordinateur portable et l'iPod posés dessus. Et puis, les mains sur les hanches, elle a commencé à me faire la morale :

— Je n'arrive pas à croire que tout ça soit à toi ! C'est pas juste ! Et en plus, tu n'apprécies même pas !... Viens sur le balcon. Il y a une de ces vues !

— Je me fiche de la vue. Dire que tu t'es moquée de moi en me faisant croire que tu ne parlais pas !

Elle a éclaté de rire.

– Tu t'en remettras !

Elle a traversé la chambre, écarté les rideaux et essayé d'ouvrir la porte-fenêtre. Je l'ai examinée de la tête aux pieds, et on s'est remises à se chamailler, comme d'habitude.

– Et puis d'abord, d'où sors-tu ces fringues ? Tu me chipes mes affaires, et maintenant tu portes des trucs de minette. Ça m'étonnerait que maman t'ait acheté tout ça.

Elle a ri de plus belle.

– Tu crois que j'ai encore besoin de demander la permission à maman, alors qu'il me suffit de me servir dans le grand placard céleste. Gratos.

J'ai ouvert de grands yeux. Je me disais qu'elle n'était pas si mal tombée, après tout.

– C'est vrai ?

Elle a hoché la tête en guise de réponse et m'a fait signe d'approcher.

– Allez, viens admirer cette super vue.

J'ai obéi. Je me suis levée, j'ai séché mes larmes du revers de ma manche et je l'ai suivie sur le balcon. Au moment de poser le pied sur la terrasse, j'ai frôlé ma petite sœur et suis restée médusée devant le paysage qui s'offrait à moi.

– Tu trouves ça drôle ?

J'avais sous les yeux la réplique exacte du paradis dans le cadre doré qu'elle m'avait montré à l'hôpital.

Je me suis retournée mais elle n'était plus là.

quatre

C'est Riley qui m'a aidée à retrouver la mémoire. Elle m'a servi de guide pour me rappeler nos histoires d'enfance, la vie et les amis d'avant, jusqu'à ce que le passé finisse par resurgir. Et grâce à elle, j'ai commencé à apprécier ma nouvelle existence en Californie du Sud. À la voir si emballée par ma chambre de rêve, ma belle décapotable rouge, les plages magnifiques et mon nouveau lycée, même si ce n'était pas la vie que j'aurais voulue, j'ai compris que je ne devais pas faire la fine bouche.

Même si on continue à se taper sur les nerfs et si on se dispute pour un oui ou pour un non, j'attends ses visites avec impatience. Au moins, elles comblent une absence. Et les minutes qu'on passe ensemble sont les meilleures de la journée.

Le hic, c'est qu'elle le sait. Alors, quand je pose des questions qu'elle a déclarées taboues, par exemple « quand est-ce que je pourrai revoir papa, maman et Caramel ? », ou bien « où vas-tu quand tu repars ? », elle disparaît exprès pour me punir.

Ses dérobades me désolent, mais je préfère ne pas insister. Après tout, je ne lui ai pas parlé de mon nouveau talent pour détecter les auras et lire dans les pensées, ni confié à quel point cela affecte ma vie, à commencer par mon look.

– Tu n'arriveras jamais à te trouver un copain si tu t'habilles comme ça.

Elle est vautrée sur mon lit pendant que je me dépêche, comme chaque matin, pour me préparer et décoller de la maison à peu près dans les temps.

– Oui, mais tout le monde n'a pas la chance de pouvoir faire un vœu et, hop, avoir une nouvelle garde-robe, dis-je en enfilant mes vieilles baskets aux lacets usés.

– Arrête ! Comme si tu ne savais pas que Sabine n'hésiterait pas à te passer sa carte de crédit. Et puis c'est quoi, cette capuche, là ? Tu fais partie d'un gang ou quoi ?

J'attrape mes livres, mon iPod et mon sac, et me dirige vers la porte.

– Ce n'est pas le moment de discuter. Tu viens ?

Elle fait la moue et prend tout son temps pour se décider, ce qui a le don de me taper sur les nerfs.

– D'accord, mais à condition que tu décapotes la voiture. J'adore sentir le vent dans mes cheveux.

Je fonce dans l'escalier.

– Ça marche, mais tu disparais avant qu'on arrive chez Miles, O.K. ? Ça me gêne que tu t'asseyes sur ses genoux sans sa permission.

Quand Miles et moi arrivons au lycée, Haven nous attend devant la grille, scrutant fébrilement la cour.

– Ça va sonner dans moins de cinq minutes, et toujours pas de Damen. Vous croyez qu'il a laissé tomber ?

À cette idée, ses grands yeux jaunes s'écarquillent d'horreur.

– Pourquoi laisserait-il tomber ? lui dis-je en me dirigeant vers mon casier. Il vient d'arriver.

Elle sautille à côté de moi. Les grosses semelles en caout-chouc de ses chaussures claquent sur le trottoir.

— Euh, parce que nous ne lui arrivons pas à la cheville ? Parce qu'il est trop beau pour être vrai ?

— Mais il est obligé de revenir ! s'écrie Miles avant que j'aie eu le temps de le faire taire. Ever lui a prêté *Les Hauts de Hurlevent*, il faut bien qu'il le lui rende.

Je secoue la tête en composant le code de mon cadenas, ce qui ne m'empêche pas de sentir le regard furieux de Haven dans mon dos.

— On peut savoir quand ça s'est passé ? Tu as oublié que j'avais pris une option sur lui, hein ? Et puis d'abord, pourquoi toutes ces cachotteries ? Aux dernières nouvelles, tu ne l'avais même pas vu !

Miles éclate de rire.

— Ça, pour le voir, elle l'a vu ! J'ai même cru devoir appeler les pompiers, tellement elle était scotchée.

La tête basse, je referme mon casier et me dirige vers notre classe.

Miles hausse les épaules.

— Ben quoi, c'est vrai.

Haven me lance un regard mauvais, paupières plissées sous leur couche d'eye-liner, et, sous l'effet de la jalousie, son aura vire au vert kaki vomi.

— Donc, si j'ai bien compris, tu risques de me mettre la honte en plus de me faire de l'ombre ?

Je respire un grand coup. Si nous n'étions pas amis, je leur dirais à quel point ils sont ridicules. Depuis quand peut-on poser une option sur une personne, d'abord ? Et puis je ne suis pas exactement le genre femme fatale, avec toutes ces voix qui s'égosillent dans ma tête, mes histoires

d'auras, mes sweat-shirts à capuche dix fois trop grands.
Mais je préfère tenir ma langue.

— Exactement, tu as tout compris, je suis un boulet, une
catastrophe ambulante en puissance. Mais je suis tout sauf
une menace. Parce que je ne suis pas intéressée. Vous aurez
du mal à le croire, tellement il est trop beau, trop sexy,
trop magnifique, trop sublime, ou trop ce que vous voulez,
mais je n'aime pas ce Damen Auguste. C'est la vérité, un
point c'est tout.

— Euh... je crois que tu n'as pas besoin d'en rajouter,
marmonne Haven, le visage blême, les yeux rivés devant
elle.

Je suis son regard et aperçois Damen, avec ses cheveux
noirs et soyeux, ses yeux de braise, son corps superbe, son
sourire entendu. Mon cœur a des ratés quand il me tient
la porte.

— Salut, Ever. Après toi.

Je fonce vers ma place, évitant de justesse le sac que
Stacia a placé en travers du chemin. J'ai les joues en feu,
sachant que Damen est juste derrière moi et qu'il a entendu
toutes les horreurs que je viens de débiter.

Je lance mon sac par terre, me glisse sur ma chaise, et
monte le son de mon iPod dans l'espoir de noyer le vacarme
ambiant et d'oublier ce qui vient de se passer. J'essaye de
me convaincre qu'un type comme lui – si sûr de lui, si
beau, si exceptionnel – est bien trop cool pour se laisser
intimider par une pauvre fille comme moi.

Mais au moment où je commence à me détendre, quand
je parviens à me convaincre que cela n'a aucune espèce
d'importance, je suis secouée par un choc d'une violence
inouïe – comme si j'avais reçu dans mes veines une

décharge électrique qui me donne la chair de po
fait vibrer de la tête aux pieds.

Damen a posé sa main sur la mienne.

C'est pourtant difficile de me surprendre. Depuis que je suis devenue extralucide, Riley est la seule qui y parvienne, et encore, croyez-moi, ce n'est pas gagné d'avance. Je lève les yeux sur Damen, qui sourit.

– Je voulais te rendre ça.

Il me tend *Les Hauts de Hurlevent*.

Je sais bien que ça va paraître bizarre, complètement dingue même, mais, au moment où il a parlé, le silence est retombé. Sans mentir, une seconde avant, la classe résonnait d'un brouhaha de pensées et de voix, et puis soudain :

_____.

Je secoue la tête.

– Tu ne veux pas le garder encore un peu, tu es sûr ? dis-je tout en sachant que c'est complètement ridicule. Je n'en ai pas vraiment besoin, tu sais. Je connais la fin.

Il retire sa main, mais ma peau continue à vibrer.

– Moi aussi, je la connais.

Son regard est si intense, si insistant que je détourne la tête.

Damen remet sa main sur la mienne, au moment où je m'apprête à coiffer mes écouteurs pour stopper le cycle ininterrompu des commentaires fielleux de Stacia et de Honor.

– Tu écoutes quoi ?

De nouveau, silence dans la classe. Je ne mens pas : l'espace de quelques secondes, les pensées parasites, les chuchotements furtifs ont cessé, et je n'entends plus que sa voix douce, presque lyrique. Bon, la première fois, j'ai cru que c'était mon imagination. Mais là, il n'y a plus de doute.

Les autres continuent de parler et de penser comme d'habitude, je le vois. Ce sont ces mots à lui qui font écran.

Je fronce les sourcils et me rends compte que mon corps est comme réchauffé, électrisé. Je n'y comprends rien. On m'a déjà touché la main, bien sûr, mais c'est la première fois que cela provoque un pareil effet.

– Je t'ai demandé ce que tu écoutais.

Il sourit, d'une façon si intime que je me sens rougir.

– Oh, euh, c'est juste une play-list gothique que ma copine Haven m'a passée. Des vieux trucs des années 80, tu vois, les Cure, Siouxsie and the Banshees, Bauhaus.

Je hausse les épaules, mais je suis incapable de détacher mes yeux des siens. J'essaie d'en déterminer la couleur exacte.

– Tu es gothique ? Toi ?

D'un œil sceptique, sourcil levé, il détaille ma longue queue-de-cheval blonde, mon sweat-shirt bleu foncé et mon visage lisse, dépourvu de maquillage.

– Non, pas vraiment. C'est Haven qui est à fond là-dedans.

Mon rire rebondit sur les murs, qui me le renvoient de plein fouet – une espèce de ricanement nerveux à vous faire grincer des dents.

Il ne me quitte pas des yeux. Visiblement, il s'amuse beaucoup.

– Tu aimes quoi, alors ?

L'arrivée de M. Robins, avec ses joues rouges qui ne sont pas la conséquence d'une petite course entre deux salles de cours, contrairement à ce que tout le monde imagine, me dispense de répondre. Damen se redresse sur sa chaise et je respire un grand coup, avant de rabaisser ma capuche et de replonger dans l'univers sonore et tourmenté d'une bande d'adolescents, stressés par les examens et mal dans leur peau, de M. Robins et de ses rêves brisés, de Stacia, Honor et Craig qui se demandent ce que le super beau gosse peut bien me trouver, à moi.

cinq

Haven et Miles sont déjà là, au moment où j'arrive à notre table habituelle. Mais, en voyant Damen assis avec eux, j'hésite à repartir en courant.

— Tu peux rester si tu veux, s'esclaffe Miles, à condition que tu cesses de dévisager le nouveau de cette façon. On ne t'a jamais dit que c'était très impoli ?

Je lève les yeux au ciel et m'installe à côté de Damen, pour leur prouver que sa présence me laisse indifférente.

— Que voulez-vous, j'ai été élevée par des loups, dis-je en déballant mon sandwich avec une nonchalance feinte.

— Et moi, par une drag queen et un auteur de romans à l'eau de rose, renchérit Miles en piquant un grain de maïs en sucre sur le gâteau aux couleurs de Halloween que déguste Haven.

— Désolée, mon chou ! glousse mon amie. Ça, c'était Chandler dans *Friends*, pas toi ! Moi, en revanche, j'ai été élevée par des sorcières, tu vois. J'étais une belle princesse vampire, adulée, admirée et chérie de tous. J'habitais un luxueux château gothique, et je n'ai pas la moindre idée de ce que j'ai fait pour me retrouver à cette table pourrie avec des minables comme vous. Et toi, Damen ?

Il boit une gorgée d'un curieux liquide à la robe écarlate

44

irisée, dans une bouteille en verre, et nous regarde tour à tour en souriant.

– Italie, France, Angleterre, Espagne, Belgique, New York, Nouvelle-Orléans, Oregon, Inde, Nouveau-Mexique, Égypte et j'en passe.

Haven pouffe et lance un autre grain de maïs en sucre à Miles.

– Tu ne serais pas fils de militaire, par hasard ?

Miles gobe la sucrerie, qu'il fait descendre à l'aide d'une gorgée d'eau vitaminée.

– Tu as vécu dans l'Oregon ?

Damen acquiesce :

– À Portland.

– Excuse-moi, je parlais à Ever. Tu habitais bien dans l'Oregon, Ever ?

Ce qui lui vaut un regard meurtrier de Haven, qui, malgré ma gaffe de ce matin, me considère encore comme le principal obstacle entre elle et le grand amour, et n'apprécie guère qu'on reporte l'attention sur moi.

– Ah oui ? Où ça ? demande Damen.

Je garde les yeux fixés sur mon sandwich, parce que, exactement comme tout à l'heure en classe, je n'entends plus que lui dès qu'il ouvre la bouche.

– À Eugene.

Chaque fois que nos yeux se croisent, mon corps se réchauffe.

Et quand son pied a frôlé le mien, il y a deux secondes, j'ai été saisie de frissons.

Ce qui commence vraiment à me faire flipper.

Il se penche vers moi, forçant Haven à se rapprocher de lui.

45

Je baisse les yeux et me pince les lèvres, mon tic nerveux. Je ne veux pas parler de ma vie d'avant. Je ne vois pas l'intérêt d'en partager les détails sanglants. De devoir expliquer que je suis responsable de la mort de ma famille, mais que moi, allez savoir pourquoi, j'ai survécu.

— C'est une longue histoire, dis-je simplement en grattant la croûte de mon sandwich.

Je sens le regard de Damen fixé sur moi — insistant, chaleureux, réconfortant. De nervosité, j'ai les mains si moites que je lâche ma bouteille d'eau.

Mais avant que la bouteille ne touche la table, Damen la rattrape au vol et me la rend. Confondue, je n'ose le regarder et me demande si je suis la seule à avoir remarqué qu'il a bougé si vite qu'il en est devenu flou, tout à l'heure.

Ensuite, Miles lui demande de raconter comment c'était, à New York, et Haven se colle tellement à lui qu'elle est presque assise sur ses genoux. Je respire un grand coup et finis de déjeuner en essayant de me convaincre que j'ai rêvé.

À la sonnerie, chacun prend ses affaires et se lève pour retourner en classe.

— Comment s'est-il retrouvé à la même table que vous ? dis-je d'une voix stridente et accusatrice que je ne reconnais pas, dès que Damen est hors de portée.

Miles balance sa bouteille dans la poubelle recyclable.

— Il voulait être à l'ombre, alors on l'a invité à se joindre à nous. Pas de quoi fouetter un chat. Ce n'était pas un complot contre toi, tu sais.

— Sache que je me serais bien passée de ta leçon de morale à propos de l'impolitesse de dévisager les gens.

C'est ridicule de me montrer aussi susceptible, je le sais.

En même temps, je n'ai pas envie d'exprimer tout haut ce que je pense, au risque de vexer mes amis avec cette question blessante, quoique parfaitement justifiée : qu'est-ce qu'un type comme Damen fiche avec nous ?

Je pèse mes mots. Entre tous les élèves de ce lycée super branchés et tout, qu'est-ce qu'il lui a pris de nous choisir, nous – les trois paumés du lot ?

Miles hausse les épaules.

– T'inquiète, il a trouvé ça drôle. Au fait, il va passer chez toi ce soir. Je lui ai dit vers 8 heures.

Je le regarde, estomaquée. Puis je me souviens que, pendant le déjeuner, Haven se demandait comment elle allait s'habiller, et Miles calculait s'il aurait le temps d'appliquer un autobronzant. Tout s'explique.

– Apparemment, Damen déteste le foot autant que nous. On l'a su pendant le petit interrogatoire que Haven lui a fait subir avant que tu arrives.

Haven sourit en pliant ses genoux gainés de bas résille dans une petite révérence.

– Et vu qu'il est nouveau et ne connaît personne, on s'est dit qu'on allait lui mettre le grappin dessus avant qu'il se fasse d'autres amis.

– Mais...

Je ne sais pas quoi dire. Une chose est sûre, je ne veux pas que Damen vienne chez moi, ni ce soir ni jamais.

– J'arriverai un peu après 8 heures, dit Haven. Ma réunion se termine à 7 heures, j'aurai à peine le temps de rentrer me changer. À propos, je me réserve la place à côté de Damen dans le Jacuzzi.

Miles secoue la tête, dépité.

– Pas question ! Je ne suis pas d'accord !

Pour toute réponse, Haven agite la main par-dessus son épaule et s'éloigne en sautillant.

– C'est quoi aujourd'hui, tu sais ? dis-je à Miles.

Il sourit en ouvrant la porte de la classe.

– Le vendredi, ce sont les boulimiques.

Haven est ce qu'on pourrait appeler une accro aux groupes anonymes. Depuis que je la connais, elle a intégré des associations d'alcooliques, de drogués, de codépendants, d'endettés chroniques, de joueurs invétérés, de geeks, de fumeurs indécrottables, de socio-phobiques, de collectionneurs ravagés et de maniaques de la vulgarité. Pour autant que je sache, c'est sa première session avec les boulimiques, aujourd'hui. Du haut de son 1,65 m, et avec sa silhouette de poupée, Haven n'est pas franchement boulimique. Elle n'est pas non plus alcoolique, ni endettée chronique, ni joueuse invétérée, ni rien de tout cela. Le problème, c'est qu'elle est encombrée de parents monstrueusement égoïstes, alors elle va chercher l'amour et la compréhension là où elle peut.

C'est comme pour son délire gothique. Elle n'est qu'à moitié convaincue. Ça se voit tout de suite à son habitude de sautiller au lieu de traîner les pieds, comme n'importe quel gothique qui se respecte. En plus, ses posters de Joy Division jurent avec les murs rose bonbon de sa chambre, témoins de sa période ballerine (elle-même précédée d'une phase BCBG Lacoste). Quant à son look gothique, c'est parce qu'elle s'est rendu compte que la seule façon de se faire remarquer dans une ville grouillante de blondes habillées chez Juicy est de se déguiser en Princesse des Ténèbres.

Sauf que ça ne marche pas aussi bien qu'elle l'espérait. La première fois que sa mère a vu son nouveau style, elle a poussé un soupir, attrapé ses clés, et elle est partie à sa séance de Pilates. Fin de l'histoire. Son père n'était pas resté assez longtemps à la maison pour bien la regarder. En revanche, son petit frère a eu une trouille bleue, mais il s'est vite remis. Et puis tout le monde à l'école s'est tellement habitué aux comportements extravagants à cause du tournage au lycée de la série *Laguna Beach* pour MTV, l'année dernière, que Haven passe pratiquement inaperçue.

Or moi je sais que, sous les colliers à pointes et le maquillage à la Marilyn Manson, se dissimule une fille qui ne demande qu'à être vue, entendue, aimée et choyée – ce en quoi ses incarnations précédentes l'ont frustrée. Alors si parler devant des gens et inventer une histoire à faire pleurer dans les chaumières sur son combat contre l'addiction du jour l'aide à exister, de quel droit la jugerais-je ?

Dans ma vie d'avant, je ne traînais pas avec des gens comme Miles et Haven. Je n'avais rien à voir avec les ados à problèmes un peu cinglés, les souffre-douleur, quoi. J'appartenais à l'élite branchée, où presque tout le monde était beau, sportif, doué, intelligent, riche, admiré, etc. J'étais de toutes les fêtes, j'avais une meilleure amie prénommée Rachel (pom-pom girl, comme quoi), et même un copain, Brandon, le sixième garçon que j'aie jamais embrassé (le premier c'était Lucas, à cause d'un pari en sixième, et croyez-moi si je vous dis que les autres ne méritent même pas qu'on en parle). Je n'étais jamais vache avec ceux qui ne faisaient pas partie de mon groupe, mais je me rendais à peine compte de leur existence. Ils n'avaient rien à voir avec moi, donc je les ignorais comme s'ils avaient été invisibles.

À présent, c'est à mon tour de faire partie des obscurs. Je l'ai compris le jour où Rachel et Brandon sont venus me voir à l'hôpital. Ils faisaient leur possible pour être gentils et m'encourager, mais, dans leurs pensées, c'était complètement différent. Les petits sacs à perfusion qui m'envoyaient du liquide dans les veines, mes blessures, mes hématomes, mes membres entièrement plâtrés les dégoûtaient. Ils étaient navrés de ce qui m'était arrivé, désolés à cause de la perte immense qui était la mienne, mais ils s'évertuaient à ne pas regarder la grosse cicatrice rouge qui me barrait le front et n'attendaient qu'une chose : s'enfuir en courant.

Et quand j'ai vu leurs auras se rejoindre pour former un tourbillon marron sale, j'ai compris qu'ils s'éloignaient de moi pour se rapprocher l'un de l'autre.

Du coup, en arrivant à Bay View, je n'ai pas cherché à entrer dans le cercle de Stacia et Honor, préférant jeter mon dévolu sur Miles et Haven, les deux marginaux, qui m'ont acceptée sans poser de questions. On doit former un drôle de tableau, tous les trois, mais, pour être honnête, je ne sais vraiment pas ce que je ferais sans eux. Leur amitié est l'une des rares choses positives de ma nouvelle vie, et grâce à eux j'ai l'impression d'être presque normale.

Voilà pourquoi je dois garder mes distances avec Damen. Parce que le pouvoir qu'il a d'électriser ma peau quand il me touche, de réduire le monde au silence quand il parle, est une tentation dangereuse à laquelle je dois résister à tout prix.

Je refuse de gâcher mon amitié avec Haven.

Et je ne peux pas prendre le risque de me brûler les ailes en m'approchant trop.

six

Damen et moi avons deux cours en commun, mais nous ne sommes voisins qu'en classe d'anglais. Il a attendu la fin de l'heure d'arts plastiques, et le temps que je range mes pinceaux, pour venir me parler au moment où je quittais la salle.

Il me rattrape en courant et me tient la porte, que je franchis les yeux baissés, me creusant la tête pour savoir comment annuler l'invitation de ce soir.

— Tes amis m'ont proposé de passer chez toi, tout à l'heure, mais je ne vais pas pouvoir.

— Ah bon ?

Je suis prise au dépourvu. Ma voix trahit un tel soulagement, une telle joie que j'ai un peu honte. J'essaie de me racheter et de lui faire croire que je suis désolée, mais c'est trop tard.

— Enfin, je veux dire... euh... tu es sûr ?

Il me lance un regard amusé.

— Absolument. Alors à lundi.

Là-dessus, il se dirige vers sa BMW dont le moteur, mystérieusement, ronronne déjà.

Quand j'arrive à ma voiture, Miles m'attend, les bras croisés sur la poitrine, les sourcils froncés, avec le rictus réservé aux grosses contrariétés.

51

– Tu as intérêt à m'expliquer ce qui se passe, parce qu'on dirait une vraie catastrophe.

Je hausse les épaules, jette un œil dans le rétroviseur et passe la marche arrière.

– Il a annulé. Il m'a juste annoncé qu'il ne pouvait pas.

– Et tu lui as dit quoi pour qu'il annule ?

– Rien.

Miles ne me quitte pas des yeux et sa grimace s'accentue. Je sors du parking et tourne dans la rue.

– Écoute, ce n'est pas ma faute si la soirée est gâchée. Bon, tu vas me dire ce qu'il y a, à la fin ?

– Il n'y a rien.

Il regarde par la vitre, tandis que je me concentre sur la route. Je sais ce qu'il pense. Il finit par tourner la tête.

– OK, mais tu me promets de ne pas te fâcher ?

Et c'est parti.

– Voilà, je ne te comprends pas. Il n'y a jamais rien de cohérent avec toi.

Je respire à fond en m'interdisant de réagir. Je sais que le pire est à venir.

– D'abord, tu es belle à tomber par terre – enfin, je crois, parce que c'est difficile à dire, vu que tu te planques toujours sous tes horribles trucs à capuche dix fois trop grands. C'est vrai, quoi, je suis désolé, Ever, mais tu es une vraie calamité vestimentaire, on dirait une tenue de camouflage pour SDF, et je suis sûr que tu le sais aussi bien que moi. Et puis, si tu veux le savoir, faire exprès d'éviter le nouveau, qui est complètement canon et qui a l'air de flasher sur toi, c'est carrément bizarre.

Il s'interrompt et me jette un regard encourageant, histoire de me préparer à ce qui va suivre.

– Enfin... sauf si tu es lesbienne.

Je bifurque à droite en soupirant. C'est bien la première fois que je suis contente d'être extralucide : ça m'a permis d'encaisser le coup. Mais Miles n'en a pas fini. Il éclate d'un petit rire nerveux. On entre en territoire inconnu.

– Parce que... ce n'est vraiment pas un problème. Tu te doutes bien que ce n'est pas moi qui te dirais le contraire ou qui te regarderais de travers. Pas vrai ?

– Ce n'est pas parce que Damen ne m'intéresse pas que je suis lesbienne, dis-je sur un ton un tantinet agressif. Et la beauté ne suffit pas, tu sais. Il en faut davantage.

Une main qui donne la chair de poule quand elle vous touche, un regard intense et une voix magnifique qui impose silence au monde, par exemple...

Miles n'est pas dupe.

– C'est à cause de Haven ?

– Non.

J'agrippe le volant, les yeux rivés sur le feu rouge en priant pour qu'il passe au vert, que je puisse enfin déposer Miles chez lui et en finir.

Mais j'ai répondu trop vite. Il l'a bien compris.

– J'en étais sûr ! Tout ça, c'est à cause de Haven... parce qu'elle a pris une option sur lui. Je ne peux pas le croire ! Non, mais tu te rends compte ? Tu as peut-être la chance de perdre ta virginité avec le plus beau mec du lycée, peut-être même de la planète, et tu laisserais passer l'occasion à cause de Haven et de ces trucs débiles !

Je tourne dans sa rue et me gare devant chez lui.

– N'importe quoi !

– Comment ça, « n'importe quoi » ? Tu n'es pas vierge ? Et tu ne me l'avais pas dit ?

Il a retrouvé le sourire. Visiblement, ça l'amuse beaucoup.

Ce doit être contagieux, car je lève les yeux au ciel et éclate de rire à mon tour, malgré moi.

Il me dévisage longuement, attrape ses livres et descend.

– J'espère que Haven se rend compte de la chance qu'elle a d'avoir une amie comme toi, lance-t-il avant de s'éloigner.

Finalement, la soirée a été annulée. D'abord, parce que le petit frère de Haven, Austin, était malade et qu'il n'y avait qu'elle pour s'occuper de lui. Et ensuite parce que le père de Miles, un fou de sport, l'a forcé à l'accompagner voir un match de foot, à porter le maillot de l'équipe et à feindre de bien s'amuser. Apprenant que je serais seule à la maison, Sabine est rentrée plus tôt du travail pour m'emmener au restaurant.

Comme je sais qu'elle n'approuve pas mes jeans et capuches, j'ai envie de lui faire plaisir pour la remercier de sa gentillesse à mon égard. J'enfile la jolie petite robe bleue qu'elle m'a achetée récemment et les talons qui vont avec, je me mets du gloss sur les lèvres (vestige de ma vie d'avant, quand ces trucs-là me paraissaient importants), et transfère l'indispensable de mon sac à dos dans la pochette métallique assortie. Pour finir, je défais ma queue-de-cheval et laisse mes cheveux tomber librement sur les épaules.

Riley se matérialise derrière moi au moment où je m'apprête à sortir.

– Il était temps que tu commences à t'habiller en fille.

Je manque tomber à la renverse et ferme la porte pour que Sabine n'entende pas.

– Ça ne va pas, non ? Tu m'as fait une de ces peurs !

Elle rigole.

– Je sais ! Et tu vas où comme ça ?

– Dîner dans un restaurant qui s'appelle le Stonehill Tavern. C'est à l'hôtel St Regis.

J'ai encore le cœur qui bat à cent à l'heure. Riley hausse les sourcils.

– La classe, quoi !

– Qu'est-ce que tu en sais ?

Je la regarde en coin, et je me demande si elle y est déjà allée. Après tout, j'ignore à quoi elle passe son temps. Elle éclate de rire, bondit sur mon lit et arrange les oreillers avant de s'y adosser.

– Je sais beaucoup de choses. Plus que toi.

Ça m'énerve de voir qu'elle porte la même robe et les mêmes chaussures que moi. Sauf que, comme elle a quelques bons centimètres et quatre ans de moins, elle a l'air déguisée en gamine qui aurait pillé la garde-robe de sa mère.

– Sûrement, mais je n'y peux rien, hein ?

Elle croise les chevilles et s'installe plus confortablement.

– Tu devrais t'habiller plus souvent. Parce que, je suis désolée de te l'apprendre, mais ton look habituel n'est vraiment pas flatteur. Tu crois que Brandon aurait voulu de toi, sapée comme ça ? À propos, tu savais qu'il sort avec Rachel ? Oui ! Même que ça fait cinq mois qu'ils sont ensemble. C'est plus qu'avec toi, non ?

Je pince les lèvres et tape du pied, en me répétant comme un mantra : *ne la laisse pas te mettre en boule, ne la laisse pas...*

– Oh, et puis tu ne vas jamais le croire, mais ils ont failli le faire ! reprend-elle. Sérieux, au bal de début d'année, ils se sont éclipsés, ils avaient tout prévu, sauf que... comment dire...

Elle s'arrête et éclate de rire.

— Je ne devrais pas le répéter, mais... disons que Brandon a fait un truc tout à fait regrettable et extrêmement embarrassant qui a complètement cassé l'ambiance. C'est le genre de gag impossible à raconter, mais crois-moi, c'était à mourir de rire. Bon, ne le prends pas mal, hein ? Tu lui manques, et tout. Il lui est même arrivé de se tromper une ou deux fois et d'appeler Rachel par ton nom. Que veux-tu ? La vie continue, comme on dit.

Je prends une profonde inspiration et la considère, vautrée sur mon lit, telle Cléopâtre sur sa couche, à critiquer ma vie, mon look, n'importe quoi, me donnant des nouvelles que je n'ai pas demandées d'anciens amis, telle une espèce d'autorité suprême et prépubère.

C'est cool de débarquer quand ça te chante sans avoir à te taper le sale boulot, comme nous autres !

Brusquement, j'en ai assez de ses petites visites-surprises qui ressemblent furieusement à des attaques en règle. Je n'ai qu'une envie, qu'elle me fiche la paix et me laisse vivre cette espèce de vie pourrie qui est la mienne, sans me bombarder de ses commentaires de sale petite morveuse.

— Et toi, au fait, quand commences-tu les cours à l'école des anges ? À moins qu'on ne t'ait déjà virée, sale petite peste que tu es ?

Ses yeux s'étrécissent de fureur. Le moment que choisit Sabine pour frapper à la porte.

— Tu es prête ?

Je ne quitte pas ma sœur des yeux, la défiant de commettre quelque chose de stupide qui pourrait alerter notre tante.

Mais elle se contente de me sourire affectueusement.

— Papa et maman t'embrassent, lâche-t-elle avant de s'éclipser.

sept

Sur le chemin du restaurant, je ne cesse de penser à Riley, à ses sarcasmes et à son incroyable méchanceté quand elle m'a lancé sa dernière flèche, avant de s'évaporer. Voilà des mois que je la supplie de me parler de nos parents, que je mendie la moindre miette d'information. Mais au lieu de me dire ce que je veux savoir, elle s'agite, fait la maligne et s'obstine à ne pas m'expliquer pourquoi je ne les ai pas encore vus.

On pourrait s'imaginer que la mort adoucit les mœurs, rend les gens plus gentils. Pas Riley. C'est toujours la même gamine pourrie gâtée, horripilante. Elle n'a pas changé.

Sabine remet ses clés au voiturier, et nous entrons. L'immense hall tout en marbre, les bouquets délirants et la vue splendide sur l'océan me font changer d'avis. Riley avait raison. C'est vraiment la classe. La grande, la très grande classe. Le genre d'endroit où l'on vient dîner en amoureux, pas avec une nièce grognon.

Une hôtesse nous accompagne à une table recouverte d'une nappe avec des bougies, et des petits galets d'argent en guise de salière et poivrière. Je m'installe et promène un regard ébloui autour de moi. C'est tellement beau et luxueux, comparé aux restaurants que je fréquente d'habitude !

Mais je chasse bien vite ces pensées. Il est inutile de ressasser éternellement le passé ou de revoir le film de ma vie d'avant. Même si je vis avec Sabine, et qu'il est difficile de ne pas comparer. C'est la sœur jumelle de mon père : un souvenir vivant, en quelque sorte.

Elle commande du vin rouge pour elle, pour moi un soda, avant de consulter le menu. Une fois la serveuse repartie, Sabine coince une mèche de ses cheveux blonds, coupés au carré, derrière son oreille.

– Alors, le lycée, tes copains, ça va ? s'enquiert-elle avec un sourire poli.

J'adore ma tante, je vous assure, et je lui suis profondément reconnaissante de tout ce qu'elle fait pour moi. Mais ce n'est pas parce qu'elle peut mettre douze jurés dans sa poche qu'elle a de la conversation.

– Ça va bien, merci.

D'accord, j'avoue que je suis nulle en conversation moi aussi.

Elle pose sa main sur la mienne et s'apprête à ajouter quelque chose, mais avant qu'elle ait eu le temps de dire un mot, j'ai sauté sur mes pieds.

– Je reviens tout de suite, dis-je dans un murmure, avant de me ruer vers la sortie, renversant presque ma chaise au passage.

Je n'ai pas besoin de questionner la serveuse, que je bouscule presque dans ma hâte, pour savoir où sont les toilettes, car elle m'indique spontanément le couloir après la porte en se demandant si je vais y arriver à temps.

Je traverse un hall décoré de miroirs gigantesques dans des cadres dorés, alignés les uns à côté des autres. Comme nous sommes un vendredi, l'hôtel est bondé d'invités d'un mariage qui, à en croire ce que je vois, ne devrait jamais avoir lieu.

Je croise un petit groupe dont les auras tourbillonnent avec une énergie éthylique tellement échevelée qu'elle m'affecte aussi et me laisse étourdie, nauséeuse, au point que je crois voir l'image démultipliée de Damen dans tous les miroirs.

Je titube jusqu'aux toilettes, où j'agrippe le marbre du lavabo en luttant pour reprendre mon souffle. Je me concentre sur les orchidées en pot, les lotions parfumées, la pile de serviettes immaculées sur un plateau de porcelaine, et petit à petit j'arrive à calmer mon agitation, à la recentrer et à la dominer.

Il faut croire que je me suis tellement habituée aux flux d'énergie sauvage que j'ai oublié à quel point cela pouvait me perturber quand je suis sans défense, sans mon iPod. Mais la décharge que j'ai ressentie quand Sabine a posé sa main sur la mienne trahissait tant de solitude, une telle tristesse résignée que j'ai cru recevoir un coup de poing dans le ventre.

Surtout quand je me suis rendu compte que j'en étais responsable.

Sabine se sent seule, mais je feins de l'ignorer. On vit sous le même toit, mais on ne se voit guère. Pendant la journée, elle est au travail, moi au lycée, et le soir et le week-end je me cloître dans ma chambre ou sors avec mes amis. J'oublie quelquefois qu'il n'y a pas que moi à avoir perdu ma famille, et que même si Sabine m'a accueillie et essaie de m'aider, elle se sent toujours aussi solitaire et vide que le jour où le drame est arrivé.

J'aimerais vraiment lui tendre la main, l'aider à adoucir sa peine, mais je ne peux pas. Je suis trop abîmée, trop bizarre. Je suis une pauvre fille qui entend les pensées des autres et parle aux défunts. D'autant qu'il me faut le cacher. Je ne peux pas risquer de laisser quelqu'un m'approcher de trop près. Pas même elle. Le mieux que je puisse faire, c'est de réussir en classe pour partir étudier loin d'ici, et lui permettre de retrouver une existence normale. Une vie où elle pourra peut-être sortir avec l'homme qui travaille dans le même bâtiment qu'elle. Elle ne le connaît pas encore, mais j'ai entrevu son visage quand sa main a effleuré la mienne.

Je me recoiffe rapidement, remets une couche de gloss et retourne à notre table, décidée à faire des efforts pour l'aider à aller mieux, sans livrer mes secrets. Je me rassieds à ma place, bois une gorgée de soda et lui souris.

– Ça va bien. Vraiment. Alors, tu planches sur des cas intéressants, en ce moment ? Et au fait, il y a des types sympas, là où tu travailles ?

Après dîner, j'attends devant le restaurant, le temps que Sabine règle le voiturier. Le mélodrame qui se déroule devant moi, entre la future mariée de demain et sa prétendue demoiselle « d'honneur », m'absorbe tellement que je sursaute en sentant une main se poser sur mon bras. Une onde de chaleur me traverse tout entière au moment où nos regards se croisent.

– Tiens, salut !

Damen détaille ma robe et mes chaussures, avant de plonger ses yeux dans les miens en souriant.

– Tu es magnifique. J'ai failli ne pas te reconnaître sans ta capuche. La soirée était agréable ?

Je suis tellement tendue que c'est un petit miracle si j'arrive à acquiescer.

60

– Je t'ai vue passer dans le hall, tout à l'heure, reprend-il. Je voulais te dire bonjour, mais tu avais l'air très pressée.

Que fabrique-t-il dans un hôtel de luxe un vendredi soir ? Il porte un blazer de laine sombre, une chemise noire à col ouvert, un jean griffé et ses éternelles bottes. Il est beaucoup trop élégant pour quelqu'un de son âge, mais sa tenue lui va comme un gant.

– J'ai de la visite, dit-il en réponse à ma question muette.

Sabine arrive à point nommé, alors que je me creuse la cervelle pour savoir quoi ajouter. Ils se serrent la main pendant que je fais les présentations.

Damen me rend les paumes moites, il me met l'estomac en vrille, et je pense à lui presque sans arrêt !

– Euh... Damen et moi sommes dans la même classe. Il arrive du Nouveau-Mexique.

J'espère que cela va suffire, le temps que la voiture arrive.

Ma tante lui sourit, et je me demande si elle aussi ressent ce merveilleux bien-être qui m'envahit.

– Où ça, au Nouveau-Mexique ? demande-t-elle.

– Santa Fe.

– Oh ! Il paraît que c'est superbe. Je rêve d'y aller.

– Sabine est avocate, elle travaille beaucoup, dis-je en bredouillant, les yeux fixés dans la direction d'où la voiture devrait arriver dans dix, neuf, huit, sept...

– Nous allions rentrer à la maison, mais si vous voulez vous joindre à nous, c'est avec plaisir, propose ma tante.

Je la dévisage, bouche bée, paniquée. Je n'en reviens pas : je ne l'ai même pas vu venir ! Je jette un coup d'œil à Damen en priant pour qu'il refuse.

– Merci, mais je dois y retourner, s'excuse-t-il en faisant un geste du pouce par-dessus son épaule.

Mes yeux suivent le mouvement et s'arrêtent sur une

rousse incroyablement belle, vêtue d'une robe noire hyper sexy et juchée sur de fines sandales à talon.

Elle esquisse un sourire froid. À peine un léger mouvement de ses lèvres roses et brillantes. Elle est trop loin pour que je puisse lire dans ses yeux. Cependant, je devine dans son expression, son port de tête, quelque chose de moqueur, comme si c'était délicieusement drôle de nous voir réunis.

En me retournant, j'ai la surprise de découvrir Damen tout près de moi, ses lèvres entrouvertes à quelques centimètres des miennes. Il frôle ma joue d'un doigt léger et cueille une tulipe rouge derrière mon oreille.

Et avant que j'aie eu le temps de réagir, je me retrouve seule devant le restaurant, où il est retourné avec son invitée.

Je contemple la tulipe, et en caresse les pétales vermeils et charnus en me demandant d'où elle peut sortir – surtout plusieurs mois après le printemps.

Bien plus tard dans la soirée, dans la solitude de ma chambre, je réalise que la fille rousse n'avait pas d'aura, elle non plus.

Je devais dormir d'un sommeil de plomb, car, en entendant du bruit dans ma chambre, j'ai la tête tellement lourde et brumeuse que je n'ouvre même pas les yeux.

– Riley, c'est toi ?

N'obtenant pas de réponse, je me dis qu'il s'agit encore d'un de ses tours à la noix. Je ne suis pas vraiment d'humeur à jouer, j'attrape mon deuxième oreiller et me le colle sur la tête. Mais le remue-ménage continue.

– Écoute, Riley, je suis crevée, OK ? Je m'excuse de t'avoir parlé comme ça et je suis désolée si je t'ai blessée,

mais je n'ai vraiment pas envie de reparler de ça maintenant, à...

Je soulève l'oreiller et jette un coup d'œil à mon réveil.

– À presque 4 heures du matin. Tu ne veux pas repartir
d'où tu viens et revenir à une heure normale ? Si tu veux,
je te prête la robe que je portais pour le bal de fin d'année,
parole de scout.

Sauf que maintenant, évidemment, je suis bel et bien
réveillée. Je balance l'oreiller et fixe la silhouette assise sur
la chaise près de mon bureau. Qu'y a-t-il de si important
qui ne puisse attendre demain matin ?

– Je me suis excusée, d'accord ? Que te faut-il de plus ?

– Tu me vois ? questionne la silhouette en s'approchant.

– Évidemment que je te...

Mais les mots me manquent quand je comprends que
ce n'est pas Riley.

huit

Je vois des morts. Sans arrêt. Dans la rue, à la plage, au centre commercial, au restaurant, errant dans les couloirs du lycée, faisant la queue à la poste ou dans la salle d'attente chez le médecin, jamais chez le dentiste, en revanche. Contrairement aux fantômes au cinéma ou à la télé, ils ne sont pas envahissants, ne sollicitent pas votre aide, ne vous arrêtent pas à tout bout de champ pour faire la causette. À la rigueur, ils se bornent à sourire et à agiter la main quand ils se rendent compte que je les ai vus. Ils aiment bien qu'on les regarde, comme tout le monde.

Mais la voix dans ma chambre n'était pas celle d'un fantôme, ni celle de ma sœur. Elle appartenait à Damen.

J'ai compris que j'étais en train de rêver.

Il se glisse à côté de moi quelques secondes après la sonnerie – étant donné que c'est le cours de M. Robins, cela signifie être en avance.

– Salut.

Je réponds par un signe de tête désinvolte pour qu'il ne soupçonne pas que je suis mordue au point de rêver de lui.

Il tapote son stylo sur la table avec un toc toc toc persistant qui n'en finit pas et me tape sur les nerfs.

– Elle a l'air sympa, ta tante.

Je réponds du bout des lèvres, et en même temps je maudis M. Robins de traîner dans les toilettes des profs, priant pour qu'il range sa flasque et se décide enfin à venir faire son boulot.

– C'est vrai, elle est super.

– Moi non plus, je ne vis pas avec ma famille, reprend Damen.

Sa voix étouffe l'effervescence régnant dans la pièce et la tempête dans ma tête, tandis qu'il fait tourner son stylo entre ses doigts à toute vitesse, sans jamais ralentir ni le faire tomber.

Je cherche mon iPod dans ma poche secrète en me demandant s'il le prendrait vraiment mal que je le mette à fond pour ne plus l'entendre.

– Je suis émancipé, précise-t-il.

– Vraiment ?

J'ai répondu du tac au tac, alors que j'avais la ferme intention de limiter nos échanges au strict minimum. Il faut dire que c'est la première fois que je rencontre un mineur émancipé. Moi qui croyais que l'on devait se sentir terriblement triste et seul... Si j'en juge d'après sa voiture, ses vêtements et ses week-ends de luxe à l'hôtel St Regis, je me trompais sur toute la ligne.

– Vraiment, confirme-t-il.

Et dès qu'il s'arrête de parler, j'entends les murmures amplifiés de Stacia et de Honor, qui me traitent de pauvre folle et d'autres noms d'oiseaux. J'observe Damen lançant son stylo, qui décrit une série de huit en l'air avant de retomber en équilibre dans sa main.

– Et ta famille, où est-elle ? demande-t-il.

C'est vraiment bizarre d'entendre le bruit s'arrêter et recommencer, recommencer et s'arrêter, tel un jeu de chaises musicales détraqué. Un jeu où je me retrouverais toujours debout. Toujours perdante.

— Pardon ? dis-je, perturbée par le stylo magique de Damen qui flotte entre nous, tandis que Honor se moque de ma tenue et que son petit ami fait mine d'approuver, alors qu'en fait il se demande pourquoi elle ne s'habille pas pareil.

Du coup, j'ai envie de remonter ma capuche et de monter au maximum le son de mon iPod pour me noyer dans un flot de musique et tout oublier. Y compris Damen.

Lui surtout.

— Elle vit où, ta famille ? répète-t-il.

Je ferme les yeux quand il parle – silence, brèves secondes de doux silence. Je rouvre les paupières et plante mon regard droit dans le sien.

— Ils sont morts, dis-je au moment où M. Robins entre en classe.

Attablé en face de moi, Damen me dévisage pendant que je cherche désespérément Miles et Haven du regard. En déballant mon repas, j'ai découvert une tulipe rouge dissimulée entre mon sandwich et mon paquet de chips – une tulipe ! Identique à celle de vendredi soir. J'ignore comment il s'est débrouillé pour la cacher là, mais je suis sûre que c'est Damen. Ce ne sont pas tant ses tours de magie qui me dérangent que sa façon de me regarder, de me parler, de me faire vibrer...

— Oh, je suis désolé. Pour ta famille. Je ne savais pas...

Les yeux baissés, je joue nerveusement avec le bouchon de ma bouteille de jus de fruit. J'aimerais qu'il n'insiste pas.

— Je n'aime pas trop en parler.

Il pose sa main sur la mienne, m'insufflant un sentiment de bien-être, de chaleur, de calme et de quiétude auquel je m'abandonne, savourant pleinement l'instant, reconnaissante de n'entendre que ce qu'il dit, pas ce qu'il pense. Comme une fille banale – avec un garçon qui est tout sauf banal.

– Je sais ce que l'on ressent quand on perd des êtres chers.

– Euh... excusez-moi.

Appuyée contre le bord de la table, paupières plissées, Haven braque ses yeux jaunes sur nos mains.

– Je suis navrée de vous interrompre.

Je me dépêche de fourrer ma main dans ma poche, comme si c'était une chose honteuse. Je voudrais lui expliquer que ce qu'elle a vu n'était rien, ne signifiait rien, mais je sais que j'ai intérêt à me taire.

– Où est Miles ? dis-je, en désespoir de cause.

Elle lève les yeux au ciel et prend place à côté de Damen. Il y a tant de haine dans ses pensées que le jaune vif de son aura se mue en rouge très foncé.

– Miles envoie des textos à son chéri, jeunechienfou307, rencontré sur Internet, répond-elle sans me regarder, concentrée sur son gâteau. Tout le monde a passé un bon week-end ? enchaîne-t-elle.

Je hausse les épaules, sachant que sa question ne s'adresse pas à moi, mais à Damen, et l'observe pendant qu'elle lèche le glaçage de son gâteau du bout de la langue – son petit cérémonial immuable que je ne l'ai jamais vue abréger. À ma grande surprise, Damen hausse les épaules à son tour. Pourtant, d'après ce que j'ai pu voir, son week-end avait l'air bien plus fun que le mien.

– Moi, déclare Haven, si vous voulez le savoir, j'ai eu

un vendredi soir pourri de chez pourri. En gros, j'ai dû nettoyer le vomi d'Austin, parce que la bonne était à Las Vegas et que mes parents avaient apparemment mieux à faire que de rentrer à la maison pour s'occuper de leur progéniture. Heureusement, samedi a largement compensé. C'était géant ! Sérieusement, je n'avais jamais passé une soirée aussi cool de toute ma vie. J'aurais bien voulu vous inviter, mais ça s'est décidé à la dernière minute.

Quand elle daigne enfin m'accorder un regard, j'entrevois un endroit sombre et sinistre.

– Où ça ? dis-je, l'air de rien.

– Un club hallucinant. C'est une fille de mon groupe qui m'y a emmenée.

Je bois une gorgée d'eau.

– Quel groupe ?

– Le samedi, ce sont les codépendants, tu sais bien. Enfin bon, Evangeline, elle est vraiment trop, cette fille. C'est ce qu'on appelle une donneuse.

Miles débarque, pose son portable sur la table et s'assied à côté de moi.

– C'est quoi, une donneuse ?

– Les codépendants, lui dis-je.

– Mais non, pas eux, les vampires, corrige Haven, exaspérée. Les donneurs, ce sont des gens qui laissent d'autres vampires se nourrir d'eux. Enfin, leur sucer le sang, quoi. Alors que moi, je suis ce qu'on appelle un petit chiot, parce que je me contente de les suivre partout, mais je ne laisse personne me sucer le sang. Pas encore, en tout cas, conclut-elle dans un éclat de rire.

Miles ramasse son portable et consulte ses messages.

– De suivre qui partout ? demande-t-il.

– Les vampires ! Miles, tu devrais écouter de temps en

temps quand on te parle. Bref, je vous disais que cette donneuse codépendante, Evangeline, enfin, c'est son nom de vampire, pas son vrai nom...

– Parce qu'il y a des gens qui ont des noms de vampire ? demande Miles en posant son téléphone sur la table, à portée de vue.

Haven gratte le glaçage de son gâteau du bout de l'index puis se lèche le doigt.

– Absolument.

– Est-ce que c'est comme les noms de strip-teaseuse ? Tu sais, par exemple, le nom de ton premier chien, plus le nom de jeune fille de ta mère ? Parce que ça fait de moi Princesse Slavin. Alors là, non merci, très peu pour moi.

– Tu dis n'importe quoi, ça n'a rien à voir ! soupire Haven, excédée. Sache que c'est très sérieux, un nom de vampire. Et, contrairement à la plupart des gens, je n'ai pas besoin de changer le mien, parce que Haven est un pur nom de vampire, cent pour cent naturel, sans colorant ni conservateur... un nom de vampire bio, quoi ! Mais vous saviez déjà que je suis une Princesse des Ténèbres ! Enfin bon, nous sommes allées dans ce club trop mortel à L.A., Le Crépuscule, ou un truc comme ça.

– Le Nocturne, rectifie Damen.

Haven pose son gâteau et applaudit.

– Génial ! Enfin quelqu'un de cool à cette table !

– Et as-tu croisé des immortels, là-bas ?

– Oui, des tas ! C'était blindé de monde. Il y avait même une salle VIP pour les sorcières et les vampires. J'ai réussi à m'incruster, et j'ai même squatté le bar à hémoglobine.

Miles tente de participer à la conversation tout en envoyant un message sur son portable.

– Et on ne t'a pas demandé ta carte d'identité ?

– C'est ça, rigole ! En tout cas, c'était trop génial. En plus, quand Evangeline m'a plus ou moins abandonnée pour un type sur qui elle a flashé, j'ai rencontré une autre fille, encore plus cool, qui vient d'emménager ici, d'ailleurs. Je vais la revoir, je pense.

– Serais-tu en train de nous dire que tu nous quittes ? demande Miles, l'air faussement horrifié.

Haven lève les yeux au ciel.

– Bon, j'abandonne. N'importe comment, je suis sûre que mon samedi soir était dix fois mieux que le vôtre – enfin, peut-être pas le tien, Damen, vu que tu as l'air de connaître les bons plans, mais ces deux cocos-là, j'en suis certaine.

J'essaie de détacher Miles de son *cyber-boyfriend* en lui donnant un coup de coude.

– Au fait, Miles, et ton match ?

– Tout ce que je sais, c'est que quelqu'un a gagné, qu'un autre a perdu, et que j'ai passé le plus clair de mon temps aux toilettes à échanger des textos avec ce mec qui n'est qu'un sacré menteur ! Non, mais regardez-moi ça ! ajoute-t-il en tapotant l'écran de l'index. Voilà trois jours que je lui demande de m'envoyer une photo, parce qu'il est hors de question que je le rencontre si je ne sais pas à quoi il ressemble. Et regardez ce qu'il m'envoie, cette espèce de mytho à deux balles !

J'essaie de distinguer la petite photo, sans trop comprendre pourquoi Miles est si remonté.

– Mais comment sais-tu que ce n'est pas lui ?

– Parce que c'est moi, répond Damen à sa place.

neuf

Apparemment, Damen a été mannequin pendant quelque temps quand il habitait à New York, ce qui explique pourquoi sa photo circule sur Internet, où n'importe qui peut la télécharger et prétendre que c'est la sienne.

Elle a circulé de main en main, et nous avons bien ri de cette drôle de coïncidence, mais il y a un truc qui me gêne et que je n'arrive pas à m'expliquer. Puisque Damen vient de déménager du Nouveau-Mexique et non pas de New York, il devrait avoir l'air un peu plus jeune sur cette photo. Parce que moi je ne connais personne qui ait exactement la même tête à dix-sept ans qu'à quatorze, ou même à quinze. Or, sur la photo que Miles a sur son portable, Damen est exactement pareil.

Je n'y comprends rien.

En cours d'arts plastiques, je vais chercher mes pinceaux et mes couleurs dans le placard, et me dirige vers mon chevalet, m'interdisant de réagir en voyant Damen installé juste à côté. Je respire à fond, enfile ma blouse et choisis un pinceau. De temps à autre, je lorgne la toile de Damen en essayant de cacher ma stupéfaction devant ce que je

71

découvre – une reproduction incroyable de la *Femme aux cheveux jaunes* de Picasso.

Le travail d'aujourd'hui consiste à essayer de reproduire l'œuvre la plus représentative d'un grand maître. Je ne sais pas pourquoi je me suis mis dans la tête que les tourbillons de Van Gogh seraient faciles à imiter, un jeu d'enfant, bref un A assuré. Mais à en juger par les coups de pinceau chaotiques qui partent dans tous les sens sur ma toile, j'ai fait fausse route. Et maintenant, c'est fichu, impossible de rattraper le coup. Je n'ai pas la moindre idée de ce que je vais faire.

Depuis que je suis extralucide, je n'ai plus besoin d'étudier. Je n'ai même plus besoin de lire. Il me suffit de poser les mains sur la couverture d'un livre, et le tour est joué. Et les contrôles-surprises ? m'objecterez-vous. Disons qu'ils sont devenus des tests sans surprise. Je passe un doigt sur la question et connais immédiatement la réponse.

Mais en art, c'est différent.

Parce que le talent, ça ne s'improvise pas.

Ce qui explique pourquoi mon tableau est l'exact contrepied de celui de Damen.

– *La Nuit étoilée* ?

Damen examine ma pauvre toile qui dégouline de pattes de mouche bleues, et je suis paralysée par la gêne, étonnée qu'il arrive à deviner ce qu'est censé représenter mon affreux barbouillage.

En littérature, par exemple, il est capable de répondre à toutes les questions de M. Robins, alors qu'il n'avait qu'une nuit pour étudier les trois cents et quelques pages des *Hauts de Hurlevent*. Sans parler des anecdotes et autres faits historiques qu'il mentionne au passage, à croire qu'il y était. En plus, il est ambidextre. Ça n'a l'air de rien, mais il faut le voir écrire d'une main et peindre de l'autre avec le même bonheur. Et je ne mentionne même pas les tulipes qui sortent de nulle part.

Mme Machado caresse sa longue tresse de cheveux soyeux en se penchant sur la toile de Damen. Son aura scintille d'un beau bleu cobalt, et ses idées font des saltos dans sa tête, bondissant de joie tandis qu'elle repasse ses souvenirs d'étudiants brillants et comprend qu'elle n'a jamais eu un élève aussi naturellement doué.

– On dirait Pablo lui-même ! Merveilleux ! Et toi, Ever, montre-moi.

Elle sourit toujours, mais intérieurement elle se demande : « Qu'est-ce ça peut bien être ? »

Ses pensées confirment mes pires soupçons. Je suis morte de honte.

– Oh, euh... C'est Van Gogh. *La Nuit étoilée*, vous voyez ?

Elle hoche la tête et fait un immense effort pour rester impassible.

– Je vois. Ce n'est pas mal pour un début. Le style de Van Gogh est beaucoup plus difficile qu'il n'y paraît. N'oublie pas les ors et les jaunes ! Après tout, c'est une belle nuit étoilée !

Son aura se remet à briller à mesure qu'elle s'éloigne. Je sais qu'elle n'aime pas ma peinture, mais j'apprécie son tact. Sans réfléchir, je trempe mon pinceau dans le jaune, sans essuyer le bleu, et quand j'applique le pinceau sur la toile, ça fait un gros pâté vert.

Frustrée, je compare le magnifique tableau de Damen et le mien, minable, tandis que mon ego se dégonfle comme un ballon.

– Dis-moi comment tu fais.

– Qui a enseigné la peinture à Picasso, à ton avis ?

Je lâche mon pinceau, qui va s'écraser par terre en projetant des gouttes visqueuses de peinture verte partout, de mes chaussures à ma blouse, jusqu'à mon visage. Je retiens mon souffle tandis que Damen se penche, ramasse mon pinceau et me le tend.

– Tout le monde doit bien commencer quelque part. Même Picasso a eu un maître.

Ses yeux ne quittent pas les miens tandis que ses doigts effleurent ma cicatrice.

Celle que j'ai sur le front.

Cachée sous ma frange.

Dont il ne peut pas connaître l'existence.

Il sourit, retire sa main et la chaleur qu'elle m'infusait, et retourne à son chevalet. Et moi, je me souviens de respirer.

dix

En me préparant pour le lycée, le lendemain matin, je fais l'erreur de demander à Riley de m'aider à choisir un sweat.

Je lui montre un bleu et un vert.

— Qu'en penses-tu ?

Perchée sur la commode, elle incline la tête, pèse le pour et le contre.

— Je peux revoir le rose ?

Je la fusille du regard. J'aimerais bien qu'elle soit un peu sérieuse pour une fois, qu'elle arrête de tout tourner en dérision.

— Je n'ai pas de rose ! Allez, sois gentille, aide-moi, je ne suis pas en avance.

Elle se frotte le menton et plisse les paupières.

— Tu dirais quoi, toi : que c'est un bleu céruléen ou un bleu myosotis ?

— D'accord, laisse tomber.

Je balance le sweat bleu sur mon lit et enfile le vert.

— Mets le bleu, finalement. Ça rehausse l'éclat de ton regard !

Je m'interromps, le nez, la bouche et le menton cachés sous le coton, seuls mes yeux sont visibles.

Je suis son conseil, puis fouille dans un tiroir pour retrouver mon gloss, que je m'apprête à appliquer.

– Tu pourrais m'expliquer à quoi rime ce cirque ? poursuit-elle. Je veux parler de la valse-hésitation à propos du sweat, les paumes moites, le maquillage... Qu'est-ce qui t'arrive ?

– Je ne suis pas maquillée, que je sache, lui dis-je, sur la défensive.

– D'accord, je ne vais pas chipoter sur des détails, Ever, mais le gloss, techniquement parlant, c'est quand même du maquillage. Et toi, ma sœur chérie, tu étais sur le point d'en mettre.

Je range le tube dans le tiroir et attrape mon beurre de cacao, dont je m'enduis généreusement les lèvres.

– Ever ? J'attends une réponse, je te signale !

Je sors de ma chambre et descends l'escalier sans répondre, ma sœur sur mes talons.

– Bon, très bien, fais comme tu veux. Mais si tu crois que je ne vais pas deviner, tu te goures.

– C'est ça, devine !

Elle se glisse par la portière verrouillée et s'assied côté passager.

– Voyons voir, ce n'est pas Miles, c'est sûr, tu n'es pas vraiment son genre. Ça ne peut pas être Haven, vu qu'elle n'est pas exactement ton genre non plus. Donc ça ne peut être que... Bon, je crois que j'ai fait le tour de tes amis. Je donne ma langue au chat. Allez, dis-moi qui c'est.

J'ouvre la porte du garage, monte dans la voiture et appuie sur l'accélérateur.

– Je suis sûre qu'il y a anguille sous roche, s'égosille-t-elle pour couvrir le bruit du moteur. Parce que, excuse-moi de te le rappeler, mais c'était exactement pareil quand tu t'évertuais à mettre le grappin sur Brandon. Tu flippais et tu étais complètement parano, tu te souviens ? Tu n'arrêtais pas de te demander s'il t'aimait bien lui aussi, et bla-bla-bla. Allez, accouche. C'est qui, le malheureux élu ? Ta prochaine victime ?

L'image de Damen surgit devant mes yeux. Il est tellement beau et sexy avec son charme ravageur, c'est si réaliste qu'il suffirait de tendre la main pour le toucher. Je réussis à me contrôler, m'éclaircis la gorge et passe la marche arrière.

– Il n'y a personne, je t'assure. Mais c'est la dernière fois que je te demande ton aide, c'est certain.

Quand j'arrive en cours de littérature, j'ai un nœud à l'estomac, le vertige, les paumes moites, bref, je frôle l'hystérie. Mais en remarquant Damen en grande conversation avec Stacia, j'ajoute la paranoïa à la liste, comme Riley l'a bien vu.

Les longues jambes musclées de Damen me bloquent le passage, là où Stacia pose d'ordinaire son sac pour me faire tomber.

– Euh... excuse-moi, dis-je.

Mais il fait comme s'il ne m'avait pas entendue, et reste juché sur le bord du pupitre de Stacia. D'où je l'observe qui tend la main derrière son oreille et en retire une rose.

Une rose blanche.

Fraîche, pure, scintillante de rosée.

Quand il lui présente la fleur, Stacia pousse un cri de joie, à croire qu'il lui a offert un diamant. Et elle se met à piailler en l'exhibant devant tout le monde.

– Oh, mon Diiiieu ! C'est incroyable ! Comment as-tu fait ça ?

Les lèvres pincées, les yeux obstinément baissés, je monte le son de mon iPod pour ne plus entendre le son de sa voix.

— Je peux passer ? dis-je entre mes dents.

Je croise le regard de Damen, qui m'envoie une brève onde de chaleur avant de redevenir glacial. Il finit par s'écarter.

Je fonce vers ma table. Mes pieds me portent tels de bons petits soldats, l'un derrière l'autre, ou comme un zombie, un robot, un grand machin stupide, sachant bêtement accomplir les mouvements pour lesquels il a été programmé, mais incapable de penser par lui-même. Je m'assieds et poursuis le rituel parfaitement rodé : sortir cahier, livres et stylo, et feindre de ne pas remarquer avec quelle mauvaise grâce Damen se lève et regagne sa place à reculons, au moment où M. Robins arrive.

— Lutin, mais c'est quoi, ce délire ?

Haven repousse sa frange et regarde droit devant elle. Ne plus dire de gros mots est la seule bonne résolution qu'elle ait prise, uniquement parce qu'elle trouve drôle de dire « Lutin ».

Miles regarde Damen faire du charme à toute la clique branchée du lycée, avec sa gueule d'ange, ses stylos magiques et ses roses débiles.

— Je savais que ça ne pouvait pas durer. C'était trop beau pour être vrai. D'ailleurs, je vous l'avais dit dès le premier jour. Vous vous rappelez ?

— Non, pas du tout, bafouille Haven sans quitter Damen des yeux.

Miles avale une gorgée d'eau vitaminée.

— Je l'ai dit, pourtant. Tu n'as pas entendu, c'est tout.

Je fixe mon sandwich, n'ayant aucune envie d'intervenir dans le débat sur « qui a dit quoi et quand », et encore moins de lorgner dans la direction de Damen, de Stacia et des autres. Je n'ai pas encore encaissé le coup qu'il m'a fait en cours ce matin, quand il s'est penché vers moi pendant l'appel et m'a glissé un petit mot.

Pour que je le fasse passer à Stacia.

J'ai refusé. Comment un petit bout de papier, plié en triangle, pouvait-il faire aussi mal ?

— Tu n'as qu'à te débrouiller tout seul.

D'une chiquenaude, Damen l'a fait atterrir devant ma main.

— Allez, quoi ! Je te promets que Robins n'y verra que du feu.

Je l'ai fusillé du regard.

— Le problème n'est pas là.

Il a plongé ses yeux noirs dans les miens.

— Alors il est où ?

Le problème, c'est que je ne veux pas le toucher, ce mot ! Je ne veux pas savoir ce qu'il dit ! Parce que, dès que je le ferai, je verrai les mots dans ma tête – tous ces petits mots doux, tendres, câlins, adorables... Déjà que ce ne sera pas drôle de les entendre dans la tête de Stacia ! Mais au moins je pourrai me dire qu'elle en rajoute, qu'elle a mal compris, avec son petit cerveau obtus. Mais si je touche ce bout de papier, je connaîtrai les vrais mots – et ça, je ne peux pas le supporter.

Du bout de mon stylo, je l'ai fait tomber par terre et, le cœur battant, j'ai regardé Damen se baisser pour le récupérer. Et j'ai eu honte de mon immense soulagement quand il l'a fourré dans sa poche au lieu de le remettre à l'autre idiote.

Je sursaute quand Miles m'apostrophe.

– Allô ? La Terre appelle Ever, la Terre appelle Ever !
Je t'ai demandé ce qui s'était passé. Parce que je ne veux
pas t'accuser ni rien, mais tu es la dernière à l'avoir vu
aujourd'hui...

Je regarde Miles sans le voir. Si seulement je le savais !
Je repense au cours de peinture, hier, les yeux de Damen
qui ne quittaient pas les miens, ses doigts effleurant la cicatrice sur mon front... Nous avions partagé quelque chose
de très personnel, de magique, même, j'en suis certaine.
Brusquement, je me suis rappelé l'autre fille, avant Stacia.
La sublime rousse hautaine de l'hôtel St Regis, que je
m'étais arrangée pour oublier. Ce que j'ai pu être bête et
naïve d'avoir cru lui plaire ! Parce que, en réalité, le vrai
Damen est un joueur. C'est comme ça.

Je suis aussi déconcertée que Miles et Haven par l'attitude de Damen, mais je refuse de l'admettre.

– Je n'ai rien fait du tout, je t'assure.

J'entends Miles retourner mes mots dans sa tête, se
demandant s'il doit me croire ou non.

– Vous vous sentez déprimées, abandonnées et trahies,
vous aussi ? soupire-t-il.

J'ai envie de me confier, de tout lui raconter, ce fatras
de sentiments dans lequel je me débats. Dire que, hier
encore, j'étais persuadée qu'il s'était passé quelque chose
d'important entre Damen et moi, et voilà qu'aujourd'hui
je me retrouve face à cela ! Mais non, je ne peux pas. Je
ramasse mes affaires et retourne en classe, alors qu'il reste
encore pas mal de temps avant la sonnerie.

Pendant le cours de français, je cherche vainement un
prétexte pour sécher le dessin. Tout en participant aux exer-

cices habituels, remuant les lèvres afin de former les mots
étrangers, etc., je me creuse la tête sans trouver comment
faire croire à des maux d'estomac, à la nausée, à la fièvre,
à un étourdissement, à la grippe, à n'importe quoi.

Ce n'est pas seulement à cause de Damen. Non, je me
demande pourquoi j'ai choisi ce cours. Je n'ai aucun talent
artistique, mes travaux ne ressemblent à rien, et je ne risque
pas de devenir une artiste. J'ajoute Damen à ce cocktail
détonant, sans oublier un bulletin de notes médiocre et,
en plus, cinquante-sept minutes de gros malaise.

Finalement, j'y suis allée. Parce que je n'avais rien de
mieux à faire. Après avoir récupéré mes fournitures dans
le placard et enfilé ma blouse, je m'aperçois qu'il n'est pas
là. Les minutes passent, et toujours aucun signe de Damen.
Je me résigne à attraper mes tubes et mes pinceaux, et à
gagner mon chevalet.

Où je trouve ce fichu petit mot plié en triangle.

Je le fixe si intensément que le reste du monde devient
flou et obscur. La classe se résume à un seul point lumi-
neux. Mon univers tout entier se borne à ce petit triangle
de papier posé sur le bord d'un chevalet, avec le nom de
Stacia griffonné dessus. Je ne veux pas savoir comment il
a atterri là, et, même si Damen est absent – je viens de
m'en assurer d'un rapide coup d'œil circulaire –, je ne veux
rien avoir à faire avec ce message. Je refuse d'entrer dans
ce jeu pervers.

Je saisis un pinceau et m'en sers pour envoyer valser le
bout de papier, qui voltige un moment avant de retomber
sur le sol. Je sais que c'est immature et ridicule, surtout
quand Mme Machado le ramasse et me le tend avec un
grand sourire.

– On dirait que tu as perdu quelque chose ! remarque-

t-elle sur un ton enjoué, loin de se douter que je l'ai délibérément jeté par terre.

Je range mes tubes pour me donner une contenance.
Elle n'a qu'à le donner à Stacia ou, mieux, le mettre à la
poubelle.

– Ce n'est pas à moi.

– Ah bon ? Il y a une autre Ever dans la classe ?

Quoi ?

Je prends le papier qu'elle me brandit sous le nez, et
constate qu'elle dit vrai. « Ever » est vraiment écrit dessus,
de l'écriture très reconnaissable de Damen. Je ne
comprends rien, je n'ai aucune explication logique. Mais
je sais ce que j'ai vu.

Les mains tremblantes, je déplie un coin après l'autre,
en prenant soin d'en lisser les plis. Et là, le souffle coupé,
je découvre un petit dessin – le croquis extrêmement précis
d'une magnifique tulipe rouge.

onze

Plus que quelques jours avant Halloween, mais mon costume est loin d'être terminé. Haven se déguise en vampire (sans blague), Miles en pirate – je l'ai dissuadé de s'habiller en Madonna période soutien-gorge métallique –, et moi, c'est un secret. Mon idée de génie s'est révélée un rien trop ambitieuse, et je commence à avoir de sérieux doutes.

Je n'en suis pas revenue, je l'avoue, quand Sabine a suggéré d'organiser une fête. Je ne pensais pas qu'elle s'intéressait à ce genre de choses, et puis je me disais que, si nous parvenions à réunir cinq invités, ce serait le bout du monde. Or il s'avère que Sabine a beaucoup plus de relations que je ne le croyais : il lui a fallu à peine deux minutes pour remplir deux colonnes et demie, alors que ma pauvre liste à moi se résume à mes deux amis et à leurs éventuels cavaliers.

Sabine a commandé le buffet et les boissons chez un traiteur, j'ai nommé Miles responsable de l'audiovisuel (c'est-à-dire qu'il va brancher son iPod sur la chaîne et louer des films d'horreur), et Haven s'occupe des gâteaux. Donc le comité de décoration se résume à Riley et à moi. Et Sabine m'ayant donné un catalogue et une carte de crédit, avec la consigne de me « faire plaisir », nous avons passé deux après-midi à transformer la maison, de style vaguement toscan, en une sorte de crypte hantée à vous glacer le sang. Qu'est-ce qu'on a ri ! Ce qui m'a rappelé l'époque où l'on décorait notre ancienne maison pour Noël, Pâques ou Thanksgiving. Et puis faire quelque chose ensemble nous a permis de moins nous chamailler.

– Tu devrais t'habiller en sirène, m'a conseillé Riley. Ou comme ces jeunes des séries de télé-réalité qu'on tourne dans le comté.

En équilibre précaire sur l'avant-dernier barreau de l'échelle, j'accroche une énième fausse toile d'araignée.

– Ne me dis pas que tu regardes ces trucs débiles ?

– Que veux-tu ? Ma télé a ses caprices.

De surprise, je me retourne, avide d'en savoir plus sur la vie après la mort, dont elle me distille les détails au compte-gouttes.

– Tu as une télé avec un enregistreur numérique ?

Elle va pêcher une guirlande lumineuse dans un carton et la déroule.

– Ce que tu peux être naïve ! On pourrait te faire gober n'importe quoi ! Au fait, tu ne veux pas qu'on échange les rôles ? C'est ridicule de t'obstiner à monter et à descendre de cette échelle, alors qu'avec une petite lévitation je pourrais régler la question en deux temps, trois mouvements !

Je secoue la tête. Elle a raison, mais j'aime mieux avoir un semblant de normalité dans ma vie.

– Allez, dis-moi comment tu vas te déguiser, enchaîne-t-elle.

– N'insiste pas. Je ne vois pas pourquoi tu serais la seule à garder tes secrets.

Je fixe la toile d'araignée dans un coin et redescends de l'échelle pour juger de l'effet.

Elle croise les bras sur sa poitrine avec cette petite moue boudeuse qui faisait craquer papa, mais jamais maman.

– Ce n'est pas juste !

J'attrape un squelette phosphorescent dont je démêle les membres.

– Pleure pas, tu le verras bien à la soirée.

Elle en couine presque, les yeux écarquillés.

– Parce que je suis invitée ?

J'éclate de rire et installe le squelette près de la porte, où il accueillera les invités.

– Comme si je pouvais t'empêcher de venir !

– Et ton chéri, il sera là ?

Je soupire, exaspérée. Son petit jeu commence à me lasser.

– Tu sais très bien que je n'en ai pas.

– Oh, ça va. Tu me prends pour une imbécile ? Tu crois que j'ai oublié le débat existentiel sur le sweat-shirt bleu ou vert ? Je suis super impatiente de le rencontrer. Enfin, de le voir, parce que j'imagine que tu ne me le présenteras pas. Ce qui est très impoli, si tu veux mon avis. Ce n'est pas parce qu'il ne peut pas me voir que...

– Tu es vraiment pénible ! Il n'est pas invité, de toute façon !

Et voilà ! Elle m'a eue !

Elle ouvre de grands yeux ravis, éclate de rire comme une petite folle, lance sa guirlande en l'air, et se met à sauter et à virevolter sur place.

– Youpi ! Je le savais ! Je le savais ! Je le savais ! Je le savais ! jubile-t-elle en frappant l'air de ses poings.

Je pousse un gros soupir. Comment ai-je pu tomber dans un piège aussi grossier ?

– Tu ne sais rien du tout ! Je ne sors pas avec lui, d'accord ? C'est un garçon que je trouvais mignon, avant de m'apercevoir qu'en fait c'est un coureur, alors j'ai laissé tomber. Point final. D'ailleurs, si tu veux le savoir, je ne le trouve même plus mignon du tout. Sérieusement, ça n'a même pas duré dix secondes, cette histoire, et encore, parce que je ne le connaissais pas vraiment. Et puis je ne suis pas la seule, figure-toi, Miles et Haven ont failli s'étriper à cause de lui. Alors maintenant, tu arrêtes cette petite danse ridicule et tu te remets au boulot, vu ?

Évidemment, je me rends compte que j'en ai trop dit pour être crédible. Mais le mal est fait, et il ne me reste plus qu'à la regarder voltiger dans la pièce en chantonnant.

– Je le savais ! Je le savais !

Le soir de Halloween, la maison est absolument fantastique. Riley et moi avons disposé des toiles d'araignée aux fenêtres avec de grosses mygales noires au milieu. Des chauves-souris sont suspendues au plafond, des membres mutilés et sanguinolents (factices, bien sûr) investissent chaque recoin, et une boule de cristal trône à côté d'un corbeau à piles dont les yeux s'animent et se mettent à briller lorsqu'il ouvre le bec : « Vous allez le regretter. Croâââ. Vous allez le regretter. »

Nous avons caché des zombies affublés de haillons ensanglantés là où l'on s'y attendrait le moins, placé deux chaudrons de potion fumante (de la neige carbonique mélangée à de l'eau) de chaque côté de l'entrée, et éparpillé des squelettes, des momies, des rats et des chats noirs, des gargouilles, des cercueils, des bougies noires et des crânes un peu partout. Des citrouilles allumées et des guirlandes électriques clignotantes décorent le jardin tandis que des globes flottants éclairent la piscine. On a même campé la Mort, grandeur nature, avec sa capuche et sa faux, sur la pelouse.

Riley contemple son corset de coquillages violets, ses cheveux rouges ainsi que sa queue parsemée d'écailles d'un beau vert métallique.

– Alors, de quoi j'ai l'air ?

Je suis occupée à me poudrer le visage de fard blanc en cherchant un moyen de me débarrasser d'elle, le temps d'enfiler mon costume, histoire de la surprendre, pour changer.

– À ton personnage de Disney favori.

Elle sourit.

– Je le prends pour un compliment.

J'attache mes cheveux en chignon avant de poser l'immense perruque blonde de mon déguisement.

– Et tu auras raison.

– Alors, tu t'habilles en quoi ? Tu vas me le dire, à la fin ? Ce suspense me tue !

Prise de fou rire, elle se tient le ventre en roulant sur le lit, d'où elle manque se casser la figure. Elle adore tourner la mort en dérision. Elle hurle de rire, mais moi ça me fait plutôt froid dans le dos.

Je feins de n'avoir rien entendu.

– Tu veux bien me rendre un service ? Va voir où en est Sabine avec son costume, et préviens-moi si elle s'avise de porter son faux nez avec la grosse verrue poilue. Sa tenue de sorcière est géniale, mais pas le nez. Ce n'est vraiment pas le genre de truc qui plaît aux hommes.

– Elle a un ami ? s'étonne Riley.

– Avec ce nez-là, elle ne risque pas.

Riley se laisse tomber du lit et traverse la chambre en trimballant sa queue de sirène derrière elle.

– Mais ne fais pas de bruit et ne t'amuse pas à l'effrayer, compris ?

Je la regarde traverser la porte close en frissonnant. Je l'ai pourtant vue faire un milliard de fois, mais je n'arrive toujours pas à m'y habituer.

Je vais chercher la housse cachée au fond du dressing. J'en sors une magnifique robe noire avec un décolleté carré, des manches trois-quarts transparentes, et un corset hyper serré bordé de petits volants brillants, comme en portait Marie-Antoinette au bal masqué (enfin, Kirsten Dunst dans le film). Je me bats avec la fermeture Éclair avant de coiffer la gigantesque perruque blond platine poudrée à boudins (je suis blonde, certes, mais je n'ai pas une telle masse de cheveux), applique du rouge à lèvres et m'attache un loup de soie noire sur les yeux. Une paire de longues boucles d'oreilles en strass complète l'ensemble. Pour finir, je me regarde dans la glace et, enchantée du résultat, j'exécute une pirouette et une petite révérence.

Riley débarque sur ces entrefaites.

– Mission accomplie ! On a eu chaud, mais finalement ça va. Elle a commencé par mettre le faux nez, elle l'a enlevé, et puis elle l'a remis, elle s'est regardée de profil et elle l'a définitivement enlevé. Je te jure, j'ai eu du mal à me retenir de lui arracher ce truc et de le balancer par la fenêtre.

Elle se laisse tomber sur la chaise à roulettes de mon bureau, qu'elle propulse du bout de sa nageoire.

– Relaxe ! Aux dernières nouvelles, elle l'a posé sur le rebord du lavabo. Un type a téléphoné pour savoir comment arriver jusqu'ici, et elle lui a raconté que tu as accompli un super boulot avec la décoration, qu'elle n'arrive pas à croire que tu t'en sois sortie seule, etc. Tu dois adorer récolter les compliments pour notre dur labeur à toutes les deux, non ?

Elle s'immobilise, le temps de détailler mon costume d'un œil appréciateur.

– Marie-Antoinette ! Qui l'eût cru ? J'ignorais que tu étais une fan de brioche.

Je lève les yeux au ciel.

– Pour ta gouverne, sache que cette histoire de brioche est un mythe. Elle n'a jamais dit ça, c'était juste une rumeur lancée par la presse à scandales. Il ne faut pas croire ce que racontent les journaux.

Tout en parlant, je vérifie dans le miroir mon maquillage et l'équilibre de ma perruque, en priant pour qu'elle reste en place. Soudain, je surprends quelque chose dans l'expression de ma sœur, dont je vois le reflet dans la glace.

– Ça va, Riley ?

Elle ferme les yeux et se mord les lèvres.

– Non, mais tu nous as vues, toutes les deux ? Tu es déguisée en reine adolescente au destin tragique, alors que moi je donnerais n'importe quoi pour être une adolescente tout court.

J'aimerais la consoler, mais quelque chose m'en empêche. Je suis tellement habituée à sa présence que j'en oublie parfois qu'elle n'est pas réelle et ne pourra jamais grandir et avoir treize ans. Et puis je me rappelle que c'est entièrement ma faute, et je me sens encore plus mal.

– Riley, je...

Elle remue gracieusement la queue et se met à flotter au-dessus de la chaise.

– Ça va, ne t'inquiète pas. Il est temps d'aller accueillir nos invités !

Haven est accompagnée d'Evangeline, sa copine co-dépendante qui, ô surprise, est également habillée en vampire. Miles a amené Eric, un type de son cours de théâtre, qui a l'air plutôt mignon sous son masque de Zorro et sa cape noire.

– Je n'arrive pas à croire que tu n'aies pas invité Damen, attaque Haven d'entrée de jeu en zappant le « bonjour ».

Voilà une semaine qu'elle me fait la tête, depuis qu'elle a appris que Damen n'était pas sur la liste.

Je pousse un soupir excédé. J'en ai assez de lui répéter l'évidence, de lui rappeler encore et encore que Damen ne s'intéresse plus à nous depuis qu'il déjeune systématiquement avec Stacia, et que, au début des cours, il ne décolle pas de sa table et s'amuse à faire surgir des roses blanches de partout. Sans parler du portrait qu'il exécute en cours de dessin, la *Femme aux cheveux jaunes*, qui ressemble de plus en plus à Stacia.

Je ne vois pas non plus pourquoi je devrais revenir sur le fait que, à part les tulipes rouges, le message mystérieux et un regard intense mais unique, il ne m'a pas adressé la parole depuis pratiquement deux semaines.

– De toute façon, il ne serait pas venu, alors... Il doit être quelque part avec Stacia, ou la rousse, ou bien...

Ma voix se brise.

Haven me lance un regard inquisiteur.

– Quelle rousse ? Il y a une rousse dans l'histoire, en plus ?

Je hausse les épaules. Le fait est qu'il pourrait être avec n'importe qui, du moment qu'il n'est pas ici, avec moi.

Haven pousse un soupir.

– Tu devrais le voir, déclare-t-elle à Evangeline. Il est hallucinant, ce type. Beau comme une star de cinéma, sexy comme un chanteur de rock, et même un peu illusionniste sur les bords.

– Dis plutôt que c'est une illusion, si j'ai bien compris, rétorque Evangeline. Après tout, la perfection n'existe pas.

Haven me jette un regard lourd de reproches tout en jouant avec son ras-de-cou en velours noir.

– Damen, si. Tu comprendrais si tu le voyais. Quoi qu'il en soit, n'oublie pas qu'il est pour moi, poursuit-elle. Je l'ai vu la première, avant même de te connaître.

Un coup d'œil à Evangeline me suffit pour prendre note de son aura sombre et opaque, ses bas résille, son minuscule short et son petit haut en maille. C'est le genre de fille qui n'a pas froid aux yeux.

– Tu sais, si je te prête des crocs et du faux sang, tu pourrais faire un super vampire, toi aussi, propose Haven.

Je peux ressentir son tiraillement intérieur. D'un côté, elle est mon amie, et en même temps elle est persuadée que je suis sa rivale.

Je fais non de la tête et les guide à l'autre bout de la pièce en espérant qu'elle va finir par oublier Damen et passer à autre chose.

Sabine discute avec ses amis, Haven et Evangeline se versent en douce de l'alcool dans leurs verres, et Miles danse avec Eric. Riley joue à lancer la mèche du fouet d'Eric en l'air, à gauche et à droite, en surveillant pour voir si on le remarque. Je m'apprête à lui faire signe d'arrêter si elle tient à rester à la fête, quand on sonne à la porte. Riley et moi faisons la course pour aller ouvrir – c'est notre petit jeu.

C'est moi qui gagne, mais j'oublie de lancer un clin d'œil victorieux à Riley en découvrant Damen sur le seuil. Il a un bouquet de fleurs dans une main, un chapeau à bordure vieil or dans l'autre, les cheveux rassemblés en catogan, et, au lieu de sa tenue noire habituelle, il porte une chemise blanche à jabot, un manteau à boutons dorés, ce qu'on appelait jadis une culotte, des collants et des chaussures noires à bout pointu. Miles va être jaloux, me dis-je avant de comprendre en qui il est déguisé. Mon cœur rate un battement.

– Comte de Fersen, dis-je faiblement.

– Pour vous servir, Marie, dit-il en esquissant une profonde révérence.

Je regarde par-dessus son épaule, cherchant Stacia, ou la rousse, n'importe qui. Impossible qu'il soit venu pour moi.

– Mais... c'était un secret... Et puis, je ne t'ai pas invité, que je sache...

Il se borne à sourire en m'offrant les fleurs.

– Disons que c'est une heureuse coïncidence.

Je déglutis avec peine et l'entraîne vers la salle de jeu. J'ai les joues en feu et mon cœur bat si fort qu'il va finir par s'échapper de ma poitrine si ça continue, j'en ai peur. Je me creuse la tête pour chercher une explication logique à l'arrivée-surprise de Damen, déguisé en mon chevalier servant, justement.

– Mais c'est Damen !

Haven nous adresse de grands signes, tout excitée, le visage rayonnant – enfin, pour autant qu'une face de vampire enfarinée aux crocs sanguinolents puisse rayonner. Mais, dès qu'elle remarque le costume de Damen et qu'elle comprend qu'il est habillé en Axel de Fersen, l'amant pas si secret de Marie-Antoinette, sa mine s'assombrit, et elle me lance un regard accusateur.

– Quand avez-vous manigancé ce plan ? demande-t-elle d'un ton faussement détaché (davantage par égard pour Damen que pour moi).

– Nous n'avons rien manigancé du tout.

J'espère qu'elle va me croire, mais je sais bien que non. La coïncidence est tellement étonnante que même moi je commence à avoir des doutes et à me demander si je n'aurais pas lâché des indices sur mon costume, même si je suis persuadée du contraire.

– Un heureux hasard, renchérit Damen en m'enlaçant la taille.

Il s'écarte aussitôt, mais ce bref contact suffit à m'envoyer une décharge électrique dans tout le corps.

Evangeline apparaît à ses côtés et commence à jouer avec le jabot de sa chemise.

– Tu dois être Damen. Je pensais que Haven exagérait, mais je vois que non. En quoi es-tu déguisé ?

– Axel de Fersen, dit Haven d'une voix d'outre-tombe, le regard lourd de sous-entendus.

– Ah, c'est qui ? demande Evangeline avec désinvolture.

Elle emprunte le chapeau de Damen, le plante sur sa tête et lui lance un regard enjôleur par en dessous, avant de le prendre par la main pour l'entraîner plus loin.

– Je n'arrive pas à le croire ! lance Haven dès qu'ils se sont éloignés, le visage tordu de colère et les poings serrés. (Ce n'est rien, comparé aux pensées horribles qui défilent dans sa tête.) Tu sais très bien qu'il me plaît. Je te l'ai dit ! Quand je pense que j'avais confiance en toi !

Je m'efforce de lui faire entendre raison, mais je sais que c'est peine perdue, qu'elle a choisi de ne pas me croire.

– Haven, je te jure que ce n'était pas prémédité. C'est une coïncidence bizarre, voilà tout. J'ignore ce qu'il fabrique ici. Je ne l'ai jamais invité, je te rappelle. Et puis, au cas où tu ne l'aurais pas remarqué, je te signale que ta super copine Evangeline est littéralement en train de lui baver dessus !

Haven leur jette un bref coup d'œil.

– Elle est comme ça avec tout le monde. Ce n'est pas d'elle que j'ai peur, c'est de toi.

Je respire à fond pour ne pas perdre patience et éviter de rire en voyant Riley singer Haven dans une caricature hilarante et cruelle.

– Écoute, je me tue à te répéter qu'il ne m'attire pas du tout ! Que dois-je faire pour que tu me croies ?

Elle détourne la tête, ses épaules s'affaissent et ses pensées virent au noir, tant elle est en colère.

– N'en rajoute pas, soupire-t-elle, les larmes aux yeux. Tu lui plais, c'est comme ça, je n'y peux rien. Ce n'est pas ta faute si tu es super belle et intelligente. Les garçons te préféreront toujours à moi, surtout s'ils te voient sans ta capuche, tu n'y es pour rien.

Et elle essaie de rire, sans grand succès.

– Tu en fais une montagne pour rien. La seule chose que nous partagions, Damen et moi, c'est une prédilection particulière pour les mêmes films et les mêmes costumes. Un point c'est tout, je te le jure.

Espérons qu'elle va me croire !

Elle observe Evangeline, à l'autre bout de la pièce, qui fait une petite démonstration avec le fouet de Zorro.

– Tu peux me rendre un service ?

Je hoche la tête. J'accepterais n'importe quoi pour en finir.

— Arrête de mentir. Tu n'es pas très douée, jette-t-elle avant de s'éloigner.

Je la suis des yeux pendant que Riley sautille sur place.

— C'est la meilleure soirée de ta vie, non ? Du drame ! Des intrigues ! De la jalousie ! Un quasi-crêpage de chignon ! Je suis trop contente d'avoir vu ça !

Je m'apprête à la faire taire, mais me rappelle à temps qu'elle est invisible, et que je n'aurais pas l'air fine si je me mettais à soliloquer à voix haute. Et quand on sonne à nouveau à la porte, malgré la queue de poisson qu'elle remorque derrière elle, elle me coiffe au poteau.

— Ça alors ! s'exclame la femme qui attend sur le seuil en nous regardant à tour de rôle, ma sœur et moi.

Je note qu'elle n'est pas déguisée, à condition d'oublier son look californien.

— Puis-je vous aider ? dis-je poliment.

Elle me dévisage de ses yeux noisette.

— Désolée d'être en retard, mais ces embouteillages, c'est de la folie, tu sais ce que c'est.

— Vous êtes une amie de Sabine ?

Elle n'arrête pas de loucher vers Riley, comme si elle pouvait la voir. C'est peut-être un tic mais je n'en suis pas sûre, parce que, même si je distingue son aura, d'un beau violet, je n'arrive curieusement pas à la lire.

— Je m'appelle Ava. Sabine a loué mes services pour la soirée.

— Vous êtes de l'équipe du traiteur ?

Je ne comprends pas pourquoi elle porte un dos nu noir, un jean slim et des ballerines au lieu d'une chemise blanche et d'un pantalon noir, comme les autres.

Elle se contente de rire et dit bonjour de la main à Riley, qui se cache derrière ma jupe, comme elle le faisait avec maman quand elle était intimidée.

La dénommée Ava repousse ses cheveux auburn en arrière et s'accroupit devant Riley.

– Je suis la voyante. Et je constate, Ever, que tu as de la compagnie.

douze

Apparemment, Ava la voyante était la jolie surprise que nous réservait Sabine. Et pour être réussi, c'était réussi. Comment n'ai-je rien vu venir ? Aucune idée. Étais-je tellement centrée sur ma petite personne que j'en ai oublié d'aller fouiner du côté de chez ma tante ?

J'ai failli la renvoyer. Mais le temps que je me remette du choc (elle pouvait voir Riley, vous vous rendez compte ?), Sabine a débarqué et l'a invitée à entrer.

– Je suis contente que vous ayez pu venir. Vous avez déjà fait connaissance de ma nièce, à ce que je vois, ajoute-t-elle en la conduisant dans la salle de jeu, où une table a été spécialement dressée.

Je reste dans les parages, au cas où Ava se risquerait à parler de Riley. Mais Sabine me prie d'aller chercher un verre pour notre voyante et, à mon retour, Ava est en train de tirer les cartes à quelqu'un.

– Tu devrais faire la queue, parce qu'il risque d'y avoir beaucoup de monde, suggère ma tante, appuyée contre l'épaule de Frankenstein.

Celui-ci, avec ou sans son masque hideux, n'est pas le type mignon qui travaille dans les mêmes bureaux qu'elle. Ni non plus le ténor de la finance qu'il prétend être. En fait, il habite toujours chez sa mère.

N'ayant aucune envie de lui gâcher sa soirée, je garde mes secrets pour moi.

– À tout à l'heure, dis-je en m'éloignant.

Je suis contente de voir Sabine s'amuser, pour une fois. En plus, j'ai découvert qu'elle a un tas d'amis et qu'apparemment elle s'intéresse de nouveau au sexe opposé. Je m'amuse beaucoup à regarder Riley danser avec des gens qui ne se doutent de rien, en surprenant des conversations qui ne sont pas de son âge. Soudain, j'éprouve le besoin de m'isoler de toutes ces pensées vagabondes, ces auras qui vibrent de partout, cette phénoménale énergie, et, surtout, de Damen.

Jusqu'ici, j'ai tout fait pour garder mes distances et jouer l'indifférence en le croisant au lycée. Mais de le voir débarquer à l'improviste, ce soir, dans un déguisement qui est manifestement le pendant du mien, je ne sais plus quoi penser... Dernièrement, pourtant, il semblait s'intéresser à son amie rousse ou à Stacia, et non pas à moi. Il jouait au séducteur avec son look de star, son charisme et ses incroyables tours de magie.

Je plonge le nez dans le bouquet qu'il m'a apporté : vingt-quatre tulipes rouges. Les tulipes ne sont pas réputées pour leur parfum, mais celles-ci exhalent une douce fragrance enivrante. Le visage dans le bouquet de pétales rouges, je confesse que Damen me plaît. Beaucoup. Je n'y peux rien, c'est comme ça. Et j'ai beau essayer de prétendre le contraire, ça ne change rien à la réalité.

Avant lui, je m'étais résignée à vivre en solitaire. Ce n'était pas de gaieté de cœur, mais j'essayais de me persuader que je n'aurais plus jamais de petit ami, que je ne serais plus jamais proche de qui que ce soit. Avais-je vraiment le choix, quand le moindre contact était tellement pénible ? Je saurais tout des pensées de mon partenaire. Il n'y aurait plus rien de secret ni de mystérieux entre nous, plus aucune raison de se torturer l'esprit, d'essayer de deviner les sentiments de l'autre.

Pouvoir lire dans les pensées des gens, voir leur énergie ou déchiffrer leur aura semble réjouissant, à première vue. En réalité, c'est loin d'être le cas, croyez-moi. Je donnerais n'importe quoi pour retrouver ma vie d'avant, redevenir normale et ignorante, comme tout le monde. Parce que même vos meilleurs amis peuvent parfois songer à des choses pas vraiment charitables, et il faut savoir pardonner quand on ne possède pas la touche « pause ».

Justement, c'est ce qui est génial avec Damen. Il est un peu ma touche « pause ». Le seul que je sois incapable de lire, le seul dont la voix impose silence aux autres. Avec lui, je me sens extraordinairement bien, en sécurité, au chaud, et aussi naturelle qu'il est possible de l'être, sauf que je ne peux pas m'empêcher de penser qu'il y a quelque chose de très bizarre là-dessous.

Je m'installe sur une chaise longue près de la piscine et arrange ma jupe autour de moi, hypnotisée par les globes qui changent de couleur en glissant à la surface de l'eau. Perdue dans mes pensées, absorbée par le spectacle grandiose qui se déroule devant mes yeux, je n'ai pas vu Damen arriver.

Il me sourit, et instantanément mon corps prend feu.

– Salut ! Sympa, ta fête ! Je suis bien content de m'être incrusté.

Il s'assied à côté de moi, et je détourne la tête. Je sais qu'il me taquine, mais je suis trop troublée pour répondre.

Du bout du doigt, il caresse la longue plume noire que j'ai plantée dans ma perruque à la dernière minute.

– Tu fais une magnifique Marie-Antoinette.

Je serre les lèvres, nerveuse, fébrile, très tentée de prendre la fuite. Et puis je respire à fond, je me détends, me laisse aller. J'ai bien le droit de vivre un peu – ne serait-ce qu'une nuit.

– Et toi un magnifique comte de Fersen.

Il rit.

– Tu peux m'appeler Axel !

Je désigne un endroit légèrement abîmé sur son épaule.

– On t'a fait payer un supplément pour le trou de mite ?

– Ce n'est pas un trou de mite. C'est la conséquence d'un tir d'artillerie, dommage minimal, comme on dit.

J'essaie de retrouver la fille que j'étais avant, celle pour qui la séduction était une seconde nature.

– Si je me souviens bien, c'est dans la scène où tu cherches à plaire à une jeune femme brune, c'est ça ?

Il pouffe.

– Il y a eu un changement de dernière minute. Tu n'as pas eu le nouveau script ?

Je m'allonge sur ma chaise longue en souriant. C'est si agréable de s'abandonner, de se comporter normalement, de flirter comme tout le monde...

Du bout de l'index, il suit la ligne de mon cou, laissant un picotement délicieux dans son sillage, s'attardant sous mon oreille, avant d'en suivre l'ourlet et de me caresser doucement la joue, les lèvres si près des miennes que nos souffles se mêlent.

– C'est une nouvelle version juste pour nous deux, où toi, ma chère Marie, tu gagnes le droit de garder ta jolie petite tête. Au fait, tu n'as pas envie de consulter cette voyante ?

Je secoue la tête. J'aimerais tant qu'il arrête de parler et se décide à m'embrasser !

— Tu es sceptique ?

J'ai envie de hurler de frustration.

— Non, je... je n'en sais rien.

Pourquoi parle-t-il constamment ? Il ne se rend pas compte que c'est peut-être ma dernière chance d'avoir une expérience normale avec un garçon ? Que l'occasion ne se représentera peut-être plus jamais ?

— Et pourquoi n'y vas-tu pas, toi ?

— C'est une perte de temps ! Il est impossible de lire dans les pensées des gens ou de leur prédire l'avenir, n'est-ce pas ?

Je tourne les yeux vers la piscine, où les globes sont devenus roses et forment un cœur à la surface de l'eau.

Doucement, il attrape mon menton dans sa main et approche mon visage du sien.

— Tu sembles contrariée...

Voilà autre chose. Parfois il parle comme un surfeur californien de base, et puis, sans transition, on dirait qu'il sort en droite ligne des *Hauts de Hurlevent*.

Je glousse malgré moi.

— Non, pas du tout.

— Qu'y a-t-il de si drôle ?

J'ai un mouvement de recul quand il glisse les doigts sous ma frange. Il laisse retomber sa main et me regarde avec une telle expression de gentillesse que j'ai presque envie de lui dire la vérité.

— Que t'est-il arrivé ?

Je ne réponds pas. Parce que, ce soir, c'est le seul moment de l'année où j'ai le droit d'être quelqu'un d'autre, où je puisse enfin me décharger de la responsabilité de la disparition de tout ce à quoi je tenais. Ce soir, j'ai le droit de jouer, de plaire et de prendre des décisions spontanées que je regretterai peut-être. Parce que, ce soir, je ne suis plus Ever, mais Marie. Et si Damen est un comte de Fersen digne de ce nom, il va finir par se taire et m'embrasser.

— Je n'ai pas envie d'en parler.

Dans la piscine, les globes ont viré au rouge.

— De quoi aimerais-tu parler, alors ?

Ses yeux sont deux puits sans fond qui m'attirent irrésistiblement.

— Je ne veux pas parler du tout.

Je retiens mon souffle quand ses lèvres touchent enfin les miennes.

treize

Sa **voix bouleversante** qui m'enveloppe de silence, ses mains qui m'électrisent des pieds à la tête... Je n'avais encore rien vu... Un seul de ses baisers, et je suis carrément au septième ciel. Je ne suis pas experte en la matière, n'ayant embrassé que quelques garçons dans ma vie, mais je vous parie qu'un baiser aussi sublime, aussi inouï, n'arrive qu'une fois dans une vie.

Et lorsque Damen détourne la tête pour me regarder, je ferme les yeux et l'attrape par le revers de son habit pour l'attirer à moi.

Haven m'arrache brusquement à mon extase.

– Je t'ai cherchée partout ! J'aurais dû me douter que tu te cachais ici.

Je m'écarte aussitôt, horrifiée d'être prise en flagrant délit, alors que je venais de lui jurer que Damen ne me plaisait pas.

– Nous étions juste...

Elle lève la main pour m'interrompre.

– Épargne-moi les détails, s'il te plaît. Je suis venue te dire qu'Evangeline et moi partons.

Je me demande depuis combien de temps Damen et moi sommes là, sur cette chaise longue.

– Déjà ?

– Oui, mon amie Drina est passée pour nous proposer de l'accompagner à une autre soirée. Vous pouvez venir si vous voulez. Enfin, si vous n'êtes pas trop occupés.

Damen bondit sur ses pieds.

– Drina ?

– Tu la connais ? s'étonne Haven.

Damen a déjà filé, comme s'il avait le diable à ses trousses. Haven lui emboîte le pas.

Je me précipite derrière elle pour lui parler, lui expliquer, mais quand je lui tape l'épaule sur le seuil de la porte-fenêtre, je ressens tant de noirceur, de colère et de désespoir qu'il m'est impossible d'articuler un mot.

Elle se dégage et me jette un regard furieux.

– Je t'avais bien dit que tu ne savais pas mentir, lâche-t-elle avant de repartir.

Je prends une profonde inspiration, et traverse la cuisine et la salle de jeu, les yeux fixés sur la nuque de Damen, qui se déplace si vite, avec une telle assurance qu'il a l'air de savoir exactement où Drina se trouve. En effet, une fois parvenue dans l'entrée, je me fige en les voyant côte à côte – lui dans son splendide habit dix-huitième – et elle, déguisée en une Marie-Antoinette si raffinée et ravissante que, brusquement, j'ai tellement honte de mon déguisement que j'aimerais disparaître sous terre.

Elle relève fièrement le menton et pose deux sphères d'émeraude étincelantes sur ma misérable personne.

– Tu dois être...

J'avise sa perruque blonde, la blancheur crémeuse de sa peau, le collier de perles à son cou, et ses lèvres de corail, parfaitement dessinées, entrouvertes sur des dents d'une blancheur presque irréelle.

– E...ver... dis-je dans un bégaiement.

Je me tourne vers Damen, dans l'espoir qu'il saura m'expliquer par quel hasard la rousse de l'hôtel St Regis a atterri chez moi. Mais il la fixe avec une telle intensité qu'il a oublié mon existence.

– Qu'est-ce que tu fiches ici ? demande-t-il à mi-voix.

– Haven m'a invitée.

J'ai le cœur glacé. Damen s'est métamorphosé, il est devenu froid, distant, cassant, comme si un nuage noir obscurcissait le soleil.

– Comment avez-vous fait connaissance ?

Drina me regarde fixement.

– Au Nocturne. Nous y allons, d'ailleurs. Ça ne t'ennuie pas si je t'enlève Haven, j'espère ?

J'essaie d'oublier mon pincement au cœur et le nœud à mon estomac pour me concentrer sur ses pensées. Mais elles sont inaccessibles, comme verrouillées, et son aura est inexistante.

Elle promène lentement son regard sur mon costume avant de revenir le planter dans le mien, mais je ne bronche pas.

– Suis-je bête ! Tu parlais de Damen, pas de Haven, n'est-ce pas ? raille-t-elle. On se connaît depuis longtemps, depuis le Nouveau-Mexique.

Elle pose la main sur mon bras et joue avec les perles qui ornent ma manche avant de descendre jusqu'à mon poignet, qu'elle serre à me faire mal.

– Disons qu'on se connaît depuis très longtemps. Très jolie, ta robe. C'est toi qui l'as faite ?

Je me dégage de son étreinte, moins à cause du sarcasme que du contact glacé de ses doigts, telles des griffes acérées mordant ma peau et me glaçant les veines.

Haven la couve du regard d'adoration qu'elle réserve

d'ordinaire aux vampires, aux chanteurs gothiques et à Damen.

– Elle est trop cool !

Evangeline consulte sa montre avec une certaine impatience.

– On devrait y aller si on veut arriver au Nocturne avant minuit.

– Tu peux venir, si tu veux, me propose Drina. J'ai une limousine.

Non, non, s'il te plaît, dis non ! s'égosille Haven en silence.

Drina nous regarde tour à tour, Damen et moi, en chantonnant ironiquement.

– Le chauffeur nous attend !

Mon cœur saigne en voyant Damen tiraillé entre nous deux.

– Vas-y, toi. Moi, je dois rester. Après tout, c'est ma soirée, dis-je avec une insouciance feinte alors que j'ai envie de mourir.

Le sourcil interrogateur, la mine hautaine, Drina ne nous quitte pas des yeux. Elle tressaille légèrement quand Damen fait non de la tête en me prenant la main.

Elle tourne les talons.

– C'était un réel plaisir de te rencontrer, Ever, lance-t-elle en se dirigeant vers la voiture. Je suis sûre qu'on se reverra bientôt.

Je les regarde descendre l'allée, puis tourner dans la rue.

– Alors, qui sont les prochains invités-surprises ? Stacia, Craig, Honor ?

Je regrette aussitôt mes paroles. J'ai honte d'être aussi mesquine, jalouse, pathétique. D'autant que je ne suis pas franchement étonnée. Après tout, j'étais au courant.

Damen est un tombeur. Point final.

Ce soir, c'était mon tour, voilà tout.

Il me caresse la joue du pouce.

– Je crois que je ferais mieux d'y aller, Ever, murmure-t-il alors que je m'écarte pour ne pas entendre ses excuses.

Je l'interroge du regard. Ma raison me souffle d'accepter une vérité que mon cœur refuse. Il n'a pas tout dit, il n'est pas allé jusqu'au bout de sa phrase : je ferais mieux d'y aller... pour la rattraper.

– D'accord, et merci d'être venu.

J'ai plutôt l'air d'une serveuse exténuée après un service particulièrement long que d'une petite amie potentielle.

Il retire la longue plume noire de ma perruque, m'en effleure le cou avant de me tapoter le bout du nez.

– En souvenir ?

Et je n'ai pas le temps de répondre que sa voiture a déjà démarré.

Je m'écroule sur les marches du perron, la tête dans les mains, la perruque en équilibre précaire. J'aimerais disparaître, revenir en arrière, tout recommencer. Je sais que je n'aurais jamais dû l'inciter à m'embrasser, ni même le laisser entrer...

Sabine m'attrape par le bras et m'aide à me relever.

– Ah, enfin, te voilà ! Je te cherchais partout. Ava accepte de rester pour te tirer les cartes.

Je n'ai pas l'intention de la blesser, mais c'est au-dessus de mes forces. Tout ce que je veux, c'est aller dans ma chambre, ôter cette perruque de malheur et dormir d'une traite.

– Je n'ai aucune envie qu'elle me tire les cartes.

Sabine, qui a un peu forcé sur le punch, est trop pompette pour m'écouter. Elle me prend par la main et m'emmène rejoindre Ava dans la salle de jeu.

Je m'installe en attendant que Sabine reprenne ses esprits.

— Salut, Ever ! me lance la voyante. Ne te presse pas, nous avons tout le temps.

J'examine les lames de tarot étalées devant moi pour éviter de la regarder en face.

— Euh... ne le prenez pas mal, mais je ne tiens pas vraiment à ce que vous me tiriez les cartes.

Elle commence à les battre comme si je n'avais rien dit.

— Comme tu veux. Mais on peut faire semblant pour ta tante, d'accord ? Elle s'inquiète beaucoup. Elle se demande si elle a la bonne attitude envers toi, si elle te laisse trop de liberté ou pas assez. Qu'en penses-tu ?

Quel scoop !

— Elle va se marier, tu sais, poursuit-elle.

Je n'en reviens pas.

— Pas aujourd'hui. Ni demain, d'ailleurs. Ne t'inquiète pas.

Je me tortille sur ma chaise, et la regarde couper le jeu puis étaler les lames en demi-cercle.

— Pourquoi cela m'inquiéterait-il ? Je veux que ma tante soit heureuse. Alors, si elle a envie de se marier...

— C'est vrai... mais ta vie a été bouleversée, cette année. Et tu ne t'es pas encore réellement habituée, je me trompe ?

Elle me considère d'un air pensif, attendant ma réponse. Mais je ne sais que dire. À quoi bon ? Elle ne m'a rien appris de nouveau ni de très original. La vie est pleine de bouleversements, et alors ? Est-ce que ce n'est pas justement le but ? Grandir, évoluer, s'adapter ? D'autant que Sabine n'est pas exactement une énigme à déchiffrer.

Ava retourne quelques cartes, laissant les autres à l'envers.

– Et tu t'en sors comment avec ton nouveau don ?

Je l'observe avec méfiance, ne comprenant pas où elle veut en venir.

– Mon quoi ?

Elle sourit, comme si c'était très naturel.

– Ton don d'extralucide.

Je vois danser Miles, Eric, Sabine et son ami, avec Riley... à leur insu.

– Je ne saisis pas de quoi vous parlez.

– C'est loin d'être évident, au début, poursuit Ava. Tu peux me croire. J'ai été la première à apprendre le décès de ma grand-mère. Elle est entrée dans ma chambre, s'est approchée de mon lit et m'a fait au revoir de la main. J'avais quatre ans, à l'époque, alors je te laisse imaginer la réaction de mes parents quand je me suis précipitée à la cuisine pour leur annoncer la nouvelle. Mais tu sais de quoi je parle puisque tu les vois toi aussi, n'est-ce pas ?

Les mains serrées l'une contre l'autre, j'examine les lames en silence.

– On se sent parfois complètement dépassé et isolé, reprend Ava, comme je ne réponds pas. Mais tu n'es pas obligée de te cacher sous une capuche en te ruinant les tympans avec de la musique, que tu n'aimes pas vraiment, en plus. Il y a des moyens de vivre avec, et je serais ravie de te les enseigner, Ever. Ce n'est pas une fatalité, je t'assure.

Je me lève, mais je dois m'appuyer sur la table : j'ai les jambes en coton et l'estomac qui tangue. Elle est folle de croire que j'ai un don. Moi je sais que c'est un châtiment à cause du mal que j'ai fait. Un terrible fardeau que je dois assumer.

– Je ne vois vraiment pas de quoi vous parlez, dis-je.

Elle hoche la tête et me tend sa carte.

– Tu pourras me contacter à ce numéro si tu veux.

Je l'accepte, parce que Sabine nous regarde et que je ne veux pas être grossière. Mais immédiatement après, je la froisse en une petite boule.

– Je peux y aller, maintenant ?

– Une dernière chose. Je me tracasse pour ta petite sœur. Je crois qu'il serait temps qu'elle aille de l'avant et oublie le passé, pas toi ?

Je la regarde ranger ses lames dans une valisette en cuir marron, cette Miss Je-sais-tout qui se permet de me juger, alors qu'elle ignore tout de moi. Je balance la boulette de carton sur la table.

– Au cas où vous ne l'auriez pas remarqué, Riley a oublié le passé ! Elle est morte !

Ava sourit sans se démonter.

– Tu sais parfaitement ce que je veux dire.

quatorze

Cette nuit-là, allongée dans mon lit longtemps après la fin de la fête et le départ des invités, je repense à ce que m'a dit Ava : Riley est coincée ici, pour ainsi dire, à cause de moi. Pour ma part, j'admets que ma sœur a tourné la page, et que si elle vient me rendre visite, c'est parce qu'elle en a envie. Après tout, je ne lui ai jamais demandé de débarquer quand bon lui semble, c'est son choix à elle. Et quand elle n'est pas là, avec moi, eh bien, j'imagine qu'elle doit s'amuser au paradis. Je ne doute pas qu'Ava cherche à m'aider, un peu comme une grande sœur pleine d'expérience, mais elle n'a pas l'air de comprendre que je ne veux pas de son aide. J'aimerais bien sûr redevenir normale, comme avant, mais je sais que c'est le prix à payer. Ce don horrible, je l'ai acquis pour avoir causé tant de mal et détruit toutes ces vies. Il ne me reste plus qu'à m'y habituer en essayant de ne plus nuire à personne.

Je finis par m'endormir et rêve de Damen. C'est si fort, si intense que j'ai l'impression que c'est réel. Le lendemain matin, au réveil, il ne subsiste que des images fugaces et fragmentaires qui ne veulent plus rien dire. En tout cas, je me rappelle clairement qu'à un moment donné Damen et moi courions au fond d'un canyon glacé et venteux, vers quelque chose que je ne pouvais pas voir.

Juchée au bord de mon lit, vêtue du costume de Zorro qu'Eric portait à la fête, la veille, ma sœur fait claquer le fouet en cuir noir sur le sol.

– Qu'est-ce qui t'arrive ? Pourquoi es-tu grincheuse comme ça ?

– C'est fini, Halloween, tu sais ?

Elle grimace sans cesser de s'en prendre à la moquette.

– Sans blague ? Et alors ? Je l'aime bien, ce costume. Tiens, je crois que je vais me déguiser tous les jours.

Je me penche vers le miroir pour fixer mes minuscules boucles d'oreilles en diamant et réunir mes cheveux en une queue-de-cheval.

Riley fronce le nez de dégoût. Elle lâche son fouet, attrape mon iPod et commence à faire défiler mes chansons.

– Je ne comprends pas pourquoi tu t'obstines à t'habiller comme ça. Je croyais que tu avais un petit copain, non ? Et pendant la fête ? Au bord de la piscine ? J'ai rêvé ou bien c'était juste un flirt sans lendemain ?

Je rougis jusqu'aux oreilles. Je me demande ce qu'elle a vu exactement.

– Qu'est-ce que tu y connais, aux « flirts sans lendemain », toi ? Tu n'as que douze ans, je te signale ! Et d'abord, je te défends de m'espionner.

Elle lève les yeux au ciel.

– Oh, arrête un peu ! Comme si j'allais perdre mon temps à t'espionner, toi, quand il y a plein de trucs plus intéressants à voir ! Bon, puisque tu insistes, je suis sortie par hasard sur la terrasse juste au moment où tu roulais une pelle à Damen, voilà. Et crois-le ou non, j'aurais préféré ne rien voir du tout.

J'ouvre mes tiroirs et passe ma colère sur mes sweat-shirts.

– Désolée de te décevoir, mais on ne peut pas vraiment le considérer comme mon copain. Je ne lui ai même pas adressé la parole depuis.

Je sens mon estomac exécuter un looping. J'attrape un sweat-shirt gris et l'enfile rageusement, saccageant au passage ma queue-de-cheval.

– Je peux l'espionner pour toi, si tu veux, propose-t-elle avec un sourire ravi.

Une part de moi aimerait bien la prendre au mot, mais l'autre sait que je dois tourner la page, faire mon deuil de cette histoire et l'oublier définitivement.

– Merci, mais je préfère que tu restes en dehors, d'accord ? J'aimerais bien être une lycéenne normale, pour changer, si ça ne t'ennuie pas.

Elle me lance mon iPod :

– C'est à toi de voir. À propos, Brandon est de nouveau célibataire, si ça t'intéresse.

J'attrape une pile de livres et les fourre dans mon sac à dos, étonnée que cette information ne me fasse ni chaud ni froid.

– Eh oui ! Rachel l'a largué le soir de Halloween quand elle l'a surpris en train d'embrasser une playmate. Enfin, ce n'était pas vraiment une playmate, c'était Heather Watson.

J'essaie de m'imaginer la chose, mais c'est mission impossible.

– Heather Watson ? Sérieusement ? Tu plaisantes ?

– Parole de scout. Faut le voir pour le croire. Elle a perdu dix kilos, abandonné son appareil dentaire, et elle s'est fait raidir les cheveux. Elle est transformée. Pas que physiquement. C'est devenu une vraie ouf, avec un « p » devant, si tu vois ce que je veux dire, conclut-elle en baissant le ton avant de se remettre à fouetter le sol, pendant que je m'efforce de digérer ces nouvelles.

— Ce n'est pas bien d'épier les gens, tu sais. Tu ne devrais pas.

Au fond, mieux vaut qu'elle espionne mes anciens amis plutôt que moi. Je hisse mon sac sur mon épaule et m'apprête à quitter la pièce.

— Et c'est aussi très impoli, tu y as pensé ?

— Ne sois pas ridicule, ironise Riley. Je trouve plutôt sympa de rester au courant de ce qui se passe là-bas.

— Bon, tu viens ?

— J'arrive ! Et je monte devant !

Sur ce, elle bondit sur la rampe et se laisse glisser jusqu'en bas, sa cape flottant derrière elle.

Quand je me gare devant chez Miles, il m'attend devant sa porte, tapotant son portable à toute vitesse avec deux doigts.

— Juste... une... petite... seconde... Voilà !

Il s'installe sur le siège passager et se penche vers moi.

— Et maintenant, raconte-moi tout. Du début à la fin. Je veux connaître les détails croustillants, et pas de censure, s'il te plaît !

— Mais de quoi parles-tu ?

Je sors de son allée en marche arrière et tourne dans la rue, jetant un coup d'œil à Riley au passage. Assise sur les genoux de Miles, elle s'amuse à lui souffler dans la figure et éclate de rire quand il s'évertue à régler la ventilation.

Il me regarde d'un air incrédule.

— Atterris, un peu ! Je te parle de Damen ! Il paraît que

vous avez passé la soirée à roucouler au clair de lune, à vous bécoter au bord de la piscine, à vous faire des mamours sous le ciel étoilé...

— Où veux-tu en venir ?

Je sais très bien où il veut en venir, mais j'espère gagner du temps.

— Pas la peine de nier, Haven m'a tout déballé. Je voulais t'appeler hier, mais mon père m'a confisqué mon téléphone et m'a traîné au terrain de base-ball pour me voir lancer comme une fille. Si tu m'avais vu ! C'était du grand n'importe quoi ! L'horreur ! Ça lui apprendra. Mais assez parlé de moi. Je veux que tu me racontes toute l'histoire, répète-t-il avec une pointe d'impatience. C'était aussi fantastique que ce qu'on avait imaginé ?

Je hausse les épaules et fais comprendre à Riley qu'elle a intérêt à arrêter son petit jeu tout de suite si elle tient à rester avec nous.

— Désolée de te décevoir, mais il n'y a rien à raconter.

— Pas d'après Haven. Elle m'a dit que...

Je sais ce que Haven lui a dit et n'ai aucune envie de l'entendre répéter. Je devine qu'il lève les sourcils avec un petit sourire entendu. Je bafouille comme une menteuse débutante, les joues en feu, les mains moites, les yeux fuyants, en espérant qu'il ne remarquera rien. En réalité, je me suis rejoué la scène du baiser tellement de fois dans ma tête qu'il est littéralement tatoué dans ma mémoire.

— Bon, d'accord, il m'a embrassée. Une seule fois. Peut-être deux, je n'en sais rien, je ne me suis pas amusée à compter.

Mais Miles en redemande.

— Et puis ?

Je constate avec soulagement que Riley a disparu.

– Et puis rien.

Miles a l'air indigné et inquiet, à la fois pour moi et pour l'avenir de notre petit groupe.

– Quoi ? Il ne t'a pas appelée ? Pas de texto, pas de mail, rien ? Il n'est même pas passé te voir ?

Je fais non de la tête, les yeux fixés sur la route. Je m'en veux d'avoir laissé dévier la conversation, et suis furieuse parce que j'ai la gorge nouée et les yeux qui piquent.

Miles paraît décidé à dénicher une lueur d'espoir dans la noirceur sans fond de ce tableau.

– Mais qu'est-ce qu'il t'a dit ? Avant de partir ? C'était quoi, ses derniers mots ?

Je tourne à un feu en me rappelant nos curieux adieux. Je déglutis avec difficulté.

– Il m'a dit « en souvenir ».

En l'énonçant à voix haute, je commence à comprendre que c'est vraiment mauvais signe.

On ne conserve les souvenirs que des endroits que l'on quitte.

Les yeux de Miles expriment ce que ses lèvres refusent de formuler. Je conclus :

– Comme tu dis.

Et j'entre dans le parking du lycée.

Je suis bien résolue à ne plus penser à Damen, mais j'avoue ma déception en ne le voyant pas en cours de littérature. Donc, évidemment, je pense encore plus à lui, au point que ça frise l'obsession.

J'ai le sentiment d'avoir partagé quelque chose de plus qu'un simple baiser, mais lui ? Ce n'est pas parce que, pour moi, c'était une expérience véritable, authentique et absolument unique qu'il en allait de même pour lui. J'ai beau m'y efforcer, je n'arrive pas à effacer l'image de Drina à côté de lui, en une exquise réplique du couple Fersen/Marie-Antoinette. Avec moi sur la touche, dans ma robe de location et avec mes boucles d'oreilles kitsch, une pâle imitation, quoi !

Je m'apprête à allumer mon iPod quand Damen et Stacia arrivent en riant, épaule contre épaule. Stacia tient deux roses blanches à la main.

Quand il la quitte et s'avance vers moi, je fais mine d'être absorbée par mes notes pour ne pas le voir.

Il s'installe comme si de rien n'était. Comme s'il n'avait pas commis un délit de fuite après m'avoir baratinée moins de quarante-huit heures plus tôt.

– Salut !

La main sur ma joue, je bâille ostensiblement, l'air blasée, épuisée, éreintée par des activités dont il n'a même pas idée. Je griffonne même des petits dessins sur un coin de mon cahier, mais ma main tremble si fort que mon stylo m'échappe des doigts et roule par terre.

Je me penche pour le ramasser et, en me redressant, je découvre une tulipe rouge sur ma table.

– Tiens donc ? Serais-tu à court de roses, par hasard ? dis-je en rangeant livres et cahiers pour me donner une contenance.

– Je ne t'offrirai jamais de rose, rétorque Damen.

Ses yeux cherchent les miens, mais je détourne la tête, je refuse de me laisser embobiner par son petit jeu sadique. J'attrape mon sac comme pour y chercher quelque chose, et jure entre mes dents en m'avisant qu'il déborde de tulipes.

– Toi, tu es une fille à tulipes – rouges.

– Quelle chance ! dis-je.

Je lâche mon sac et me rassieds au bord de ma chaise, le plus loin possible. Je ne comprends décidément plus rien.

Je suis en nage en gagnant la table du déjeuner. Je me demande si Damen sera là, et Haven aussi, parce qu'on ne s'est pas vues depuis samedi soir, mais je suis prête à parier qu'elle me déteste toujours autant. J'ai d'ailleurs passé l'heure de chimie à préparer un petit discours dans ma tête, mais, à la seconde où je la vois, j'oublie tout.

— Eh ! Regarde qui voilà ! s'exclame-t-elle.

Je me pose à côté de Miles qui, plongé dans un texto, ignore ma présence. Si ça continue, je vais devoir me chercher de nouveaux amis – mais qui voudra de moi ?

— Je disais justement à Miles qu'il a vraiment raté quelque chose au Nocturne, samedi soir. Mais il s'en fiche, ajoute-t-elle, l'air vexée.

Imperturbable, Miles poursuit sa danse à deux doigts.

— Peut-être parce que j'y ai déjà eu droit pendant le cours d'histoire, et que, comme tu n'avais pas fini, je suis arrivé en retard en espagnol à cause de toi.

Haven hausse les épaules.

— Tu es jaloux d'avoir raté cette soirée, c'est tout. Ça ne veut pas dire que ta fête n'était pas cool, Ever ! ajoute-t-elle très vite pour se rattraper. Au contraire, elle était trop réussie. C'est juste que le Nocturne, c'est plus mon délire, tu vois ?

Je frotte ma pomme sur ma manche. Je n'ai aucune envie que Haven s'étende davantage sur le Nocturne, son délire ou Drina. Mais, en levant le nez pour la regarder, je constate avec stupéfaction qu'elle a remplacé ses lentilles jaunes par des vertes.

Un vert familier qui me fait mal au ventre.

Un vert que l'on pourrait appeler vert Drina.

– Tu aurais trop dû voir ça. Il y avait trois kilomètres de queue à l'entrée, mais, grâce à Drina, les videurs nous ont immédiatement laissées entrer. On n'a rien payé ! C'était gratos toute la soirée ! J'ai même squatté sa chambre. Elle a une suite hallucinante au St Regis en attendant de trouver quelque chose de permanent. Tu verrais le truc : vue sur l'océan, Jacuzzi, mini-bar, la totale !

Elle me fixe de ses yeux émeraude, espérant une réponse à la hauteur de son enthousiasme, mais c'est au-dessus de mes forces.

Je l'examine mieux. Son eye-liner est moins épais et plus estompé que d'habitude, et ses lèvres ne sont plus rouge sang mais roses. Bref, elle est maquillée un peu comme Drina. Même ses cheveux, qu'elle a raides, sont maintenant ondulés et coiffés comme ceux de son idole. Et sa robe ajustée en soie vintage est exactement celle que porterait sa nouvelle amie.

– Où est Damen ? demande Haven en me regardant comme si j'étais censée le savoir.

Je mords dans ma pomme sans rien dire, mais Haven ne lâche pas prise.

– Que se passe-t-il ? Je croyais que vous étiez ensemble.

Avant que j'aie le temps de lui répondre, Miles lève les yeux de son portable et lui lance un regard éloquent : *tu t'aventures en terrain miné.*

Haven nous considère à tour de rôle.

– D'accord, mais sache que ça ne me pose aucun problème, vu ? Et je suis désolée si j'ai un peu pété les plombs samedi. C'est fini, sérieusement. Parole de petit doigt.

J'hésite avant d'accrocher mon petit doigt au sien et de capter son énergie. Elle est sincère, j'en suis sûre. Dire que, pas plus tard que ce week-end, elle me considérait comme l'ennemie publique numéro un. Je ne comprends rien à ce brusque revirement.

— Haven...

Je n'ose poursuivre. Oh, et puis, après tout, je n'ai plus rien à perdre.

Elle attend patiemment que je me décide.

— Euh... quand vous étiez au Nocturne, est-ce que... est-ce que, par hasard, vous auriez croisé Damen ?

Miles me jette un regard curieux, et Haven a l'air perplexe.

— Parce que, tu vois, il est parti juste après vous... Alors, je me demandais si, par hasard...

Du bout de la langue, elle cueille une miette de glaçage sur ses lèvres.

— Non, il n'était pas avec nous.

Je sais que je devrais m'abstenir, mais je décide quand même de faire une petite inspection visuelle du système des castes qui régit les tables du déjeuner, cette hiérarchie alphabétique qui commence par la nôtre, la série Z, pour remonter jusqu'à la classe A des stars du lycée. Vais-je trouver Damen et Stacia batifolant dans un champ de roses blanches, voire pire ?

Eh bien, non ! C'est le cirque habituel à la table de Stacia, mais, aujourd'hui en tout cas, il n'y a pas de fleurs.

Évidemment, puisque Damen est parti...

quinze

Je suis à demi assoupie quand Damen appelle. J'ai eu beau me seriner depuis ces deux derniers jours que je le déteste, je baisse la garde dès que j'entends le son de sa voix.

– Salut. Il n'est pas trop tard ?

Je consulte les chiffres verts fluorescents de mon réveil, qui confirment que si, il est trop tard.

– Non, ça va.

– Tu dormais ?

– Presque.

Je me redresse dans mon lit, le dos calé contre les oreillers.

– Je me demandais si je pouvais passer.

Un autre regard sur l'heure me prouve la folie de sa proposition.

– Je ne pense pas que ce soit une bonne idée.

S'ensuit un silence tellement long que je commence à croire qu'il a raccroché.

– Je suis désolé de t'avoir fait faux bond au déjeuner et en dessin. En fait, je suis parti juste après le cours de littérature.

Je ne sais pas quoi répondre. Ce n'est pas comme si nous sortions ensemble. Il n'a pas de comptes à me rendre.

– Euh... d'accord... dis-je.

– Il est vraiment trop tard pour que je passe, tu es sûre ? J'aimerais beaucoup te voir. Je ne resterai pas longtemps.

Sa voix est grave, persuasive. Ce léger revirement de situation me fait sourire. Je suis ravie de reprendre un peu les rênes de la situation, pour changer. Et je me félicite mentalement en m'entendant répondre.

– Je préfère qu'on se voie demain en littérature, ça te va ?

– Tu ne veux pas que je passe te chercher demain matin ?

Sa voix arriverait presque à me faire tout oublier : Stacia et Drina, sa fuite de samedi soir... Tout. Page blanche. Que ce qui appartient au passé reste dans le passé, et qu'on recommence de zéro.

Mais je ne vais quand même pas craquer si facilement alors que j'ai tenu bon jusqu'ici.

– C'est-à-dire que j'accompagne Miles, le matin, tu sais. On se voit en littérature, d'accord ?

Et pour ne pas risquer de changer d'avis, je raccroche et balance mon téléphone à l'autre bout de la pièce.

Riley se matérialise le lendemain matin.

– Alors, on fait toujours la tête ?

Je lève les yeux au ciel.

Elle rit, saute sur ma commode et balance les jambes en claquant les talons sur les tiroirs.

– Je prends ça pour un « oui ».

Je fourre une pile de livres dans mon sac et examine ma sœur : corset, ample jupe, longues boucles brunes.

– C'est quoi, ce nouveau déguisement ?

Elle me répond avec un sourire :

– Elizabeth Swann.

Je fronce les sourcils, essayant de situer ce nom.

– *Pirates des Caraïbes* ?

Elle louche en me tirant la langue.

– Exact. Et toi ? Ça baigne avec le comte de Fersen ?

Mon sac sur l'épaule, je m'apprête à sortir, bien décidée à ne pas répondre à cette pique.

– Tu viens ?

Elle fait non de la tête.

– Pas aujourd'hui. J'ai un rendez-vous.

Je m'appuie au chambranle de la porte, les sourcils froncés.

– Comment ça, un « rendez-vous » ?

Elle saute de la commode en gloussant.

– Ce ne sont pas tes oignons !

Et elle se volatilise en passant par le mur.

Comme Miles était en retard, le temps d'arriver au lycée, il n'y a plus une seule place libre dans le parking.

Enfin si, une. La meilleure, la plus convoitée.

Tout au bout, près de l'entrée.

Et juste à côté de la voiture de Damen, comme par hasard.

Miles ramasse ses livres et descend de ma petite auto rouge en regardant Damen comme si c'était le prestidigitateur le plus sexy du monde.

– Ça alors ! Comment as-tu fait ça ?

– Comment j'ai fait quoi ?

– Comment as-tu réussi à nous garder la place ? D'habitude, il faut réserver bien avant le début de l'année scolaire pour l'avoir, celle-là.

Damen éclate de rire, ses yeux cherchant les miens. Je me contente de le saluer d'un petit signe de tête, comme si je disais bonjour au pharmacien ou au facteur, mais pas au garçon qui m'obsède depuis la seconde où j'ai posé les yeux sur lui.

– Ça va bientôt sonner.

Je me dépêche pour ne pas être en retard en classe. Mais Damen se déplace si vite qu'il arrive avant moi, sans le moindre effort.

Je passe en trombe devant Stacia et Honor, donnant au passage un coup de pied dans le sac de Stacia, quand elle lève les yeux vers Damen.

– Et ma rose ? questionne-t-elle.

– Pas aujourd'hui, désolé.

Il s'assied à sa place et me lance un regard amusé.

– Il y a de la mauvaise humeur dans l'air, on dirait.

Je hausse les épaules et pose mon sac par terre. Damen se penche vers moi.

– Il n'y a pas le feu, tu sais. M. Robins est resté chez lui, ce matin.

– Comment le sais... ?

Je m'interromps. Par quel miracle Damen peut-il être au courant de ce que j'ai vu : notre professeur au lit avec la gueule de bois, anéanti par le récent départ de sa femme et de sa fille ?

Damen sourit.

– La remplaçante est arrivée pendant que je t'attendais. Elle paraissait un peu perdue, alors je l'ai accompagnée jusqu'à la salle des profs, mais elle a l'air tellement déboussolée qu'à tous les coups elle va atterrir au labo de sciences.

Je sais que c'est vrai. Je viens de la voir entrer par erreur dans une autre classe.

– Bon, alors, dis-moi. Qu'est-ce que je t'ai fait pour que tu sois si fâchée ?

Stacia et Honor échangent des messes basses en me jetant des regards empoisonnés.

Damen pose sa main sur la mienne.

– Ne fais pas attention à ces bécasses. Je suis désolé si je n'ai pas été très disponible, ces derniers jours. Mais j'avais de la visite, je ne pouvais pas faire autrement.

– Par « de la visite », tu veux dire Drina ?

Je déteste jouer les jalouses hystériques. J'aimerais pouvoir garder l'esprit serein et faire comme si je n'avais pas remarqué que tout a changé à la seconde où elle est apparue. Mais cela m'est tout simplement impossible : je deviens parano, à force.

– Ever...

Je ne le laisse pas finir. Maintenant que je suis lancée, autant dire ce que j'ai sur le cœur.

– Est-ce que tu as vu Haven, récemment ? On dirait le clone de Drina. Elle l'imite en tout, des vêtements jusqu'à la couleur des yeux. Si tu viens déjeuner avec nous, tu verras.

Je lui lance un regard accusateur, comme si c'était entièrement sa faute. Mais dès que nos yeux se croisent, je retombe sous le charme, tel un morceau de métal irrésistiblement attiré par un aimant.

– Ce n'est pas ce que tu crois, Ever, soupire-t-il.

Je m'écarte aussitôt.

– Tu n'as aucune idée de ce que je crois.

– Laisse-moi me racheter. J'aimerais t'emmener quelque part, dans un endroit spécial. S'il te plaît.

Je sens la chaleur de ses yeux sur ma peau, mais je refuse de m'y perdre. Je veux qu'il se pose des questions, qu'il doute. Je veux faire durer cet instant aussi longtemps que possible.

Je me tortille sur ma chaise et lui lance un regard en coin.

– On verra.

En tombant sur Damen devant la porte à la fin du cours d'histoire, la dernière heure de la matinée, je me dis qu'il veut déjeuner avec nous.

– Tu m'attends une minute ? Je vais laisser mon sac dans mon casier.

Il passe son bras autour de ma taille.

– Pas la peine. La surprise commence tout de suite.

– Quelle surprise ?

Je le regarde en face, et on dirait que le monde entier rétrécit, et qu'il ne reste plus que nous, enveloppés d'un vide sidéral.

– Je t'emmène dans un endroit spécial, pour me faire pardonner mes fautes. Tu te rappelles ?

Je croise les bras sur ma poitrine, pour la forme.

– Ne me dis pas que tu as l'intention de sécher les cours cet après-midi ?

Il s'approche de moi et effleure mon cou de ses lèvres.

– Si.

Je m'écarte de lui, mais, au lieu de dire non, je m'entends lui demander comment il compte s'y prendre.

Il me saisit la main et m'entraîne vers la sortie.

– T'inquiète. Avec moi, tu ne risques rien.

seize

– **Disneyland** ?

Je sors de ma voiture, interloquée. C'est bien la dernière chose à laquelle j'aurais pensé.

– Il paraît que c'est l'endroit le plus gai du monde, observe Damen, hilare. Tu ne connais pas ?

Je fais non de la tête.

– Génial ! Je serai ton guide, alors.

Il passe son bras sous le mien et m'entraîne vers l'entrée, et, tandis que nous marchons dans Main Street, j'essaie de me figurer que Damen est déjà venu ici. Il est si beau, sophistiqué et sexy qu'il est difficile de l'imaginer déambulant dans ce lieu où Mickey règne en maître.

– C'est mieux pendant la semaine, il y a moins de monde, déclare-t-il en traversant la rue. Viens, je vais te montrer La Nouvelle-Orléans, c'est l'endroit que je préfère.

Je m'arrête, étonnée.

– Tu viens souvent ? Je croyais que tu avais emménagé depuis peu ?

– C'est vrai, confirme-t-il, la mine réjouie. Mais l'un n'empêche pas l'autre.

Il m'emmène voir la Maison hantée. Après quoi nous allons faire un tour aux Pirates des Caraïbes.

– Lequel préfères-tu ? demande-t-il en ressortant.

– Euh... les Pirates, je crois. Enfin, peut-être les deux. Mais dans les Pirates, il y a Johnny Depp, alors forcément c'est un sacré avantage, non ?

– Johnny Depp ? Tu parles d'un rival !

Avec son jean foncé, son tee-shirt noir à manches longues et ses bottes, il éclipse tous les acteurs que je connais, mais je ne l'avouerais pour rien au monde.

– On y retourne ? propose-t-il, les yeux brillants.

Alors on y retourne. Ensuite, on repasse par la Maison hantée. À la fin, au moment où les fantômes s'invitent dans les voitures, je m'attends presque à voir Riley s'incruster entre nous avec ses grimaces et autres clowneries. Mais non, c'est un simple fantôme de dessin animé. Je me rappelle soudain que Riley m'a parlé d'un rendez-vous. Elle a d'autres chats à fouetter.

Plus tard, on s'attable au bord de l'eau, au Blue Bayou, le restaurant des Pirates. J'avale une gorgée de thé glacé.

– C'est un très grand parc avec un peu plus de deux attractions de fantômes ou de pirates, non ?

– Il paraît, oui, dit-il en me tendant un calamar du bout de sa fourchette. Avant, il y en avait une qui s'appelait Mission pour Mars. C'était la préférée des amoureux, parce qu'elle était complètement dans le noir.

– Elle existe toujours ? dis-je en rougissant comme une tomate. Enfin, je ne tiens pas à y aller. C'est par simple curiosité.

Damen me contemple d'un air amusé.

– Non, elle a fermé depuis longtemps.

Je plante ma fourchette dans un champignon farci, en espérant que ce ne sera pas trop mauvais.

– Alors, comme ça, tu allais dans le manège des amoureux quand tu avais... voyons... deux ans ?

Il éclate de rire.

– Non, c'était bien avant.

Normalement, c'est le genre d'endroit que j'évite comme la peste. Ça grouille de monde, avec de l'énergie qui part en tous sens, des auras qui s'emmêlent, des pensées qui se baladent. Mais avec Damen, c'est différent. C'est facile et très agréable. Il suffit qu'il me touche ou qu'il me parle pour que nous soyons seuls au monde.

Après le déjeuner, nous faisons le tour du parc en visitant toutes les attractions, sauf celles où l'on risque d'être aspergé. À la tombée de la nuit, Damen m'entraîne vers le château de la Belle au bois dormant, et l'on s'installe près des douves pour regarder le feu d'artifice, qui va bientôt commencer.

Il passe un bras autour de ma taille et me mordille délicatement le cou.

– Alors, je suis pardonné ? me murmure-t-il au creux de l'oreille.

Le grondement du feu d'artifice semble très loin tandis que Damen me serre dans ses bras et que ses lèvres cherchent les miennes.

– Tu vois ?

Du doigt, il me montre le ciel sombre où se détachent des roues violettes, des cascades argentées, des fontaines dorées, des chrysanthèmes roses. Les déflagrations se succèdent à une telle cadence que le sol tremble sous nos pieds.

Il me serre contre lui et me chuchote à l'oreille :

– La fête est finie.

– Et la fée Clochette est partie ? dis-je tandis que nous retournons au parking, main dans la main.

Je m'installe dans ma Miata et lui souris quand il passe la tête par la portière.

– Il y aura d'autres jours comme celui-là, promis. La prochaine fois, nous irons au California Adventure.

– Moi qui croyais qu'on venait justement d'en vivre une, d'aventure californienne !

C'est incroyable, mais il devine toujours ce que je pense.

– Je te suis, comme à l'aller ? dis-je en mettant le contact.

– Non, cette fois, c'est mon tour. Je veux être sûr que tu rentres à bon port.

Je sors du parking et m'engage sur l'autoroute pour rentrer à la maison, aux anges quand j'aperçois Damen dans mon rétroviseur.

J'ai un petit ami !

Super mignon, sexy, intelligent, craquant !

Avec qui je me sens normale.

Avec qui j'oublie que je ne le suis pas.

Je sors mon nouveau sweat-shirt Mickey de son sac plastique, posé sur le siège passager, et caresse du doigt l'effigie de la petite souris. C'est Damen qui l'a choisi en le tenant devant moi pour vérifier la taille.

– Tu vois, il n'a pas de capuche, m'a-t-il fait remarquer.

Je me suis regardée dans le miroir en me demandant s'il détestait autant mon look que l'affirme Riley.

– Et alors ? ai-je demandé.

– Que veux-tu que je te dise ? Je t'aime mieux sans capuche.

Le souvenir du baiser échangé pendant que nous faisions la queue à la caisse – ses lèvres chaudes et douces sur les miennes – me hante encore.

Et quand mon téléphone sonne, je jette un coup d'œil

130

dans le rétroviseur et constate que Damen a le sien coincé contre l'oreille.

— Salut, toi, dis-je d'une voix grave et sensuelle.

— Laisse tomber, dit Haven. Désolée de te décevoir, mais ce n'est que moi.

— Ah, bonjour, ça va ?

Je clignote pour avertir Damen que je change de file.

Il n'est plus derrière moi.

Les yeux rivés sur les rétroviseurs intérieur et extérieurs, je scrute les quatre voies de l'autoroute, mais il n'y a plus de trace de Damen.

— Eh ! Tu m'écoutes, oui ou non ?

Haven a l'air passablement énervée.

Je ralentis et tourne la tête dans l'espoir de repérer la BMW noire de Damen. Un énorme camion me dépasse. Le chauffeur klaxonne et me fait un geste obscène. Charmant.

— Excuse-moi, tu disais ?

— Je te disais qu'Evangeline a disparu !

— Comment ça, « disparu » ?

J'attends jusqu'à la dernière seconde pour prendre la sortie de l'autoroute, mais toujours pas de Damen. Pourtant, je suis certaine qu'il ne m'a pas doublée.

— J'ai essayé de l'appeler plusieurs fois, mais elle ne répond pas, poursuit Haven.

— Et... ?

J'ai hâte d'en finir avec son histoire pour pouvoir me concentrer sur la disparition qui me préoccupe.

— Et ce n'est pas tout. Elle ne répond ni sur son portable ni chez elle, et personne ne l'a vue depuis Halloween !

— Vraiment ?

Je surveille les rétroviseurs, tourne la tête de tous les côtés, mais toujours rien.

— Elle n'est pas rentrée avec vous ?

— Euh... pas exactement, réplique Haven d'une voix étranglée.

Je finis par abandonner. Je me promets d'appeler Damen sur son portable pour en avoir le cœur net, dès que j'en aurai fini avec Haven.

— Tu m'écoutes, oui ? hurle Haven. Si tu es trop occupée, tu n'as qu'à le dire. Je peux toujours appeler Miles, tu sais.

Je respire un grand coup pour garder mon calme et prends la voie de gauche, décidée à foncer pour rentrer à la maison le plus vite possible.

— Haven, excuse-moi, mais je suis au volant, et j'ai du mal à me concentrer. Et puis nous savons parfaitement toutes les deux que Miles est à son cours de théâtre, et que sinon tu ne m'aurais pas téléphoné, hein ?

— Oui, bon, marmonne Haven. Enfin, bref, ce que je ne t'ai pas dit, c'est qu'en fait Drina et moi sommes parties sans elle.

— Quoi ?

— Tu sais, au Nocturne. Elle a disparu, quoi. On l'a cherchée partout, mais on ne l'a pas trouvée. Alors on a pensé qu'elle avait rencontré un type, ce qui était plausible, et puis on a fini par partir.

— Vous l'avez laissée à L.A. ? Le soir de Halloween ? Quand tous les tordus de la ville sont de sortie ?

À peine ai-je prononcé ces mots que je vois la scène : elles trois dans un club hyper sombre et franchement louche, Drina entraînant Haven dans la salle VIP, abandonnant Evangeline exprès. Après, je ne vois plus rien – pas d'homme, en tout cas.

– Que voulais-tu qu'on fasse ? Elle est majeure, je te signale, et elle fait ce qu'elle veut. Drina avait dit qu'elle garderait un œil sur elle, mais elle l'a perdue de vue. Je viens de l'avoir au téléphone, elle s'en veut terriblement.

Je n'en crois pas un mot. Drina n'est pas du genre à avoir des remords, ni à ressentir quoi que ce soit, en fait.

– Drina s'en veut ?

– Tu ne le crois pas, c'est ça ? Mais tu ne la connais même pas.

J'appuie sur l'accélérateur, primo parce que je sais qu'il n'y a pas de radar à cet endroit-là, et secundo parce que j'aimerais laisser toute cette histoire derrière moi – Haven, Drina, Evangeline et l'étrange disparition de Damen –, même si je sais que c'est illusoire.

Je lève le pied pour réduire ma vitesse.

– Désolée, dis-je.

– Bon. Écoute, je me sens mal. Je ne sais plus quoi faire.

– Tu as appelé ses parents ? dis-je, même si je connais d'avance la réponse.

– Sa mère est une alcoolo finie qui vit en Arizona, et son père s'est fait la malle avant sa naissance. Son proprio attend qu'on débarrasse ses affaires pour relouer l'appart. On a signalé sa disparition à la police, mais ils n'ont pas l'air de la prendre au sérieux.

– Je sais, dis-je en allumant mes phares pour éclairer la route du canyon.

– Comment ça, tu « sais » ?

– Je veux dire : je comprends ce que tu ressens.

Haven soupire.

– Où es-tu ? On ne t'a pas vue au déjeuner.

– Sur la route de Laguna Canyon, je rentre de Disneyland. Damen m'y a emmenée.

– Vraiment ? Tiens, c'est bizarre ! s'exclame Haven.

Je suis assez d'accord avec elle, je n'arrive toujours pas
à me faire à l'idée que Damen s'éclate au royaume de
Mickey, même si je l'ai vu de mes yeux.

– N'est-ce pas ?

– Non, ce que je veux dire, c'est que Drina y était aussi.
Elle m'a expliqué qu'elle n'y était pas allée depuis des
années et qu'elle voulait voir si ça avait changé. C'est
dingue, ça, non ? Vous ne l'avez pas croisée ?

– Euh... non.

J'essaie de garder une voix normale malgré mon nœud
à l'estomac, mes mains moites et la panique qui me sub-
merge.

– Ah bon, c'est drôle. Remarque, c'est tellement grand,
et il y a une telle foule...

– Oui, c'est vrai. Écoute, il faut que je te laisse, maintenant. À demain.

Je raccroche sans lui laisser le temps de répondre et
m'arrête sur le bas-côté. Je regarde ma liste d'appels pour
retrouver le numéro de Damen et assène un coup sur le
volant quand je vois s'afficher « numéro privé ».

Drôle de petit ami, dont je n'ai pas le numéro et ignore
même où il habite...

dix-sept

Hier soir, je n'ai pas répondu quand Damen a appelé (enfin, j'ai supposé que c'était lui, l'écran affichant « numéro privé »). Et ce matin, tout en me préparant pour le lycée, j'efface son message sans même l'écouter.

Riley pivote à toute vitesse sur ma chaise avec ses cheveux courts et sa tenue noire à la Trinity dans *Matrix*.

– Tu n'es pas curieuse de savoir ce qu'il dit ? demande Riley.

– Non.

Je contemple le sweat-shirt Mickey d'un œil mauvais et en choisis un que Damen ne m'a pas offert.

– J'aurais pu l'écouter. Je t'aurais raconté l'essentiel.

J'enroule mes cheveux en un chignon que je fais tenir à l'aide d'un crayon.

– Pas question.

– Oui, bon, ce n'est pas la peine de te passer les nerfs sur tes cheveux. Ils ne t'ont rien fait, que je sache. Je ne te comprends pas, ajoute-t-elle, voyant que je reste de marbre. Pourquoi es-tu toujours en colère comme ça ? Bon, tu l'as perdu sur l'autoroute, il a oublié de te donner son numéro, et alors ? Tu es parano à ce point-là ?

Je lui tourne le dos. Je sais qu'elle a raison. Je suis en colère. Et parano. Et pire encore. Le parfait modèle de la tarée domestique ordinaire, fâcheusement susceptible, liseuse de pensées, voyeuse d'auras et de morts.

Mais ma sœur ignore que je ne lui ai pas tout avoué.

Je ne lui ai pas raconté que Drina nous avait suivis jusqu'à Disneyland.

Ni que Damen disparaît chaque fois qu'elle est dans les parages.

J'étudie son costume noir et brillant.

– À propos, tu vas continuer à jouer à Halloween encore longtemps ?

– Aussi longtemps que j'en aurai envie, dit-elle en croisant les bras avec une petite moue chagrine.

En remarquant sa lèvre inférieure qui tremble, j'ai l'impression d'être la pire râleuse du monde.

– Excuse-moi, Riley, je suis désolée.

Je mets mon sac sur l'épaule en me disant que j'aimerais bien que ma vie se stabilise, histoire de retrouver un peu d'équilibre.

– Non, tu n'es pas désolée, ça se voit.

– Mais si, Riley, c'est vrai. Et, crois-moi, je n'ai pas envie de me disputer avec toi.

Elle regarde le plafond et secoue la tête en tapant du pied par terre.

– Tu viens ?

Je m'apprête à sortir, mais elle ne répond pas.

– Viens. Tu sais que je ne peux pas être en retard. Allez, décide-toi.

Elle serre les paupières en secouant la tête, et, quand elle rouvre les yeux, je constate qu'ils sont rouges.

– Je ne suis pas obligée d'être là, tu sais.

J'ai la main sur la poignée de la porte. Il faut absolument

que j'y aille, mais j'en suis incapable après ce qu'elle vient de dire.

— De quoi parles-tu ?

— Mais d'ici ! De tout ça ! Toi, moi, mes visites. Je ne suis pas obligée.

J'ai l'estomac noué et je veux qu'elle arrête, je refuse d'en entendre davantage. Je me suis tellement habituée à sa présence que je n'ai jamais envisagé qu'elle puisse préférer être ailleurs.

J'ai la gorge sèche, nouée, et ma voix trahit ma panique.

— Mais... je croyais que tu aimais bien venir ici...

— C'est vrai. Mais ce n'est peut-être pas la meilleure chose à faire. Est-ce que l'idée t'a effleurée que je ferais mieux d'être ailleurs ?

Elle me lance un regard angoissé, indécis, et, même si je suis très en retard, je ne peux plus partir.

— Riley, je... Qu'essaies-tu de me dire, exactement ?

J'aimerais pouvoir rembobiner cette matinée et tout recommencer.

— Eh bien, c'est Ava qui m'a dit que...

— Ava ?

Les yeux manquent me sortir de la tête.

— Oui, tu sais, la voyante. Celle de la soirée de Halloween. Celle qui pouvait me voir.

J'ouvre la porte et lance par-dessus mon épaule :

— Ça m'embête de te le dire, mais Ava est une espèce d'escroc, de charlatan. C'est du flan, son numéro, de l'arnaque. Je ne vois pas pourquoi tu l'écoutes. Elle est folle, tu m'entends ?

— Pourtant, elle m'a dit plein de choses très intéressantes.

Il y a tellement de peine et d'inquiétude dans sa voix que je donnerais n'importe quoi pour la consoler. Je balaie le couloir du regard, même si je sais pertinemment que Sabine est déjà partie.

– Écoute, je ne veux plus entendre parler d'Ava. Si tu as toujours envie d'aller la voir après ce que je t'ai dit, alors très bien, je ne peux pas t'en empêcher. Mais pense qu'Ava ne nous connaît pas et n'a absolument pas le droit de nous juger, ou de nous reprocher d'aimer passer du temps ensemble. Ça ne la regarde pas. Ce sont nos oignons.

En m'apercevant que ses yeux sont toujours remplis de larmes, que ses lèvres tremblent encore, j'ai le moral dans les chaussettes.

– Il faut vraiment que j'y aille. Tu viens, oui ou non ?
– Non.

Je respire un grand coup et sors en claquant la porte.

Miles ayant eu la présence d'esprit de ne pas m'attendre, j'effectue le trajet toute seule. La cloche a déjà sonné quand j'arrive, mais Damen est là, à côté de sa voiture garée à la deuxième meilleure place du parking, puisqu'il m'a gardé la meilleure.

– Salut, dit-il en m'embrassant.

J'attrape mon sac et m'élance vers la grille, Damen sur mes talons.

– Je suis désolé de t'avoir perdue hier soir. J'ai essayé de t'appeler, mais ça ne répondait pas.

J'agrippe les barreaux de fer et les secoue de toutes mes forces, mais ils ne bougent pas d'un poil. Je ferme les yeux et appuie le front contre le métal froid. Rien à faire, je suis trop en retard.

– Tu as eu mon message ?

Je lâche la grille et me dirige vers le secrétariat, redoutant le moment horrible où je vais essuyer un sermon à cause de l'absence d'hier et du retard de ce matin.

Damen me prend la main, et je fonds de la tête aux pieds.

— Qu'est-ce qui t'arrive ? Je croyais qu'on avait passé un bon moment et que tu t'étais bien amusée ?

Je m'adosse en soupirant au muret de brique. Je me sens toute caoutchouteuse, sans défense.

— À moins que tu n'aies joué la comédie pour me faire plaisir ?

Damen me serre doucement les doigts d'un air implorant.

Et alors que je commence à céder, que j'ai presque mordu à l'hameçon, je lâche sa main et m'éloigne de lui, rattrapée par le raz-de-marée des souvenirs de cette soirée : Haven, notre coup de téléphone, l'étrange disparition de Damen sur l'autoroute.

— Tu savais que Drina était à Disneyland, elle aussi ?

Je me rends compte de ma mesquinerie. Mais maintenant que j'ai commencé, autant continuer, même si je m'attends au pire.

— Y a-t-il quelque chose que je devrais savoir ? Tu as quelque chose à me dire ?

Damen m'enveloppe d'un regard empreint de douceur.

— Drina ne m'intéresse pas. Toi, oui.

J'ai tellement envie de le croire ! J'aimerais tant que ce soit aussi simple ! Et quand il reprend ma main, je constate que c'est effectivement très simple et que tous mes doutes se sont évaporés.

— C'est là que tu dois répondre que tu ressens la même chose pour moi.

J'hésite, j'ai le cœur qui bat si fort qu'il n'est pas possible que Damen ne l'entende pas. Mais j'ai attendu trop longtemps, la magie du moment s'est envolée. Damen glisse un bras autour de ma taille et me ramène à la grille.

– Ne t'inquiète pas, prends ton temps. Je ne suis pas pressé, il n'y a pas de date limite. Mais pour l'instant, l'important c'est que tu ailles en classe.

– Il faut passer par le secrétariat. La grille est fermée, je te signale.

– Ever, la grille n'est pas fermée.

– Euh... excuse-moi, mais si, elle l'est. Je viens d'essayer.

– Tu me fais confiance ? Qu'est-ce que ça te coûte ? Quelques pas ? Quelques minutes de retard en plus ?

J'hésite et finis par le suivre jusqu'à la grille, qui, je ne sais comment, est ouverte. Je n'y comprends rien.

– Mais je l'ai vue ! Et toi aussi, d'ailleurs ! J'ai même secoué les barreaux, ils n'ont pas bougé d'un pouce.

Mais il me pose un baiser sur la joue.

– Vas-y. Ne t'inquiète pas, M. Robins est encore absent, et la remplaçante est dans les choux. Rien à craindre.

– Et toi, tu ne viens pas ?

Je me sens soudain submergée par la panique, le déchirement.

– Je suis émancipé, je fais ce que je veux.

– Mais...

Je me rends compte que son numéro de téléphone n'est qu'un des innombrables détails que j'ignore à son sujet. En fait, je le connais à peine. Comment peut-il donc m'inspirer un tel sentiment de bien-être et de normalité, alors que tout ce qui le concerne est complètement anormal ? Je me souviens qu'il ne m'a toujours pas expliqué ce qui s'est passé sur l'autoroute hier soir.

140

Je n'ai pas le temps de le lui demander qu'il se matérialise à mes côtés et me prend la main.

– Mon voisin m'a appelé. L'arrosage automatique s'était coincé et mon jardin commençait à être inondé. J'ai essayé de te prévenir, mais tu étais au téléphone et je ne voulais pas te déranger.

Je contemple nos deux mains enlacées, l'une bronzée et forte, l'autre pâle et fragile. Un couple tellement improbable...

– Vas-y, insiste-t-il. Je te verrai après les cours, promis.

Il sourit et cueille une tulipe rouge derrière mon oreille.

D'habitude, je m'attarde le moins possible sur ma vie d'avant. J'essaie de ne pas penser à mon ancienne maison, à mes amis, à ma famille, à mon ancien moi. Je suis devenue experte en la matière, en général je sais reconnaître les signes avant-coureurs de l'orage – les yeux qui piquent, le souffle court, le sentiment écrasant de vide et de désespoir – et je parviens à l'éviter. Mais quelquefois, il m'éclate à la figure, sans prévenir, sans préparation. Dans ce cas-là, je ne peux que me rouler en boule dans un coin et attendre que ça passe.

Pas facile à faire en plein cours d'histoire.

Pendant que M. Munoz disserte en long et en large sur Napoléon, ma gorge se bloque, mon estomac se contracte, et mes yeux se mettent à brûler si violemment que je me lève de ma chaise et cours vers la porte, sourde aux appels de mon professeur et aux rires moqueurs de mes camarades.

Je prends un virage, aveuglée par les larmes, suffoquant, comme vidée de l'intérieur, telle une carcasse qui s'effrite et s'écroule. J'aperçois Stacia trop tard et la tamponne avec une telle force qu'elle est projetée par terre et déchire sa robe.

— Qu'est-ce que... ?

Elle observe ses jambes étalées et l'accroc à sa robe, d'un air incrédule, puis elle me regarde dans les yeux.

— Tu as esquinté ma robe, pauvre tarée !

Elle passe un doigt dans la déchirure pour me montrer les dégâts.

Je suis réellement désolée, mais je n'ai pas le temps de l'aider. Mon chagrin est sur le point d'éclater, et je ne peux pas laisser Stacia le voir.

Au moment où je vais la dépasser, elle m'attrape le bras pour se relever, et sa peau me communique une énergie tellement noire et sinistre que j'en ai le souffle coupé. Elle me serre le poignet si fort que je suis au bord de l'évanouissement.

— Je te signale que c'est une robe griffée. Ce qui signifie que tu vas me la rembourser. Et crois-moi, ça ne va pas s'arrêter là. Je vais t'en faire tellement baver que tu vas regretter d'avoir mis les pieds dans ce lycée, sale garce !

J'ai retrouvé mon aplomb, mon estomac et un calme relatif.

— Comme Kendra, par exemple ?

Elle desserre un peu son étreinte, sans me lâcher.

— Tu as mis de la drogue dans son casier, dis-je, interprétant au fur et à mesure la scène que je vois dans ma tête. Tu t'es débrouillée pour qu'elle soit exclue, tu as miné sa crédibilité pour qu'on te croie, toi et pas elle.

Elle finit par me lâcher le bras et recule d'un pas, le visage livide.

— Qui te l'a dit ? Tu n'étais même pas ici quand ça s'est produit.

C'est exact, mais le problème n'est pas là. Mon petit orage personnel est passé, le chagrin qui menaçait de m'envahir s'est miraculeusement envolé à cause de la peur que je lis dans ses yeux.

– Et ce n'est pas tout. Je sais que tu triches aux contrôles, que tu fauches de l'argent à tes parents et aussi des fringues dans les magasins. Tu voles même tes amis ! Remarque, te concernant, c'est de bonne guerre. Je sais aussi que tu enregistres tous les coups de fil de Honor et que tu as constitué un dossier de tous ses textos et de ses e-mails au cas où elle déciderait de se retourner contre toi. Tu flirtes avec son beau-père, ce qui, soit dit en passant, est absolument ignoble, mais malheureusement ce n'est pas le pire. Je connais toute l'histoire avec M. Barnes, ou Barnum. Enfin, tu vois de qui je veux parler, ton prof d'histoire en troisième ? Celui que tu as essayé de séduire. Et quand tu as compris qu'il ne marchait pas dans ta combine, tu as essayé de le faire chanter en le menaçant de « tout » avouer au principal et à sa femme, enceinte, la pauvre...

Je suis dégoûtée qu'on puisse avoir un comportement aussi sordide. J'ai du mal à croire qu'un tel monstre d'égoïsme puisse exister.

Et pourtant elle est là, bien réelle, devant moi, les yeux exorbités, les lèvres tremblantes, sonnée de s'entendre révéler ses sales petits secrets. Je n'ai aucun scrupule à la démasquer, ni à utiliser mon don de cette manière. Au contraire. À voir cette misérable fille, cette terreur qui m'a persécutée depuis mon premier jour au lycée, trembler de la tête aux pieds, le front mouillé d'une sueur froide, je ressens une immense satisfaction. Ma nausée et mon chagrin ne sont plus qu'un souvenir. Du coup, je songe qu'il n'y a aucune raison pour que je m'arrête sur ma lancée.

– Je continue ? Facile. Ce ne sont pas les horreurs qui manquent, mais je ne t'apprends rien, pas vrai ?

Elle recule en trébuchant à mesure que j'approche, essayant désespérément de mettre la plus grande distance possible entre nous.

– Tu es une sorcière, ou quoi ? chuchote-t-elle, jetant des yeux affolés dans le couloir, cherchant de l'aide, une issue, n'importe quoi pour s'échapper.

Je ne dis ni oui ni non et me borne à rire, histoire qu'elle y regarde à deux fois avant d'agir, à l'avenir.

Mais très vite, elle reprend son assurance et esquisse un sourire.

– Remarque, c'est ta parole contre la mienne. Et à ton avis, qui va-t-on croire ? Moi, la fille la plus populaire de la promo ? Ou toi, la pire des dégénérés qui aient jamais mis les pieds dans cette école ?

Elle n'a pas tort.

Elle passe les doigts dans la déchirure de sa robe.

– Je te conseille de garder tes distances, pauvre naze. Sinon, tu vas le regretter, je te le garantis.

En passant, elle me bouscule violemment pour me prouver que ce ne sont pas des paroles en l'air.

À l'heure du déjeuner, j'essaie de ne pas regarder Haven comme une bête de foire, à cause de ses cheveux violets, et hésite même à lui en parler.

Mais elle éclate de rire.

– Ne fais pas semblant de n'avoir rien vu. C'est atroce, je sais. Juste après t'avoir appelée hier soir, j'ai essayé de les teindre en rouge. Tu sais, un beau rouge cuivré, un peu

144

comme Drina. Voilà le résultat ! dit-elle en attrapant une mèche avec une grimace. J'ai l'air d'une aubergine plantée sur un cure-dents. Mais plus pour très longtemps, parce que, après les cours, Drina m'emmène à L.A. dans un salon fréquenté par un tas de célébrités. Tu sais, le genre d'endroit hyper branché où il faut réserver au moins un an à l'avance. Elle a réussi à obtenir un rendez-vous en dernière minute. C'est hallucinant, le monde qu'elle connaît.

Je lui coupe la parole, n'ayant aucune envie d'en entendre davantage sur l'hallucinante Drina et ses privilèges de star.

– Où est Miles ?

– Il apprend son texte. Le théâtre municipal va donner une représentation de *Hairspray*, et il aimerait décrocher le premier rôle.

J'ouvre ma barquette-déjeuner, où je trouve un demi-sandwich, une grappe de raisin, un paquet de chips et des tulipes.

– C'est une fille, non, le premier rôle ?

– Il a essayé de me convaincre d'aller auditionner aussi, mais ce n'est pas trop mon truc. Et où est passé Monsieur Grand-Brun-Super-Sexy, ton nouveau copain ?

Je réponds que je n'en sais rien et me rappelle que, une fois encore, j'ai oublié de lui demander son numéro de téléphone ou son adresse.

– Il doit être quelque part, à profiter des joies de l'émancipation. Des nouvelles d'Evangeline ?

Je déballe mon sandwich.

– Non, rien. Mais regarde !

Elle relève sa manche pour exhiber l'intérieur de son poignet.

Je plisse les yeux en devinant l'esquisse d'un petit tatouage circulaire, le croquis d'un serpent qui se mord la queue. Ce n'est encore qu'une ébauche, et pourtant, en une fraction de seconde, je vois le serpent onduler. Mais je bats des paupières et il s'immobilise. J'ignore pourquoi, mais l'énergie qui se dégage du tatouage me fait froid dans le dos.

— Qu'est-ce que c'est ?

— C'est censé être une surprise. Je te montrerai quand ce sera terminé. En fait, je n'aurais même pas dû t'en parler.

Elle rajuste sa manche et jette un coup d'œil autour d'elle avant d'ajouter :

— J'ai promis de ne rien dire. Mais je suis trop contente pour me taire. Et puis je ne suis pas très forte quand il s'agit de garder des secrets. Surtout les miens.

Je m'efforce de me brancher sur son énergie, pour trouver une explication logique au malaise qui me noue l'estomac, mais sans résultat.

— À qui l'as-tu promis ? Qu'est-ce qui t'arrive ?

Je constate que son aura est d'un gris cendreux triste et que ses bords flottent, comme effilochés.

Elle rit et fait mine de se verrouiller les lèvres.

— Oublie tout ça. Tu verras bien, le moment venu.

dix-huit

En rentrant du lycée, je trouve Damen qui m'attend sur les marches du perron. Son sourire dissipe instantanément les nuages et les doutes. Une question pourtant me turlupine. Je suis certaine de ne pas avoir indiqué son nom au gardien de la résidence.

– On t'a laissé entrer ?

Il se lève et frotte son jean noir de grande marque avant de me suivre à l'intérieur.

– Un peu de charme et une grosse voiture, ça marche à tous les coups. Tu as passé une bonne journée ?

J'ai conscience d'enfreindre la règle de prudence la plus élémentaire – ne jamais inviter un étranger chez soi, même s'il s'agit de son petit ami potentiel.

Je le regarde en douce. Je suis tentée de lui raconter des salades, parce que, il a beau hocher la tête avec application, je suis sûre qu'il ne m'écoute pas. Il a l'air distant, préoccupé.

– Oh, la routine, quoi ! La remplaçante a juré de ne plus jamais revenir et Mme Machado m'a fait jurer de ne plus jamais revenir moi non plus...

Je me rends à la cuisine, ouvre le frigo et lui propose une bouteille d'eau, qu'il refuse, préférant siroter sa boisson rouge.

– Et toi ? Tu as fait quoi ?

– Un tour en voiture, un peu de surf, et puis j'ai attendu que la cloche sonne pour te retrouver.

– Si tu étais venu en cours, tu n'aurais pas eu besoin d'attendre, tu sais.

– J'essaierai d'y penser demain.

Adossée au bar, je joue nerveusement avec le bouchon de ma bouteille, mal à l'aise à l'idée de me retrouver seule avec lui dans cette grande maison vide, avec tant de questions sans réponse, sans savoir par où commencer.

– On va à la piscine ? dis-je, dans l'espoir que l'air frais me fera du bien.

Il fait non de la tête.

– On monte plutôt dans ta chambre ?

– Comment sais-tu qu'elle est en haut ?

Il éclate de rire.

– C'est généralement le cas, non ?

J'hésite entre laisser les choses suivre leur cours et trouver un moyen poli de le mettre à la porte.

Il me prend la main.

– Allez, viens, je ne mords pas, je t'assure.

Son sourire est tellement irrésistible, sa main si douce... Je me surprends à monter l'escalier en priant pour que Riley ne soit pas là. Mais à peine sommes-nous arrivés en haut qu'elle déboule comme une avalanche.

– Ever, pardon ! Je suis désolée ! Je ne voulais vraiment pas me fâcher avec... Oups !

Elle s'arrête net et nous dévisage tour à tour avec des yeux ronds comme des Frisbee.

Moi je poursuis mon chemin, comme si de rien n'était, en croisant les doigts pour qu'elle ait la bonne idée de disparaître. Et de ne revenir que beaucoup plus tard.

– On dirait que tu as laissé ta télé allumée, observe Damen en entrant dans la salle de jeu.

Pendant ce temps, et malgré mes coups d'œil furieux, Riley trottine à côté de lui en le détaillant des pieds à la tête, les deux pouces en l'air pour manifester son approbation enthousiaste.

J'ai beau la supplier du regard, elle fait la sourde oreille et s'affale sur le canapé, les pieds sur les genoux de Damen.

Je fonce dans la salle de bains, furieuse qu'elle n'ait pas saisi le message et pris la tangente. En plus, je sais que, d'une minute à l'autre, elle est capable de commettre une folie que je ne pourrais jamais expliquer. Je me débarrasse de mon sweat-shirt et me dépêche de faire une toilette sommaire, me brossant les dents d'une main, me passant du déodorant de l'autre, et recrachant le dentifrice tout en enfilant un tee-shirt blanc propre. Je défais ensuite ma queue-de-cheval, mets du baume à lèvres, une goutte de parfum, et ressors en trombe pour trouver Riley en train d'inspecter les oreilles de Damen.

– Viens sur le balcon. La vue est incroyable, dis-je pour faire diversion.

Il secoue la tête et tapote le coussin.

– Plus tard.

Riley saute de joie.

Il est là, assis en toute innocence sur un canapé où il se croit seul, alors que ce picotement dans l'oreille, ce genou qui gratte, ce courant d'air dans le cou sont le résultat des charmantes attentions de ma petite sœur.

Je lance un regard appuyé à Riley et tourne les talons en espérant que, cette fois, elle sera assez maligne pour me suivre.

– Oh, j'ai oublié ma bouteille d'eau dans la salle de bains.

Damen se lève.

– Laisse, j'y vais.

Il passe entre la table basse et le canapé en évitant soigneusement les jambes de Riley. Laquelle me jette un regard effaré, que je lui rends, et pouf ! elle a disparu.

À son retour, Damen me passe la bouteille et marche résolument là où, deux minutes plus tôt, il avait pris soin de contourner l'obstacle.

– Qu'y a-t-il ? questionne-t-il, remarquant mon regard éberlué.

Je réponds d'un geste désinvolte et me concentre sur la télé en me répétant qu'il s'agit d'une coïncidence. Il ne peut pas y avoir d'autre explication.

– J'aimerais bien savoir comment tu fais !

Pelotonnés sur une chaise longue au bord de la piscine, nous venons de dévorer une pizza, enfin, surtout moi, car Damen mange plutôt comme un mannequin que comme un garçon. Du genre à picorer, chipoter, jouer avec la nourriture, avaler une mini bouchée, re-picorer... En fait, il a surtout bu son truc rouge.

– Comment je fais quoi ? demande-t-il, le menton posé sur mon épaule, les bras autour de ma taille.

– Tout ! Tu ne fais jamais tes devoirs, et pourtant tu connais les réponses. Il suffit que tu attrapes un pinceau, que tu le trempes dans de la peinture, et voilà, en trois coups de cuiller à pot tu nous fais un Picasso plus réussi que l'original ! Et en sport ? Tu es mauvais ? Mal coordonné ? Allez, quoi ! Dis-le-moi !

150

– Voyons voir... me souffle-t-il dans le creux de l'oreille. Je n'ai jamais été très bon au base-ball. En revanche, je suis un footballeur de classe internationale et suis plutôt doué sur une planche de surf, enfin je crois.

– En musique, alors. Tu n'as pas d'oreille ?

– Passe-moi une guitare, un piano, un violon, même un saxophone, et tu verras.

– Bon, alors c'est quoi, ton point faible ? Tout le monde est nul dans au moins un domaine ! Dis-moi ce que tu ne sais pas faire.

Il resserre son étreinte.

– Pourquoi tiens-tu à le savoir et perdre tes illusions à mon sujet ?

– Parce que j'ai horreur de me sentir aussi pâlotte et maigrichonne à côté de toi. Je suis nulle dans tellement de domaines... J'aimerais bien qu'il y ait au moins une chose que tu ne saches pas faire, toi non plus.

– Tu n'es pas nulle, rétorque-t-il gravement, le nez dans mes cheveux.

Je tiens bon. Je veux savoir, j'ai besoin de quelque chose qui le rende plus humain, même un tout petit peu.

– Juste une chose, s'il te plaît. Même si tu dois mentir, c'est pour la bonne cause, pour mon moral.

J'essaie de me retourner pour le regarder, mais il m'empêche de bouger et me dépose un léger baiser sur l'oreille.

– Tu veux vraiment le savoir ?

Je fais oui de la tête, mon cœur s'emballe, mon sang bat à mes tempes comme un courant électrique.

– Je suis nul en amour.

Je regarde pensivement le foyer du barbecue sans trop

comprendre. Je voulais qu'il me réponde, évidemment, mais pas sur un ton si grave.

— Euh... tu veux bien préciser ? dis-je avec un gloussement nerveux, car, cette fois, je ne suis pas trop sûre de vouloir une réponse.

Je crains qu'il n'y ait un rapport avec Drina, sujet que je préfère éviter.

Il me serre fort dans ses bras, la respiration lente et profonde. Il reste immobile si longtemps que j'ai l'impression qu'il ne va jamais répondre.

— Je finis toujours par... décevoir, lâche-t-il énigmatiquement, refusant d'en dire plus.

Je m'écarte pour le regarder en face.

— Mais tu n'as que dix-sept ans. Donc ça signifie combien de déceptions, exactement ?

— Viens te baigner, élude-t-il.

Ce garçon est vraiment formidable : il a toujours un maillot de bain dans son coffre.

— Eh oui ! On est en Californie, on ne sait jamais quand on peut en avoir besoin, explique-t-il avec un sourire désarmant. J'ai aussi une combinaison de plongée. Tu crois que je devrais aller la chercher ?

Je nage là où l'eau est la plus profonde.

— Je ne peux pas dire. À toi de voir.

Il s'approche du bord et fait mine de tremper le bout de son orteil.

— Interdiction de tester, il faut sauter !

— J'ai le droit de plonger ?

— Tu as le droit de faire ce que tu veux : une bombe, un plat, n'importe quoi !

Il exécute un magnifique saut de l'ange avant de refaire surface à côté de moi.

– Génial ! apprécie-t-il.

Ses cheveux sont plaqués en arrière, sa peau brille de mille éclats, et de minuscules gouttes sont prises dans ses cils. J'ai l'impression qu'il va m'embrasser, mais, brusquement, il replonge et s'éloigne.

Je respire un grand coup, ravale ma fierté et le suis.

– Ah, c'est mieux comme ça, dit-il en me prenant dans ses bras.

Mes orteils effleurent à peine le fond de la piscine.

– Pourquoi ? Tu as peur quand tu n'as pas pied ?

– Non, je parlais de ta tenue. Tu devrais t'habiller comme ça plus souvent.

J'ai la peau laiteuse dans mon Bikini blanc, et je m'efforce de ne pas me sentir trop minable à côté de son corps musclé et bronzé.

– C'est beaucoup mieux que tes jeans et tes capuches, crois-moi !

Je serre les lèvres sans trop savoir quoi répondre.

– Mais bon, c'est toi qui sais ce que tu as à faire, hein ?

Je le dévisage. Il y a quelque chose dans la façon dont il a dit ça, comme s'il voulait en dire plus. Comme s'il connaissait la raison secrète de mes choix vestimentaires.

– Voilà qui te protégera des foudres de Stacia et de Honor, ajoute-t-il en souriant. Elles n'apprécient pas trop la concurrence.

Il replace une mèche de mes cheveux derrière mon oreille et me caresse la joue.

Je le revois faisant du charme à Stacia avec ses roses blanches, je songe à notre accrochage de ce matin, à la menace que Stacia ne manquera pas de mettre à exécution. Nous nous regardons pendant de longues minutes, au point que mon humeur s'assombrit et que je m'éloigne.

Mais Damen s'élance à ma suite.

– Ever, en ce qui me concerne, il n'y a jamais eu de concurrence.

Je mets la tête sous l'eau et nage vers l'échelle. Je dois me dépêcher si je veux lui dire son fait, car, dès qu'il s'approche, inexplicablement, les mots s'évaporent.

Mes mains et ma voix tremblent. J'aimerais pouvoir arrêter cette scène et revenir en arrière, à notre belle soirée romantique. En même temps, j'ai besoin de lui dire ses quatre vérités, quelles que soient les conséquences.

– Je ne suis jamais sûre de rien avec toi ! Tu souffles constamment le chaud et le froid ! C'est vrai, quoi ! Tu me contemples comme si... comme maintenant, tu vois, et puis hop, l'instant d'après, tu es complètement scotché à Stacia.

Je le regarde sortir de l'eau, ruisselant, si beau que j'ai la respiration coupée.

Il ferme les yeux en soupirant, les rouvre, avance d'un pas et m'enlace pour m'obliger à me retourner. Je finis par céder.

– Ever, je... je n'ai jamais eu l'intention de te blesser. Sincèrement. Jamais. Je n'ai jamais voulu te faire de mal. Et je suis désolé si tu as l'impression que j'ai joué avec tes sentiments. Je te l'ai dit, je ne suis pas très doué pour ce genre de chose.

Il sourit, passe la main dans mes cheveux mouillés et en sort une tulipe rouge.

Je contemple ses larges épaules, son torse ciselé, son ventre musclé et ses mains vides. Pas de manches ni de poches où cacher ses tulipes. Rien que son corps à moitié nu dans son maillot de bain ruisselant, et cette tulipe à la main.

J'ose à peine respirer. Je suis peut-être ignorante, mais je sais très bien que cette fleur n'est pas sortie de mon oreille.

– Comment fais-tu ?

Damen me serre plus étroitement contre lui.

– Comment je fais quoi ?

J'essaie de lutter contre l'exquise sensation de ses mains sur ma peau, cette chaleur qui me donne le vertige.

– Les roses, les tulipes, tout ça...

– C'est magique...

Je m'écarte et me drape dans une serviette. Je me demande dans quelle histoire je me suis fourrée et s'il est encore temps d'en sortir.

– Tu ne peux pas être sérieux deux minutes ?

– Je suis très sérieux, murmure-t-il en remettant son tee-shirt avant de récupérer ses clés.

Frissonnante dans ma serviette mouillée, je le regarde se diriger vers le portail et me faire un signe de la main par-dessus son épaule.

– Sabine est rentrée, lance-t-il avant de se fondre dans la nuit.

dix-neuf

Quand je me gare sur le parking du lycée, le lendemain, je constate que Damen ne s'y trouve pas. Je sors de ma voiture, enfile mon sac sur l'épaule et me dirige vers ma classe en me préparant au pire.

Mais, une fois devant la salle, je suis paralysée et fixe stupidement la porte verte. Incapable de l'ouvrir.

Et comme mes dons extralucides s'évanouissent s'agissant de Damen, je vois uniquement le cauchemar que je me joue dans ma tête : Damen assis sur le coin de la table de Stacia, riant, flirtant, faisant surgir des roses d'un peu partout, tandis que, tête basse, je passe devant eux pour gagner ma place, Damen m'effleurant du regard, comme si j'étais invisible, puis me tournant le dos pour se consacrer à ma rivale.

C'est insupportable. Stacia est cruelle, mesquine, horrible, sadique, et le pire, c'est qu'elle n'en fait pas mystère et l'affiche ostensiblement.

Moi, en revanche, c'est tout le contraire : je suis paranoïaque, secrète, je me dissimule derrière mes lunettes de soleil et mes capuches, et le fardeau que je porte est si écrasant que rien n'est simple chez moi.

Je tends la main pour tourner la poignée de la porte en me sermonnant. *C'est complètement ridicule. Que vas-tu faire ? Laisser tomber tes études ? Il te reste encore un an et demi, alors prends sur toi, entre et qu'on en finisse !*

Mais ma main tremble si fort qu'elle refuse de m'obéir. Je suis sur le point de tourner les talons pour m'enfuir au galop lorsque quelqu'un arrive derrière moi.

– Euh... tu vas l'ouvrir un jour, cette porte ? demande-t-il en me traitant intérieurement de pauvre débile.

J'inspire à fond, ouvre et me faufile à l'intérieur. Et là, c'est pire que tout ce que j'ai pu imaginer : Damen n'est pas là.

Au déjeuner, je le cherche partout et, ne l'apercevant nulle part, je me dirige vers notre table habituelle, où j'arrive en même temps que Haven.

Elle pose sa barquette-déjeuner devant elle et s'installe en face de moi.

– Voilà six jours que je n'ai pas de nouvelles d'Evangeline.

Miles se matérialise à côté de moi et débouche sa bouteille d'eau vitaminée.

– Tu as pensé à interroger le groupe d'anonymes ?

Haven lève les yeux au ciel.

– Ils sont anonymes, Miles.

– Je parle de son mentor, Haven.

– On les appelle des sponsors. Et, oui, bien sûr que j'ai essayé, mais personne ne sait rien. Drina trouve que je m'en fais une montagne.

– Ah, elle est toujours dans le paysage, celle-là ? demande Miles.

Quelque chose dans le ton de Miles m'intrigue. J'attends la suite. N'ayant aucun don de voyance concernant Damen et Drina, je suis aussi curieuse que lui de connaître la réponse.

– Euh... oui... elle habite ici, maintenant. Pourquoi ? Il y a un problème ?

Miles hausse les épaules et avale une gorgée d'eau. Ses pensées racontent une autre histoire, et son aura jaune s'assombrit. Il hésite entre dire ce qu'il pense et tenir sa langue.

– Non, aucun. C'est juste que...

– C'est juste que quoi ? demande Haven, les traits tordus de colère.

Je l'encourage mentalement. *Vas-y, Miles, dis-lui que Drina est une horrible garce arrogante, qu'elle exerce une mauvaise influence et est une source d'ennuis. Tu n'es pas le seul à le voir, moi aussi, alors fonce, dis-lui que cette fille est une calamité !*

Il hésite, les mots se forment sur sa langue, je retiens mon souffle.

– Euh... Rien, laisse tomber.

Je jette un coup d'œil à Haven. Elle est furieuse, l'aura en furie, bordée d'étincelles et de flammes, et je vois l'explosion qui se prépare dans trois, deux, un...

– Excuse-moi, Miles, mais il n'y a pas de « rien » qui tienne. Si tu as quelque chose à dire, vas-y, je t'écoute.

Elle le fusille du regard et pianote nerveusement sur la table, son gâteau complètement oublié.

– C'est ça, fais le sourd, reprend-elle, voyant qu'il ne répond pas. Et toi aussi, Ever. Ce n'est pas parce que tu ne dis rien que tu n'es pas moins coupable.

Miles me regarde avec de grands yeux, les sourcils levés. Je sais que je devrais réagir, lui demander pour la forme ce qu'elle me reproche. Mais, en réalité, je le sais. Elle m'en veut de ne pas aimer Drina. De ne pas lui faire confiance. De soupçonner chez elle quelque chose de suspect, de glauque, même. Et de ne pas m'en cacher.

Haven est tellement hors d'elle qu'elle nous crache presque à la figure.

– Vous n'avez aucun droit de la juger sans la connaître ! Que ça vous plaise ou non, moi je l'aime beaucoup, Drina. Et même si je ne la connais pas depuis longtemps, je la considère comme une véritable amie, plus sincère que vous deux réunis !

– Ce n'est pas vrai ! s'exclame Miles, outré. Tu racontes n'importe quoi.

– Désolée, Miles, mais si, c'est la pure vérité. Vous me tolérez, mais vous ne me comprenez pas vraiment. Drina et moi avons les mêmes goûts, les mêmes centres d'intérêt. Et elle n'espère pas me transformer, contrairement à vous. Elle m'apprécie comme je suis.

– Ah oui ? C'est pour ça que tu as complètement changé ton look, parce qu'elle t'accepte telle que tu es ?

Haven ferme les yeux, inspire lentement, puis elle se lève et ramasse ses affaires.

– Va te faire voir, Miles. Et toi aussi, Ever.

Miles s'esclaffe :

– Et maintenant, mesdames et messieurs, en exclusivité pour vous, la sortie de scène de la diva ! Non, mais tu t'es vue, un peu ? J'ai simplement demandé si elle était encore dans les parages, et tu nous en fais tout un drame. Attends, il faut te calmer : assieds-toi, retrouve ta petite bulle intérieure et détends-toi !

Mais elle secoue la tête et se cramponne à la table. Sur son poignet, le tatouage, à présent terminé, a l'air rouge et enflammé.

Je fixe le petit serpent d'encre qui se mord la queue. Je sais que c'est une sorte de créature mystique, mais j'ai oublié son nom.

– Comment s'appelle ce symbole ?

– Ouroboros.

Je suis sûre de voir la langue du serpent jaillir quand elle passe le doigt dessus,

– Qu'est-ce que ça représente ?

– C'est l'ancien symbole des alchimistes pour la vie éternelle, la création à partir de la destruction, la vie à partir de la mort, l'immortalité, quelque chose de ce genre, explique Miles. Il m'arrive de lire, moi aussi, ajoute-t-il en réponse à nos regards surpris.

– On dirait que c'est infecté, dis-je. Tu devrais peut-être consulter un médecin.

Je me rends compte que j'aurais mieux fait de me taire. Haven baisse sa manche d'un geste rageur, et son aura crépite de plus belle.

– Mon tatouage va très bien. Et moi aussi, merci. Mais si je peux me permettre de vous le faire remarquer, aucun de vous deux n'a l'air de se préoccuper de Damen, qui ne vient même plus en cours, je vous le signale. C'est quoi, cette histoire ?

Miles s'absorbe dans son portable et je regarde ailleurs. Elle n'a pas complètement tort. Elle chope sa boîte à gâteau, tourne les talons et se met à slalomer entre les tables comme une furie, dans une course qui ne mène nulle part.

– Tu peux m'expliquer ? demande Miles.

Je lui fais signe que non. Je ne parviens pas à oublier l'image du serpent, lové sur son poignet, tournant la tête et plantant ses petits yeux vitreux dans les miens.

entrepreneuriat que nous avions fait en

re. Nous avons donc accumulé un profit

dé il y a 2 ans, les profits iront pour l'achat de

us demandons votre aide pour choisir les livres.

voudriez avoir à la bibliothèque à l'endos de ce

trice.

Gabrielle Legault gr. 39

Comme vous le savez peut-être déjà, le projet
secondaire 1 a gagné le concours l'année derni
d'environs 350$. Comme nous l'avions déjà dé
nouveaux livres à la bibliothèque. Pour cela, no
Vous n'avez qu'à inscrire 1 ou 2 livres que vous
coupon et le remettre à votre directeur ou dire

Quand je débouche dans l'allée de la maison, Damen, tout sourire, m'attend, adossé à sa voiture.

– Alors, comment c'était, le lycée ? questionne-t-il en ouvrant ma portière.

J'attrape mon sac sans répondre.

– Je vois que tu es toujours fâchée.

Il me suit jusqu'à la porte. Je sens sa chaleur, même s'il ne me touche pas. J'ouvre la porte et jette mon sac dans l'entrée.

– Je ne suis pas fâchée.

– Ah bon, ça me rassure. J'ai réservé pour deux. Donc, puisque tu n'es pas en colère, accepterais-tu de m'accompagner ?

Je considère son jean, ses bottes, son pull en cachemire noir, en me demandant ce qu'il peut bien avoir en tête.

Il m'ôte mes lunettes de soleil et mes écouteurs, et les pose sur la table de l'entrée. Puis il rabaisse ma capuche, me prend par le bras et m'entraîne vers sa voiture.

– Tu n'as pas besoin de tout ce fatras, Ever.

Je m'installe docilement sur le siège passager, toujours prête à le suivre, quoi qu'il arrive.

– On va où ? Et mes devoirs ? J'en ai une tonne à rattraper.

– Ne t'inquiète pas. Tu auras le temps plus tard, je te le promets.

Je me demande si je m'habituerai un jour à sa beauté sombre, à la chaleur de son regard, à la facilité avec laquelle je cède à tous ses caprices.

– Beaucoup plus tard ?

Il s'installe derrière le volant et démarre.

– On sera de retour pour les douze coups de minuit, parole d'honneur. Attache ta ceinture, c'est parti.

Damen conduit vite. Vraiment très vite. De sorte que, quand il s'engage dans le parking et remet les clés au voiturier, j'ai l'impression qu'il ne s'est passé qu'un bref instant. Je regarde autour de moi et aperçois des bâtiments verts ainsi qu'un panneau « ENTRÉE EST ».

— Où sommes-nous ? C'est l'« entrée est » de quoi ?

Il m'attire à lui tandis que quatre pur-sang luisants de sueur passent en trottant à côté de leur palefrenier, suivis par un jockey en casaque rose et vert, mince culotte de soie blanche et bottes noires crottées.

— Regarde, voilà la réponse à ta question !

— L'hippodrome ?

Comme Disneyland, c'est l'un des derniers endroits auxquels j'aurais pensé.

— Mais pas n'importe lequel. C'est Santa Anita. L'un des plus beaux. Viens, on a une réservation pour trois heures et quart au FrontRunner.

Je m'immobilise.

— Le quoi ?

— Relaxe, c'est un restaurant. Viens, je ne veux pas rater l'ouverture des courses.

— Mais... ce n'est pas illégal ?

Je sais que j'ai l'air trop innocente, mais il est tellement insouciant, impétueux et imprévisible...

Il sourit, mais je vois qu'il est agacé.

— C'est illégal de manger ?

— Non, de jouer, de parier, enfin tu sais...

— Ever, ce sont des courses de chevaux, pas des combats de coqs ! Allez, viens.

Il me prend par la main et m'entraîne vers les ascenseurs.

— Il ne faut pas avoir vingt et un ans pour pouvoir jouer ?

– Dix-huit, marmonne-t-il en appuyant sur le bouton « 5ᵉ étage ».

– Justement, j'en ai seize et demi.

Damen m'embrasse.

– Les règles existent pour être ignorées, voire enfreintes. C'est plus amusant. Tu vas voir.

Nous traversons un hall qui donne sur une salle immense, décorée de différentes nuances de vert. Damen s'arrête devant la réception pour saluer le maître d'hôtel, comme un ami de longue date.

– Ah, monsieur Auguste, quel plaisir de vous voir ! Votre table est prête, suivez-moi.

Damen acquiesce et me prend la main. Je le suis dans une autre salle remplie de couples, de retraités, d'hommes seuls, de femmes en groupes, un père et son jeune fils – je ne vois pas une seule place libre. Nous parvenons finalement à une table qui surplombe la ligne d'arrivée, avec une vue imprenable sur la piste et les collines verdoyantes alentour.

– Tony va venir prendre votre commande dans un instant. Vous désirez du champagne ?

Damen me jette un regard et rougit légèrement.

– Pas aujourd'hui, merci.

– Très bien, monsieur. Plus que cinq minutes avant l'ouverture des courses.

– Du champagne ? dis-je en levant les sourcils.

Mais Damen hausse les épaules et ouvre le programme des courses.

– Que penses-tu de Mandragore ? Je parle du cheval, pas de l'aphrodisiaque.

Je suis trop absorbée par le spectacle pour répondre. Non seulement la salle est gigantesque, mais elle est pleine à craquer – au beau milieu de la semaine, au milieu de la journée, même. Tous ces gens qui sont là, à jouer aux courses au lieu de travailler... C'est un autre univers dont j'ignorais l'existence. Je ne peux pas m'empêcher de me demander si c'est ici que Damen passe son temps libre.

Il sort son stylo et griffonne je ne sais quoi.

– Alors ? Qu'est-ce que tu en penses ? Tu veux parier ?

– Je ne saurais même pas par où commencer.

– Je pourrais te faire un cours sur les cotes, les pourcentages, les statistiques et le pedigree des chevaux. Mais comme le temps nous manque, pourquoi ne jetterais-tu pas un coup d'œil là-dessus ? Tu me diras ce que tu sens, les noms qui t'attirent. Ça marche toujours, avec moi.

Il me passe le programme, et, quand je l'ouvre, trois noms me sautent aux yeux dans l'ordre.

– Bon, alors disons Mandragore gagnant, Acapulco Lucy en deuxième position, et Fils de Bouddha troisième.

Je ne sais pas d'où me vient cette inspiration, mais je suis sûre de moi.

– Lucy et Bouddha classés dans cet ordre, marmonne Damen en prenant note. Et combien veux-tu miser ? Le minimum, c'est deux, mais tu dois pouvoir monter un peu.

D'un seul coup, je perds confiance et n'ai pas envie de vider mon porte-monnaie sur un coup de tête.

– Non, deux, c'est très bien.

– Tu es sûre ?

Je fais oui de la tête.

– D'accord. Je pense que tu as fait un bon choix, je vais parier cinq. Non, allez, dix.

– Non, pas dix. Tu sais, je les ai choisis au hasard, je ne sais même pas pourquoi.

Il se lève et me signifie de ranger mon portefeuille.

– On sera bientôt fixés. Tu me rembourseras quand tu auras gagné. Je vais placer nos paris. Si le garçon vient prendre la commande, choisis ce qui te fait plaisir.

– Et pour toi ?

Il est parti si vite qu'il ne m'a pas entendue.

À son retour, les chevaux sont en position et jaillissent de leurs stalles, une fois le départ donné. D'abord, on ne voit que de petits points noirs brillants, puis ils prennent le virage et entrent dans la dernière ligne droite. Je bondis sur mes pieds lorsque mes trois favoris prennent la tête, et saute de joie en les voyant franchir la ligne d'arrivée dans l'ordre que j'avais annoncé.

Damen s'incline pour m'embrasser, pendant que j'observe Mandragore qui s'avance vers le cercle du vainqueur, où on le couvre de fleurs pour la séance photo.

– Je n'y crois pas ! On a gagné ! On a gagné ! Est-ce que ça fait toujours cet effet ?

– En général, oui. Mais il n'y a rien de tel qu'une première victoire. C'est toujours la meilleure.

Je regrette presque d'avoir douté de moi. J'aurais pu augmenter un peu la mise.

– Oui, enfin, je ne sais pas si ça va être une grosse victoire.

– Comme tu n'as parié que deux, tu as dû gagner aux alentours de huit, pas beaucoup plus.

– Huit dollars ?

J'avoue être franchement déçue. Mais Damen éclate de rire.

– Huit cents ! Huit cent quatre-vingts dollars et soixante cents, pour être exact. Tu as gagné le tiercé dans l'ordre.

– Avec seulement deux dollars ?

Il acquiesce, et je comprends mieux pourquoi il a une table d'habitué.

— Et toi ? Tu as gagné combien ? Tu as parié la même chose ?

— En fait, il se trouve que j'ai perdu. Gros, même. J'ai été trop gourmand et j'ai tenté le quarté en ajoutant un cheval qui ne s'est pas placé. Mais ne t'inquiète pas, j'ai bien l'intention de me refaire dans la prochaine.

Et il ne s'en prive pas. Plus tard, quand nous allons chercher nos gains, je récupère mille six cent quarante-cinq dollars et quatre-vingts cents. Mais ce n'est rien comparé à ce qu'empoche Damen. Il a gagné le quinté plus en plaçant les cinq premiers chevaux dans l'ordre. Et comme il est le premier à y parvenir depuis plusieurs jours, il encaisse cinq cent trente-six mille dollars et quarante et un cents – le tout pour une mise de dix dollars !

— Alors, tes impressions ? me demande-t-il tandis que nous ressortons bras dessus, bras dessous.

— Disons que je comprends mieux pourquoi tu n'es pas très assidu en cours. Ça ne fait pas le poids, j'imagine ?

Je pouffe de rire, je plane toujours sur mon petit nuage d'avoir gagné une telle somme, me disant que j'ai enfin trouvé un moyen de tirer profit de mon don.

Damen me conduit à la boutique de souvenirs.

— J'aimerais t'offrir quelque chose pour célébrer ma super victoire.

— Non, non, tu n'es pas obligé...

Il me prend fermement la main et ses lèvres chatouillent mon oreille.

— Si, j'insiste. Et puis je crois que je peux me le permettre. Mais à une condition... Ni sweat-shirt, ni capuche ! Sinon, tu peux choisir ce que tu veux.

166

Je suis tentée par une toque de jockey, une statuette de cheval, un énorme fer à cheval en bronze destiné à décorer le mur de ma chambre, avant de jeter mon dévolu sur un bracelet en argent en forme de mors de bride. Je m'assure d'abord que les petits cristaux qui le décorent ne sont pas en diamant. Il ne faut quand même pas exagérer...

— Ainsi, quoi qu'il arrive, tu n'oublieras jamais cette journée, dit-il en attachant le bracelet à mon poignet pendant que nous attendons la voiture.

— Comment pourrais-je l'oublier ?

Mais, quand il ouvre la portière, et que je remarque ses yeux voilés de tristesse, je me prends à espérer que ce sera la seule chose que j'oublierai jamais.

Malheureusement, le trajet du retour passe encore plus vite que l'aller, et lorsqu'il se gare devant la maison, je n'ai aucune envie de le quitter.

Damen désigne l'horloge de bord.

— Tu as vu ? Bien avant les douze coups de minuit, comme promis.

Et quand il se penche pour m'embrasser, je réponds avec une telle fougue que c'est tout juste si je ne l'attire pas sur mon siège.

— Je peux monter ? murmure-t-il tandis que ses lèvres parsèment mon oreille, mon cou et mon épaule d'une pluie de baisers.

Je le repousse en secouant la tête. Pas seulement à cause de ma tante et des devoirs en retard, mais aussi parce que j'ai besoin de me ressaisir et d'arrêter de faire ses quatre volontés.

Je me dépêche de descendre avant de changer d'avis.

— On se voit demain au lycée ? Tu sais, Bay View ? Ça te rappelle quelque chose ? Ne me dis pas que tu comptes encore sécher les cours ? dis-je très vite, voyant qu'il évite de me regarder.

– Mais je m'ennuie à mourir. Je ne sais pas comment tu fais.

En levant les yeux, j'aperçois Sabine qui nous observe derrière les stores avant de reculer précipitamment.

– Tu ne sais pas ? À peu près comme tout le monde. Je me lève, je m'habille et j'y vais, point barre. De temps en temps, on apprend même un truc ou deux.

J'ai conscience que c'est un gros mensonge. Honnêtement, je n'ai rien appris depuis le début de l'année. Comment faire autrement, quand on sait déjà à peu près tout ? Mais je me garde bien de le lui avouer.

Il m'implore du regard.

– Il doit forcément y avoir une meilleure solution.

– Sans doute, mais, entre nous, sécher les cours et abandonner les études n'est pas la meilleure solution si tu veux aller à l'université et faire quelque chose de ta vie.

Autre gros mensonge. Avec quelques jours comme celui-ci à l'hippodrome, on pourrait très bien vivre. Et c'est un euphémisme.

– D'accord, comme tu voudras. Enfin, pour le moment. À demain, Ever.

Le temps que j'arrive à la porte, il a disparu.

vingt

Pendant que je me prépare, le lendemain matin, Riley, assise sur ma commode, habillée en Wonder Woman, déballe les derniers potins mondains. Les faits et gestes de nos anciens voisins et amis ont dû finir par la lasser, et elle a décidé d'aller fouiner du côté de Hollywood. Résultat, elle connaît plus de ragots croustillants que la presse à scandales.

Je la regarde, bouche bée

— Non ! Incroyable ! C'est Miles qui va halluciner quand je vais lui raconter !

Elle secoue ses boucles brunes. Elle prend l'air blasée, revenue de tout, comme si elle en avait trop vu – le mot est faible.

— Et encore, tu ne sais pas grand-chose ! Rien n'est jamais ce qu'il paraît. Ce n'est qu'une vaste mascarade, comme dans les films. Et crois-moi, les agents des stars se démènent pour garder le secret.

Je meurs d'envie d'en savoir plus. Je me demande pourquoi je n'ai jamais eu l'idée de me brancher sur l'énergie des people que je vois à la télé ou dans les magazines. J'ai bien envie de lui demander si les rumeurs qui courent sur mon actrice préférée sont fondées.

— Qui d'autre as-tu espionné ? Et, dis-moi, tu sais si...

Au même moment, Sabine passe la tête par la porte de ma chambre.

— Si je sais quoi ?

Je toussote.

— Euh... rien... je n'ai rien dit.

Sabine me lance un drôle de regard, et Riley s'écroule de rire.

— Bien joué, Ever, quelle éloquence !

Je lui tourne le dos et je me concentre sur la présence de Sabine dans ma chambre : elle est invitée pour le week-end et ne sait trop comment me l'annoncer.

— Tu voulais me dire quelque chose ?

Elle entre dans ma chambre d'une démarche guindée, le dos raide, respire à fond et s'assied au bord de mon lit, où elle tripote nerveusement un fil qui dépasse de mon duvet bleu en cherchant ses mots.

— Jeff m'a invitée à passer le week-end avec lui, dit-elle en fronçant les sourcils au point qu'ils se touchent. Mais je tenais à t'en parler avant d'accepter.

J'accroche mes boucles d'oreilles et me tourne vers elle :

— C'est qui, Jeff ?

Je sais qui c'est, bien sûr, mais il me paraît plus normal de demander.

Elle me jette un regard furtif. Elle a l'esprit troublé, tant elle se sent coupable de négliger son rôle de tutrice, de ne pas être un modèle à suivre. Mais cela ne réussit pas à affecter son aura, d'un rose éclatant de bonheur.

— Tu l'as vu à la soirée. Il était déguisé en Frankenstein.

Je fourre mes livres dans mon sac à dos. Je ne sais trop quoi faire. Jeff n'est pas celui qu'elle croit. Loin de là. Mais, autant que je puisse en juger, il tient à elle et n'a pas l'intention de lui faire du mal. Et puis voilà si longtemps que je ne l'ai pas vue aussi heureuse que je n'ai pas le cœur de lui dire la vérité. D'ailleurs, je ne vois pas du tout comment je m'y prendrais.

Euh... excuse-moi, ce Jeff ? Monsieur le Roi de la Finance ? Il n'est absolument pas ce que tu crois. Si tu veux le savoir, il habite encore chez sa mère ! Ne me demande pas comment je le sais, je le sais, c'est tout.

Non. Hors de question. Je ne peux pas. Après tout, il faut laisser les relations suivre leur cours, leur propre rythme. D'ailleurs, moi aussi, je devrais penser à la mienne. C'est vrai, les choses commencent à se stabiliser avec Damen. Nous sommes de plus en plus proches, nous commençons vraiment à former un couple, donc je pense que je devrais peut-être cesser de le repousser et passer à l'étape suivante. Et si Sabine n'est pas là pendant deux jours, eh bien, c'est peut-être une opportunité qui ne se représentera pas de sitôt.

Elle finira par apprendre la vérité sur Jeff, de toute façon, et elle en fera ce qu'elle voudra.

– Vas-y ! Amuse-toi !

Elle sourit, soulagée et excitée à la fois.

– Nous partons ce soir, en quittant le bureau, ajoute-t-elle en se levant pour se diriger vers la porte. Il a une maison à Palm Springs. C'est à moins de deux heures de route, donc, si tu as besoin de quelque chose, nous ne serons pas loin.

Euh... disons plutôt que c'est sa maman qui a une maison à Palm Springs.

– On rentre dimanche, poursuit-elle. Ah, Ever, si tu veux inviter des amis, ce n'est pas un problème, mais... veux-tu qu'on en parle ?

Je suis paralysée. Je sais très bien où elle veut en venir, à croire qu'elle a lu dans mes pensées. Mais non, elle essaie simplement de se comporter en adulte responsable et en « parent » de substitution.

Je fais non de la tête.

– Ne t'inquiète pas, je sais tout ce qu'il y a à savoir.

Je m'empare de mon sac en faisant les gros yeux à Riley qui danse sur ma commode en chantant : « La fête ! La fête ! ».

Sabine est visiblement aussi soulagée que moi de ne pas avoir à entrer dans les détails concernant le sexe.

– À dimanche, alors ! lance-t-elle.

– Ça marche, dis-je en descendant l'escalier.

Je me gare dans le parking du lycée, et, à la douce excitation qui m'envahit, je sens la présence de Damen avant même de le voir.

– Je te jure qu'il est gay !

– J'en étais sûr ! s'exclame Miles. Mais comment le sais-tu ?

Il n'est évidemment pas question de divulguer mes sources et d'avouer à Miles que le fantôme de ma petite sœur est mon informatrice privilégiée à Hollywood.

– Euh... j'ai oublié, dis-je en sortant de voiture. Mais je te garantis que c'est vrai.

– Qu'est-ce qui est vrai ? demande Damen en déposant un baiser sur ma joue.

– Jo... commence Miles.

Je le fais taire d'un signe de tête. Je n'ai pas envie que Damen découvre mon côté midinette superficielle à ce stade de notre relation.

172

— Rien, on disait juste que... Tiens au fait, tu sais que Miles a décroché le rôle de Tracy Turnblad dans *Hairspray* ?

Et je commence à débiter en vrac un tas d'anecdotes sans queue ni tête, jusqu'à ce que Miles s'éloigne avec un signe de la main pour gagner sa classe.

— J'ai une idée, dit Damen dès que Miles a tourné le dos. Si on allait prendre le petit déjeuner ?

Je lui lance un coup d'œil éloquent sans m'arrêter. Mais je n'ai pas fait trois pas qu'il me prend la main et me tire en arrière en partant d'un rire contagieux.

— Allez, quoi !

Je jette un regard alentour. On risque déjà d'être en retard et je n'ai pas envie d'en rajouter.

— On ne peut pas faire ça, et en plus, j'ai déjà pris mon petit déjeuner.

Les mains jointes, il me supplie à genoux.

— Ever, s'il te reste une once de bonté, je t'en supplie, ne m'oblige pas à entrer là-dedans !

Je me mords les lèvres pour ne pas éclater de rire. Comment Damen, si beau et si sophistiqué, peut-il me supplier à genoux ? C'est le monde à l'envers. Mais je fais non de la tête.

— Lève-toi, ça va son...

Et effectivement, la cloche retentit avant que j'aie eu le temps de finir ma phrase.

Il se relève, sourit, frotte son jean et passe un bras autour de mes hanches.

— Tu sais ce qu'on dit, mieux vaut ne pas arriver du tout qu'arriver en retard.

— C'est qui « on » ? Tu viens de l'inventer, je parie.

– Peut-être bien. Mais je t'assure qu'il y a de bien meilleures façons d'occuper la matinée. Ever, tu sais, tu n'es pas obligée de porter ça, ajoute-t-il en m'ôtant mes lunettes de soleil et ma capuche. Le week-end a officiellement commencé.

Je pourrais lui citer mille bonnes raisons de ne pas sécher les cours et de n'entamer le week-end qu'à 15 heures, comme tous les vendredis, mais quand il me regarde et que je lis l'invitation dans ses yeux, je plonge tête baissée, sans réfléchir.

– Dépêchons-nous avant qu'on ferme la grille, dis-je d'une voix méconnaissable.

Chacun prend sa voiture, comme s'il était tacitement admis que nous ne repasserions pas au lycée. Et, tandis que je suis Damen dans les virages de la route qui longe la côte, j'observe les falaises, les plages immaculées, les eaux bleu marine, le cœur gonflé de reconnaissance à l'idée d'avoir la chance de vivre dans ce cadre magnifique. Et puis je me rappelle comment j'ai atterri ici, et d'un seul coup le charme est rompu.

Damen se gare sur la droite, non loin d'une petite cabane blanche.

– Tu es déjà venue ici ? demande-t-il en ouvrant ma portière.

– Je ne crois pas, non.

– Tu n'as pas faim, je sais, mais ils font ici les meilleurs milk-shakes du monde. Tu devrais essayer celui aux dattes, ou au chocolat et beurre de cacahuète. Ou les deux, c'est moi qui t'invite.

Je fronce le nez.

– Aux dattes ? Beurk, ça ne me dit rien du tout.

Il éclate de rire et m'entraîne vers le comptoir, où il commande les deux boissons, puis nous nous installons sur un banc peint en bleu, surplombant la plage.

— Alors, lequel préfères-tu ?

Je les goûte l'un après l'autre, mais ils sont tellement épais et crémeux que j'enlève le couvercle et y plonge la cuiller.

— Ils sont excellents tous les deux, mais curieusement, je crois que je préfère celui aux dattes.

Je lui tends le gobelet, il fait non de la tête et le repousse. Et ce petit geste insignifiant me perce le cœur.

Il y a quelque chose qui cloche chez lui, et je ne parle pas seulement des tours de magie ou de la vitesse à laquelle il se déplace. Ce garçon ne mange jamais.

Mais à peine l'idée m'a-t-elle effleurée qu'il plonge sa paille dans le milk-shake et aspire une grande gorgée. Et quand il se penche pour m'embrasser, ses lèvres sont glacées.

— On descend sur la plage, tu veux ?

Main dans la main, nous dévalons le chemin en nous passant les milk-shakes, dont, je dois dire, je liquide l'essentiel. Arrivés sur la plage, nous ôtons nos chaussures, remontons nos jeans jusqu'aux genoux et marchons dans l'eau glaciale qui nous lèche les orteils et nous éclabousse les chevilles.

— Tu surfes ? demande Damen en empilant les gobelets vides l'un dans l'autre.

Je secoue la tête en grimpant sur un petit tas de rochers.

— Tu aimerais apprendre ?

Les orteils bleus de froid, je me réfugie sur un banc de sable sec, où Damen me suit.

— Dans une eau glacée comme ça ? Non, merci !

– Avec une combinaison, bien sûr.

– Si elle est doublée de fourrure, à la rigueur !

Je tasse le sable du bout du pied pour que nous nous y installions, mais Damen me prend la main, et contournant les trous d'eau, il me conduit vers une grotte creusée dans le roc.

Émerveillée, j'examine les parois lisses, le sable fraîchement ratissé, les planches de surf et les serviettes entassées dans un coin.

– Elle est drôlement bien cachée, c'est incroyable ! On n'en soupçonne pas l'existence de l'extérieur.

– Oui, c'est pour cela que j'y laisse mes affaires. Elle est tellement bien dissimulée dans les replis de la falaise que l'on passe devant sans la voir. Remarque, c'est comme dans la vie, les gens regardent rarement plus loin que le bout de leur nez.

Je m'installe sur la grande couverture verte qu'il a étalée par terre.

– Comment l'as-tu découverte ?

– Il faut croire que je ne fonctionne pas comme tout le monde.

Il s'allonge à côté de moi et m'attire doucement contre lui. Le menton au creux de sa main, il me dévisage avec une intensité qui finit par me mettre mal à l'aise. Il me caresse la joue du bout des doigts et coince une mèche de cheveux derrière mon oreille.

– Pourquoi te déguises-tu sous tes jeans trop larges et tes capuches ? Tu ne sais pas que tu es très belle ?

Le compliment me fait plaisir, mais, en même temps, j'aimerais qu'il se taise. Je n'ai pas envie de m'expliquer, de justifier ma façon d'être. Il aurait préféré celle que j'étais avant, bien sûr, mais c'est trop tard. Cette fille-là est morte. Il ne reste que moi.

Je détourne la tête pour qu'il ne voie pas les larmes qui me montent aux yeux. Mais il me serre très fort dans ses bras et efface ma tristesse en pressant ses lèvres sur les miennes.

— Ever...

La voix enrouée, les yeux brûlants, il s'enroule autour de moi, m'enveloppant d'une chaleur réconfortante, qui devient vite torride.

De mes lèvres, je caresse sa mâchoire, son menton, respirant par à-coups, ondulant au rythme de ses hanches épousant les miennes, faisant renaître les sensations que je m'étais acharnée à refouler. Mais je suis lasse de me battre et de réprimer mes sentiments. J'aimerais tellement être normale, comme tout le monde... Et qu'y a-t-il de plus normal que cela ?

Je ferme les yeux et laisse Damen m'enlever mon pull. Je ne lutte plus, je m'abandonne à la douceur de ses mains qui se glissent dans la ceinture de mon jean pour le déboutonner. Je me laisse envahir par cette sensation délicieuse, cette explosion d'euphorie dans mes veines qui ne peut signifier que... l'amour.

Mais quand ses doigts passent sous l'élastique de ma culotte, je me redresse brusquement et le repousse. J'ai envie de continuer, de me fondre en lui, mais pas encore, pas ici, pas comme cela.

Ses yeux cherchent les miens, mais je lui tourne le dos. Je sens la chaleur grisante de son corps lové contre le mien, son souffle contre mon oreille.

— Ever... Ce n'est pas grave, je t'assure. Repose-toi, maintenant, tout va bien.

Bercée par sa voix, je ferme les yeux et m'assoupis sans m'en rendre compte.

Je me retourne, clignant des yeux dans la pénombre, mais ma main ne rencontre que le vide. J'explore la couverture à tâtons. Damen est réellement parti.

– Damen ?

Je me redresse et regarde autour de moi. Mais seul le bruit des vagues me répond.

J'enfile mon pull et sors en titubant un peu dans la lumière déclinante du soleil, dans l'espoir de le repérer sur la plage.

Ne l'apercevant nulle part, je finis par rentrer dans la grotte, où je trouve le petit mot qu'il a déposé sur mon sac.

Suis parti surfer.
Reviens très vite.
D.

Je ressors en trombe, le bout de papier à la main, arpentant la plage en tous sens. Mais les deux seuls surfeurs que j'aperçois sont blonds et pâles. Pas de Damen à l'horizon.

vingt et un

En m'engageant dans l'allée de la maison, j'aperçois à ma grande surprise une silhouette assise sur le perron. Mais, quand je m'approche, mon étonnement redouble lorsque je constate qu'il s'agit de Riley. Je ramasse mon sac avant de claquer la portière un peu trop fort.

— Salut.

— J'ai cru que tu allais me rouler dessus !

— Désolée, je pensais que c'était Damen, dis-je en gravissant les marches.

Ma sœur éclate de rire.

— Ah bon ! Qu'est-ce qu'il t'a encore fait ?

J'ouvre la porte sans répondre en lui faisant signe de me suivre. Je ne vais évidemment pas entrer dans les détails.

— Et toi, qu'est-ce qu'il t'arrive ? Tu es enfermée dehors ?

— Très drôle !

Nous entrons dans la cuisine, où elle s'assied sur un tabouret, tandis que je pose mon sac sur le comptoir et inspecte le contenu du frigo. Elle a l'air maussade. Ma mauvaise humeur serait-elle contagieuse ?

— Et sinon, toi, ça va ?

Le menton dans la main, elle me dévisage attentivement.

— Super !

– On ne dirait pas.

J'attrape une bouteille d'eau au lieu du pot de glace dont j'ai réellement envie et m'adosse au plan de travail en granit. Je remarque ses cheveux noirs tout emmêlés et son costume de Wonder Woman quelque peu défraîchi.

Elle se contente de hausser les épaules en se balançant sur le tabouret, ce qui me fait froid dans le dos, même si je sais qu'elle ne risque pas de tomber ni de se blesser.

– Alors, tu vas faire quoi, maintenant ? demande-t-elle en fronçant les sourcils avec une gaieté factice. Je veux dire, c'est le rêve de n'importe quel ado, non ? La maison rien qu'à soi, sans chaperon.

J'avale une gorgée d'eau. Je meurs d'envie de me confier à elle, de lui révéler mes secrets, les beaux, les moins beaux, les horribles. Cela me ferait un bien fou si je pouvais me décharger de ce poids, le partager avec quelqu'un. Je me doute qu'elle a passé la moitié de sa vie à attendre d'avoir treize ans, chaque année la rapprochant de ce but tant convoité. Du coup, je me demande si ce n'est pas pour cela qu'elle est là. Je l'ai privée de son rêve, de sorte qu'elle en est réduite à le vivre à travers moi.

– Désolée de te décevoir, Riley, mais tu sais à quel point je suis nulle concernant la réalisation des rêves d'ado. Tu te souviens de la fille que j'étais dans l'Oregon ? dis-je en rougissant quand je la vois hocher la tête. J'avais plein d'amis, à l'époque, et même un amoureux, sans oublier l'équipe des pom-pom girls. C'est bien fini, tout ça. Foutu. *Kaput.* T-E-R-M-I-N-É. Figure-toi que les deux camarades que j'ai réussi à me faire ici ne s'adressent presque plus la parole ! Ce qui veut dire, hélas, qu'on se parle à peine tous les trois. Et même si, par un insondable mystère, j'ai réussi à me dénicher un petit copain super sexy, la réalité est loin d'être aussi mirifique qu'il y paraît. Parce que, quand il n'est pas occupé à accomplir des tours de magie bizarres ou à s'évaporer dans la nature, il m'oblige à sécher les cours pour aller jouer aux courses, ou à faire un tas de trucs incroyables du même genre. Je suis sûre qu'il a une mauvaise influence sur moi.

Je me rends compte un peu tard que je n'aurais jamais dû me laisser aller à ces confidences.

Heureusement, elle ne m'écoute pas. Perdue dans ses pensées, elle fixe le granit du bar, dont elle redessine du doigt les aspérités.

Elle finit par relever la tête, pose sur moi ses grands yeux immensément tristes et sombres, ce qui me fait l'effet d'un coup de poing dans le ventre.

— Ne te fâche pas, mais... j'ai passé la journée avec Ava, dit-elle.

Je ne veux pas entendre ça. Mais je n'ai pas le choix. Les mains crispées sur le comptoir, je me prépare à ce qui va suivre.

— Je sais que tu ne l'aimes pas, mais elle a raison sur plein de choses, ajoute ma sœur. Elle m'a vraiment aidée à réfléchir, tu sais, à propos des choix que j'ai faits. Et, plus j'y pense, plus je crois qu'elle n'a peut-être pas tort.

J'ai la gorge nouée. Cette journée qui a si mal commencé et s'est encore plus mal poursuivie est en train de virer au cauchemar. Et elle est encore loin d'être terminée !

— Elle n'a pas tort à propos de quoi ?

Riley m'observe, puis détourne les yeux, sans cesser de suivre les contours du bar du bout des doigts.

— Ava affirme que je ne devrais pas être là. Que je ne suis pas censée y être.

Je retiens ma respiration. J'aimerais tellement qu'elle arrête de parler et qu'elle retire ce qu'elle vient de dire ! Il est hors de question que je la perde. Ni maintenant ni jamais. Elle est tout ce qui me reste.

— Et quelle est ton opinion à toi ?

Ses doigts s'immobilisent.

— Moi, j'aime bien être ici. Je ne serai jamais une vraie adolescente, mais je pourrai au moins vivre l'expérience à travers toi. Par procuration, en quelque sorte.

— Alors là, tu n'aurais pas pu trouver un pire exemple que moi, c'est sûr ! dis-je en riant pour détendre l'atmosphère, même si ses propos confirment mes soupçons et décuplent mon sentiment de culpabilité.

— Tu m'étonnes ! s'esclaffe-t-elle. (Mais son rire s'évanouit instantanément.) Et si elle avait raison ? Imagine un peu. Cela voudrait dire que je fais quelque chose de mal en passant mon temps ici.

— Riley...

Un coup de sonnette vient m'interrompre et, moins d'une seconde plus tard, ma sœur a disparu.

— Riley ! dis-je en inspectant chaque recoin de la cuisine. Riley !

Je prie pour qu'elle revienne. On ne peut pas en rester là. Je m'y refuse. Mais j'ai beau m'égosiller, l'implorer de revenir, je parle dans le vide.

On sonne encore. Un coup, puis deux. C'est Haven. Je cours lui ouvrir.

— Le gardien m'a laissée passer, dit-elle en entrant en trombe.

Elle a le visage maculé de larmes et de mascara, et ses cheveux, qu'elle vient de teindre en rouge, sont hirsutes.

– Ils ont retrouvé Evangeline. Elle est morte.

– Non ? Tu es sûre ?

Sur ces entrefaites, Damen se gare dans l'allée et monte l'escalier quatre à quatre au moment où je referme la porte.

– Evangeline est morte...

Je suis si choquée par cette nouvelle que j'en oublie ma décision de le haïr.

– Ça va ? demande-t-il à Haven avec inquiétude.

– À peu près, répond-elle en s'essuyant les yeux. Je ne la connaissais pas très bien, nous sommes allées à quelques soirées ensemble, c'est tout. Mais quand même. C'est tellement atroce ! Et si ça se trouve, je suis la dernière à l'avoir vue vivante...

– La dernière, sûrement pas...

Je reste interloquée. J'ignore s'il a voulu lancer une blague sinistre, mais il a l'air grave, le regard perdu.

– C'est que... je me sens responsable, c'est trop horrible, ajoute-t-elle d'une petite voix avant de se prendre la tête dans les mains en répétant *Ce n'est pas vrai, ce n'est pas vrai, ce n'est pas vrai*, encore et encore.

J'essaie de la réconforter comme je peux.

– Je... je suis venue vous prévenir, mais je ne peux pas rester. Je dois passer voir Drina, hoquette-t-elle en faisant tourner les clés de sa voiture entre ses doigts.

Ma colère se ranime, et je fusille Damen du regard. L'amitié entre Haven et Drina a beau paraître fortuite, je suis certaine du contraire et ne peux m'empêcher de penser que tout est lié.

Mais Damen ne relève pas. Il saisit Haven par le bras et examine son tatouage.

– Où as-tu fait ça ?

Il se contient, mais je peux sentir de la panique dans sa

voix, et il ne lâche pas immédiatement prise alors que Haven, visiblement agacée, secoue son bras pour se dégager en cachant son tatouage de l'autre main.

— Ce n'est rien. Drina m'a donné quelque chose à mettre dessus, un baume. Elle m'a dit qu'il devrait agir dans les trois jours.

Damen a les mâchoires tellement contractées que ses dents grincent.

— Tu ne l'aurais pas sur toi, par hasard, ce baume ?

Elle secoue la tête et se dirige vers la porte.

— Non, je l'ai laissé à la maison. Et puis qu'est-ce que ça peut te faire ? Tu en as d'autres, des questions stupides ? poursuit-elle en nous dévisageant tour à tour. (Son aura flamboie comme un feu ardent.) Je n'apprécie pas du tout cette espèce d'interrogatoire. Je suis là parce que je pensais que vous voudriez savoir pour Evangeline. Mais puisque, visiblement, la seule chose qui vous intéresse, c'est de loucher sur mon tatouage en posant des questions idiotes, je ferais mieux d'y aller.

Là-dessus, elle sort comme une furie.

Je l'appelle, mais elle ne se retourne pas. Je me demande ce qui lui est arrivé. Elle est devenue complètement lunatique, distante, et je me rends compte qu'il y a déjà un certain temps que nous avons perdu notre complicité. Depuis qu'elle a rencontré Drina, elle n'est plus elle-même, je ne la reconnais plus.

Je la regarde monter dans sa voiture, claquer la portière et quitter l'allée. Alors je me tourne vers Damen, les bras croisés sur la poitrine.

— C'est vraiment génial. Evangeline est morte, Haven me déteste, et tu m'as laissée seule dans une grotte. J'espère qu'au moins elles étaient sensationnelles, tes vagues.

– Eh bien oui, si tu veux tout savoir. Ensuite je suis retourné dans la grotte et, comme tu étais partie, je suis venu directement ici.

Je le considère, sourcils froncés, lèvres serrées. Comment espère-t-il me faire avaler ces énormités ?

– Désolée, mais j'ai fouillé partout. Je n'ai vu que deux surfeurs. Deux types blonds. Donc je suis à peu près convaincue que ce n'était pas toi.

– Ever, regarde-moi. Regarde-moi vraiment. Pourquoi crois-tu que je suis dans cet état-là ?

J'obtempère et l'examine de la tête aux pieds. Je détaille sa combinaison de surf et les gouttes d'eau salée qui dégoulinent sur le carrelage.

– Mais j'ai vraiment regardé partout. J'ai arpenté la plage en long et en large.

Je sais ce que j'ai vu. Ou plutôt ce que je n'ai pas vu.

Il se borne à hausser les épaules.

– Je ne sais pas quoi te dire, Ever, mais je ne t'ai pas abandonnée. Je suis vraiment parti surfer. Un point c'est tout. Pourrais-tu me prêter une serviette, s'il te plaît, et peut-être aussi une serpillière pour essuyer par terre ?

Nous sortons sur la terrasse pour qu'il puisse rincer sa combinaison au tuyau d'arrosage, pendant que je l'observe, assise sur la chaise longue. J'étais tellement sûre qu'il m'avait laissée en plan ! J'ai vraiment inspecté partout. Et si je ne l'avais effectivement pas vu ? Après tout, la plage est immense. Et j'étais vraiment très énervée.

Je le regarde poser sa combinaison sur le bar extérieur, bien décidée à ne pas le laisser s'en tirer à si bon compte.

– Et comment étais-tu au courant pour Evangeline ? Et pourrais-tu m'expliquer aussi ce qui se passe entre Haven et Drina ? Sans parler de cet horrible tatouage ? Et enfin,

185

dis-toi bien que je ne suis pas du tout sûre d'y croire, à ton histoire de surf. Parce que, tu vois, j'ai fouillé partout et tu n'étais nulle part.

Il me dévisage, son corps fin et musclé drapé dans la serviette, ses yeux noirs obscurcis par les longs cils qui les bordent. Il s'avance de sa démarche féline, s'assied à côté de moi et prend mes deux mains dans les siennes, puis les lâche aussitôt.

— C'est ma faute, je ne sais pas jusqu'où... (Il s'interrompt, et quand il se décide à lever les yeux vers moi, j'y lis une incommensurable tristesse.) Peut-être ne devrions-nous pas...

— Tu... Serais-tu en train de me dire que tu me quittes ?

J'ai du mal à parler. On dirait que je me dégonfle comme un ballon percé. Il vient de confirmer mes soupçons : Drina, la plage, tout...

— Non, c'est juste que...

Il détourne la tête, laissant sa phrase – et moi – en plan.

Je comprends qu'il n'en dira pas plus. Je suis furieuse. J'attends qu'il me confirme que ces événements ont une explication toute simple et ne sont pas liés. Même si, en mon for intérieur, je suis sûre du contraire.

— Tu sais quoi ? J'aimerais que tu arrêtes de parler par énigmes, que tu finisses tes phrases, pour changer, et que tu m'expliques enfin ce qui se passe ! Tout ce que je sais, c'est qu'Evangeline est morte, que Haven a le poignet saccagé, que tu t'es enfui comme un voleur à la plage parce que je n'ai pas voulu aller jusqu'au bout, et que maintenant tu veux que l'on se sépare.

Il s'absorbe dans la contemplation de la piscine.

— Cela n'a rien à voir, finit-il par dire.

186

Il a tellement hésité que je ne suis pas certaine de le croire.

Il inspire à fond avant de poursuivre.

— On a retrouvé le corps d'Evangeline dans Malibu Canyon. J'étais dans ma voiture pour venir chez toi quand j'ai entendu la nouvelle à la radio.

Sa voix devient plus assurée à mesure qu'il parle, et il semble se détendre et retrouver son assurance.

— Effectivement, le poignet de Haven a l'air infecté, mais ce sont des choses qui arrivent.

Il soutient mon regard, et je retiens mon souffle en attendant la suite, la partie qui me concerne. Mais il pose sa main sur la mienne et la retourne pour me caresser la paume.

— Drina a une forte personnalité et beaucoup de charme. Quant à Haven, elle est un peu paumée. Je suis sûr qu'elle est flattée d'attirer l'attention de Drina. Je pensais que tu serais contente qu'elle s'attache à elle et m'oublie un peu, ajoute-t-il en me pressant doucement la main. De cette façon, il n'y aurait plus d'obstacle entre nous.

— Mais quelque chose nous sépare, finalement ?

Je sais que je ferais mieux de me soucier du poignet de Haven et de la mort d'Evangeline, mais je ne parviens à me concentrer que sur le visage de Damen, sa peau mate et lisse, ses yeux insondables, les battements de mon cœur, les pulsations de mon sang dans mes veines, mes lèvres gonflées, dans l'attente des siennes.

Il saisit mon visage entre ses mains et chuchote, juste avant de poser un baiser sur ma bouche :

— Ever, je ne t'ai pas laissée tomber. Et jamais je ne te pousserai à faire quoi que ce soit contre ton gré. Crois-moi. Je sais attendre.

vingt-deux

Haven ne répond pas à nos coups de fil, mais nous réussissons à joindre Miles pour l'inviter à la maison après sa répétition. Il arrive avec Eric, et nous passons tous les quatre une bonne soirée à manger, nager dans la piscine et regarder des films d'horreur de mauvaise qualité. L'atmosphère est si détendue en compagnie de mes amis que j'oublie presque Riley, Haven, Evangeline, Drina, la plage – toutes les péripéties de ce désastreux après-midi.

Je réussis presque à ne pas remarquer le regard de Damen, perdu dans le vague, quand il croit ne pas être observé.

Et je parviens presque à faire abstraction de mon inquiétude et à feindre le calme.

Enfin, pas tout à fait.

Et, bien que j'aie clairement signifié à Damen que Sabine est absente pour le week-end et qu'il peut passer la nuit avec moi, il attend que je m'endorme avant de s'éclipser discrètement.

Quel soulagement en le retrouvant le lendemain matin avec du café, des muffins et un large sourire aux lèvres...

Nous essayons de nouveau de joindre Haven, en lui laissant même un ou deux messages sur son répondeur, mais pas besoin d'être extralucide pour comprendre qu'elle ne veut pas nous parler. Et quand je me décide finalement à appeler chez elle et que son petit frère, Austin, m'affirme qu'il ne l'a pas vue, je ne mets pas sa parole en doute.

Après une journée entière à lézarder au bord de la piscine, je m'apprête à commander une pizza, mais Damen me prend le téléphone des mains.

– Ce soir, c'est moi qui prépare le dîner.

– Tu sais cuisiner ?

À la réflexion, cela n'a rien de surprenant, puisque ce garçon est capable de tout faire.

– À toi d'en juger.

– As-tu besoin d'aide ?

Je propose mes services pour la forme, mes talents de cuisinière se limitant à mettre de l'eau à bouillir et à verser du lait sur mes céréales.

Comme il secoue la tête, je monte me doucher et me changer pendant qu'il se dirige vers la cuisine. En redescendant, je n'en reviens pas : la table de la salle à manger est dressée avec le plus beau service de Sabine, sa plus belle nappe, des bougies et un grand vase de cristal rempli – ô surprise – de tulipes rouges.

– Mademoiselle est servie, proclame Damen en m'avançant une chaise.

– C'est toi qui as préparé tout ça ? Je n'arrive pas à le croire.

Les plats disposés sur la table ont l'air si copieux que je me demande si l'on attend des invités.

– Non, c'est seulement pour toi, répond Damen à la question que je n'ai pas posée.

– Pour moi ? Et toi, tu ne manges pas ?

Il remplit mon assiette de légumes croquants et de viande

grillée à point, accompagnée d'une sauce si savoureuse que je renonce à en deviner la composition.

– Bien sûr que si, mais c'est surtout pour toi que j'ai préparé ce festin. Une jeune fille ne peut pas se nourrir uniquement de pizzas.

– Ah bon ? dis-je en attaquant un morceau de viande particulièrement tendre et juteux.

Pendant le repas, voyant que Damen touche à peine au contenu de son assiette, j'en profite pour le bombarder de questions sur ce que j'ai toujours voulu savoir, mais que j'oublie systématiquement de lui demander dès qu'il plonge son regard dans le mien. Je l'interroge sur sa famille, son enfance, ses multiples déménagements, son émancipation – en partie par curiosité, mais aussi parce que je trouve curieux de fréquenter quelqu'un dont j'ignore à peu près tout. À mesure que la soirée s'écoule, je m'étonne de tous les points que nous avons en commun. Nous sommes tous les deux orphelins, même si la mort de ses parents remonte à sa plus tendre enfance. Certes, il se montre avare de détails, mais, étant donné que je n'aime pas trop parler de moi non plus, je n'insiste pas.

Je finis mon assiette et sens une douce torpeur m'envahir.

– Où préfères-tu vivre, finalement ?

– Ici, répond-il en souriant.

C'est à peine s'il a avalé trois bouchées, même s'il a fait consciencieusement semblant en promenant sa nourriture dans son assiette.

J'ai du mal à le croire. D'accord, le comté d'Orange, c'est très sympathique, mais ce n'est quand même pas comparable aux merveilleuses villes européennes où il a séjourné.

Il hoche la tête.

– C'est vrai, je suis très heureux ici.

– Parce que tu ne l'étais pas à Rome, Paris, New Delhi ou New York ?

Ses yeux se voilent de tristesse et se perdent au loin, pendant qu'il boit une gorgée de sa drôle de boisson écarlate.

Je désigne la bouteille.

– Au fait, c'est quoi, ce truc ?

Il la brandit en l'air et agite le liquide, qui miroite sur les côtés avant de retomber au fond du flacon. On dirait un croisement d'éclair, de vin et de sang.

– Une recette de famille top secret.

Je ne suis pas sûre d'en avoir envie, mais je suis curieuse.

– Je peux goûter ?

– Tu n'aimeras pas. Cela a un goût de médicament. Probablement parce que c'en est un.

J'ai l'estomac noué et la mâchoire qui tombe en l'imaginant victime d'un tas de maladies incurables, de traumatismes graves et de souffrances atroces – je savais bien que c'était trop beau pour être vrai.

Il me prend la main dans un grand éclat de rire.

– Pas de panique. Je manque un peu d'énergie, parfois. Ça m'aide.

J'examine la bouteille, mais je n'y vois ni étiquette, ni marque, ni rien. Le verre est transparent et lisse, comme fabriqué d'un seul bloc.

– Et tu l'achètes où ?

– Je te l'ai dit, c'est une recette de famille, répète-t-il en prenant une dernière gorgée pour finir la bouteille.

Il se lève de table, laissant son assiette à moitié pleine.

– On va se baigner ? Tu veux ?

– Ne doit-on pas attendre une heure après manger ?

191

– Ne t'inquiète pas. Je ne te laisserai pas te noyer.

Ayant passé le plus clair de la journée dans la piscine, nous optons pour le Jacuzzi. Et lorsque nos doigts commencent à se friper tels de petits pruneaux, nous nous enroulons dans de grandes serviettes et montons à l'étage.

Damen me suit dans la salle de bains. J'abandonne ma serviette par terre, il s'avance derrière moi pour me prendre dans ses bras, me serrant si fort que nos deux corps sont comme soudés. Et lorsque ses lèvres effleurent ma nuque, je songe que j'ai intérêt à fixer les règles tant que mon cerveau fonctionne encore à peu près normalement.

Les joues en feu, je pivote et croise son regard amusé.

– Tu peux rester. Enfin... j'ai envie que tu restes. Vraiment. Mais je ne suis pas sûre qu'on devrait... euh... tu vois...

Mais qu'est-ce que je raconte ? Comme s'il ne savait pas ce que je veux dire. Comme si je ne l'avais pas déjà repoussé. Et puis c'est quoi, mon problème ? N'importe quelle fille normalement constituée serait prête à tuer pour vivre un moment pareil, un long week-end en amoureux, sans parents ni personne. Mais non, moi il faut que j'impose je ne sais quel code de conduite à la noix – et si encore il y avait une bonne raison...

Damen place son index sous mon menton pour me forcer à relever la tête et à le regarder en face.

– Ever, ne t'inquiète pas, murmure-t-il entre deux baisers au creux de mon cou, en coinçant une mèche de cheveux derrière mon oreille. Nous en avons déjà parlé. Je ne suis pas pressé. J'ai tellement attendu pour te retrouver que je peux bien patienter encore un peu.

Réconfortée par la chaleur de son corps blotti contre le mien et son souffle régulier près de mon oreille, je sombre instantanément dans le sommeil. Je craignais que sa présence ne me rende trop nerveuse pour pouvoir dormir, mais c'est l'inverse. Le sentir à côté de moi me donne un merveilleux sentiment de sécurité qui m'apaise.

Mais lorsque, à 3 h 45 du matin, je me réveille et me rends compte qu'il n'est plus là, je rejette les couvertures et me précipite à la fenêtre, croyant revivre l'épisode de la grotte. Je scrute l'allée et suis étonnée d'y trouver sa voiture.

– Tu me cherchais ?

Je me retourne et le découvre dans l'encadrement de la porte. Mon cœur bat la chamade, et j'ai les joues brûlantes.

– Oh, euh... je me suis réveillée en sursaut, et tu n'étais plus là, alors je...

Je pince les lèvres. Je me sens toute petite et ridicule d'avoir tellement besoin de lui.

Il me saisit la main et m'entraîne vers le lit.

– J'étais descendu boire un verre d'eau.

Je m'allonge près de lui et passe machinalement la main à sa place. Les draps sont glacés, comme s'il s'était absenté bien plus longtemps que ce qu'il affirme.

À mon réveil, je suis de nouveau seule. Entendant du bruit au rez-de-chaussée, j'enfile ma robe de chambre et me précipite dans l'escalier.

– Il y a longtemps que tu es levé ?

La cuisine est impeccablement rangée, la vaisselle sale de la veille a disparu, remplacée par un assortiment de beignets, de petits pains et de céréales qui ne proviennent pas des placards.

– Tu es levé depuis longtemps ?

– Je suis un matinal, explique-t-il. J'ai mis un peu d'ordre avant d'aller faire deux ou trois courses. D'accord, j'ai peut-être un peu forcé la dose, mais je ne savais pas ce que tu aimais.

Il contourne le bar pour m'embrasser sur la joue. J'avale une gorgée du jus d'orange pressé qu'il a placé devant moi.

– Tu en veux ? Ou tu préfères continuer à jeûner ?

– Je jeûne, moi ? s'exclame-t-il, surpris.

– Oh, je t'en prie, je ne suis pas aveugle. Je ne connais personne qui mange aussi peu que toi. Tu te contentes de boire ton... ton médicament et de chipoter avec la nourriture. Moi, à côté, j'ai l'impression de me goinfrer.

– Tu préfères ça ? dit-il en enfournant une énorme bouchée de beignet, ses mâchoires s'activant à mastiquer la pâte recouverte d'une épaisse couche de glaçage.

Je regarde par la fenêtre. Je n'arrive toujours pas à m'habituer à ce climat californien, cette succession interminable de journées ensoleillées, alors que l'hiver avance à grands pas.

– Qu'aimerais-tu faire aujourd'hui ? dis-je.

Il consulte sa montre.

– Je dois y aller.

– Mais Sabine ne rentre que ce soir !

Je déteste le ton plaintif de ma voix et le looping qu'amorce mon estomac quand Damen fait tinter ses clés avant de déposer une pluie de petits baisers sur ma joue, au creux de mon oreille et de mon cou.

– J'ai différentes choses à régler à la maison. Surtout si tu veux me voir au lycée demain.

– Ah oui, le lycée ! dis-je, moi qui avais presque réussi

à oublier ma récente crise d'absentéisme et ses conséquences.

– C'est toi qui y attaches de l'importance, ajoute-t-il.
S'il ne tenait qu'à moi, ce serait dimanche tous les jours.

Je mords dans un beignet.

– Oui, mais, du coup, le week-end n'aurait plus rien de
spécial. La vie ne serait qu'un long fleuve de paresse où
nous n'aurions plus besoin de travailler ni rien à attendre,
une longue suite de moments d'hédonisme pur. Cela
deviendrait lassant à la fin, tu ne crois pas ?

– Pas sûr, observe-t-il avec un sourire.

– Bon, c'est quoi, ces choses mystérieuses que tu as à
faire ?

J'aimerais bien avoir un aperçu de sa vie quotidienne,
les petites tâches plus ou moins ingrates qui l'occupent
quand il n'est pas avec moi.

– Oh, des trucs, quoi, esquive-t-il.

Je sens qu'il a hâte de partir.

– Est-ce que je peux... ?

Il m'interrompt sans me laisser le temps de finir ma
phrase et se balance d'un pied sur l'autre, comme prêt à
bondir.

– Laisse tomber, Ever, tu ne vas pas faire ma lessive,
quand même !

– J'aimerais savoir où tu habites. Je ne suis jamais allée
chez quelqu'un d'émancipé. Je suis curieuse, c'est tout.

J'essaie d'adopter un air détaché, mais le résultat est
pleurnichard, insupportable.

Damen fait non de la tête, les yeux fixés sur la porte,
comme si c'était une amante qu'il brûlait de rejoindre.

Je sais que je dépasse les bornes, qu'il est temps d'agiter

le drapeau blanc et de battre en retraite, mais je ne peux m'empêcher de risquer encore une dernière tentative.

– Mais pourquoi ?

– Parce que c'est le foutoir, articule-t-il, les mâchoires serrées. Il y a un désordre indescriptible chez moi. Je ne veux pas que tu voies ça. Mon image de marque en prendrait un sale coup. Et puis je ne serais jamais capable de ranger quoi que ce soit si tu étais là, tu me distrairais.

Il se force à sourire, mais je décèle une lueur d'impatience dans son regard. Il a hâte de partir.

– Je t'appelle ce soir, promis, dit-il en se dirigeant vers la porte.

– Tu ferais quoi si je décidais de te suivre ?

– Je ne te le conseille pas, Ever.

Une fraction de seconde, je me demande s'il veut parler d'aujourd'hui ou si c'est un avertissement à peine voilé pour l'avenir. Quoi qu'il en soit, le message est très clair.

Une fois Damen parti, je décroche le téléphone pour joindre Haven, mais je tombe encore sur sa boîte vocale, et cette fois je ne prends pas la peine de lui laisser un nouveau message. J'en ai déjà déposé plusieurs, après tout, et c'est à elle de me rappeler si elle en éprouve le besoin. Je monte prendre une douche et m'installe à mon bureau, déterminée à faire mes devoirs. Mais à peine me suis-je assise que mes pensées se remettent à divaguer autour de Damen et de ses excentricités, que je ne peux vraiment plus ignorer.

Par exemple, comment se débrouille-t-il pour lire en moi alors que je ne suis pas fichue de déchiffrer ses pensées ? Et comment, en dix-sept brèves années, a-t-il eu le temps de parcourir pratiquement le tour du monde et d'acquérir une parfaite maîtrise de la peinture, du football, du surf, de la cuisine, de la littérature, de l'histoire universelle, bref d'à peu près tout ce qui est possible et imaginable ? Comment fait-il pour se déplacer à la vitesse de l'éclair ? Et toutes ces roses, ces tulipes qu'il produit à volonté ? Sans oublier qu'il est capable de parler comme vous et moi, et que, l'instant d'après, on dirait Heathcliff ou quelque autre personnage issu de l'imagination des sœurs Brontë. Et comment expliquer qu'il peut voir ma sœur ? Et le fait qu'il n'a pas d'aura, comme Drina non plus, d'ailleurs, à propos de laquelle il a omis de me révéler les circonstances de leur rencontre. Et ses réticences à me dire où il habite...

Alors que nous avons passé la nuit ensemble.

Bien sûr, nous nous sommes contentés de dormir, mais quand même ! J'estime que j'ai le droit d'obtenir quelques éléments de réponse, sinon à toutes, du moins à quelques-unes de mes questions. Et si je ne suis pas prête à pénétrer par effraction au lycée pour consulter le dossier de Damen, je connais quelqu'un qui en serait capable.

Pourtant, je devrais éviter de mêler Riley à cette affaire. D'autant que j'ignore comment la faire venir, puisque je n'en ai encore jamais ressenti la nécessité. Faut-il l'appeler par son nom ? Allumer une bougie ? Fermer les yeux en formulant un vœu ?

Mais tout cela me paraît le comble du ridicule, je me plante au milieu de ma chambre, les yeux clos.

— Riley ? Riley ? J'ai vraiment besoin de te parler. En fait, j'ai un service à te demander. Mais si tu refuses, ce n'est pas grave, je comprendrai et je ne t'en voudrai pas, parce que je sais que ça va te sembler un peu louche, et puis je me sens idiote, en train de parler toute seule dans ma chambre, alors, si tu m'entends, pourrais-tu m'envoyer un signe, quelque chose ?

Lorsque ma radio se met à beugler la chanson de Kelly Clarkson que Riley chantait à tout bout de champ, je rouvre les yeux et elle est là, devant moi, pliée de rire.

— Si tu t'étais vue ! Deux secondes de plus, et tu allais fermer les volets, allumer un cierge et sortir le guéridon, les verres et les lettres de Scrabble !

Je pique un fard.

— C'est vrai. Je suis complètement stupide, hein ?

— En fait, oui. Alors, si je comprends bien, tu veux corrompre ta sœur en l'envoyant espionner ton petit ami, c'est ça ?

Je n'en reviens pas.

— Comment le sais-tu ?

Elle s'affale sur mon lit en levant les yeux au ciel.

— Tu crois être la seule capable de lire dans les pensées des gens ?

Je me demande sur quoi elle est encore renseignée.

— Parce que tu es au courant aussi ?

— C'est Ava qui me l'a dit. Ne te fâche pas. Je comprends mieux tes fantaisies vestimentaires, ces derniers temps.

— Et si on parlait un peu des tiennes ? dis-je en considérant sa tenue inspirée de *Star Wars*.

Elle hausse les épaules.

— Bon, alors, tu veux que je t'aide à trouver ton copain, oui ou non ?

Je m'assieds sur le lit à côté d'elle.

— Écoute, j'hésite. Enfin, oui, j'aimerais bien, mais j'ai des scrupules à te le demander.

— Et si je te disais que je le sais ?

198

Je préfère ignorer à quoi elle a passé son temps depuis notre dernière conversation.

— Tu es allée fouiller au lycée ?

— Mieux que ça, je l'ai suivi jusque chez lui.

J'en reste bouche bée.

— Mais quand ? Comment ?

— Atterris, Ever, tu crois que j'ai besoin d'un permis de conduire pour aller où je veux ? En plus, je sais que tu es raide dingue de lui, ce qui se comprend, parce qu'il est complètement craquant. Mais tu te rappelles le jour où il a fait comme s'il me voyait ?

Évidemment. Comment aurais-je pu l'oublier ?

— J'ai eu tellement la frousse que j'ai décidé de mener mon enquête.

— Et... ?

— Et... je ne sais pas trop comment te le dire... Ne le prends pas mal, mais il est un peu bizarre. Il habite une grande maison du côté de Newport Coast, ce qui n'est déjà pas banal, vu son âge et le reste. D'où sort-il cet argent ? Parce qu'il ne travaille pas, c'est sûr.

Je repense à notre après-midi aux courses mais préfère ne rien dire.

— Mais ce n'est encore rien, poursuit ma sœur. Le plus étrange, c'est que la maison est entièrement vide. Et quand je dis vide, c'est sans aucun meuble, tu vois ?

— Oui, bon, c'est un garçon.

Je me demande pourquoi j'éprouve le besoin de le défendre.

— D'accord, mais là, c'est vraiment très, très étrange. À part un socle d'iPod monté sur le mur et un écran plat, c'est vide. Et crois-moi, j'ai regardé partout. Enfin, sauf dans la pièce fermée à clé.

Je l'ai vue passer des dizaines de fois à travers les murs.

— Depuis quand les portes verrouillées t'arrêtent-elles ?

— Ce n'est pas la porte qui m'a arrêtée, c'est moi, si tu veux le savoir. Qu'est-ce que tu crois ? Ce n'est pas parce que je suis morte que je n'ai plus peur de rien.

Je me dépêche d'avancer des justifications, comme la plus pathétique des groupies.

— Il n'y a pas longtemps qu'il a emménagé. Peut-être n'a-t-il pas encore pu s'acheter des meubles. Oui, c'est sûrement l'explication : il ne voulait pas que je l'accompagne pour que je ne voie pas sa maison dans cet état.

Seigneur, je suis encore plus gourde que je ne croyais, me dis-je en m'écoutant proférer de telles insanités.

Riley me dévisage comme si elle s'apprêtait à me révéler pêle-mêle la vérité sur le Père Noël, le lapin de Pâques et la Petite Souris.

— Au fond, tu aurais peut-être intérêt à juger par toi-même.

Je sens qu'elle ne m'a pas tout raconté.

— C'est-à-dire ?

Elle se lève pour arranger son costume devant le miroir, et je me demande pourquoi elle fait tant de mystères.

— Riley ? dis-je.

Elle finit par se retourner.

— Écoute, je peux me tromper. Après tout, je n'y connais rien, moi, je ne suis qu'une gamine. Et puis c'est probablement sans importance, mais...

— Mais quoi ?

— Je crois que tu ferais mieux d'y aller toi-même.

— D'accord. On y va comment ? dis-je en attrapant mes clés de voiture.

– Ne compte pas sur moi. Je suis sûre qu'il peut me voir.

– Il peut me voir moi aussi, je te signale.

Elle ne cède pas.

– Non, je ne viens pas. Mais je vais te faire un plan.

Ma sœur n'étant pas très douée pour les croquis, elle décide de me dresser la liste des rues à emprunter, en indiquant les virages à droite et à gauche, car je n'ai aucun sens de l'orientation.

– Tu es sûre que tu ne veux pas m'accompagner ? dis-je avant de sortir, mon sac à la main.

Elle fait signe que oui et me suit dans l'escalier.

– Ever ?

Je me retourne.

– Tu aurais dû me dire que tu pouvais lire dans les pensées des gens. Si j'avais su, je ne me serais pas moquée de tes vêtements. Désolée.

J'ouvre la porte d'entrée.

– Tu arrives vraiment à lire ce que je pense ?

– Seulement quand tu essaies de me dire quelque chose, ne t'inquiète pas. Et puis je me doutais que tu allais me demander de l'espionner, ajoute-t-elle en riant. Au fait, Ever, il faut que je t'annonce encore une chose. Il est probable que je m'absente un petit moment. Ce n'est pas parce que je suis contrariée ou que je me venge de je ne sais quoi, d'accord ? Je te promets de venir prendre de tes nouvelles, mais... je vais peut-être partir quelque temps. Je risque d'être assez occupée.

Je sens la panique m'envahir.

– Mais tu vas revenir ?

Elle se force à sourire.

– Bien sûr, promis. Sauf que... je ne sais pas quand.

— Tu ne vas pas m'abandonner, hein ? Bon, alors, bonne chance, dis-je en la voyant secouer la tête.

J'aimerais pouvoir la prendre dans mes bras et la serrer très fort pour la convaincre de rester, mais je sais que c'est impossible. Alors je monte dans ma voiture et démarre.

vingt-trois

Damen habite un lotissement privé et sécurisé, précision que Riley a apparemment oublié de me communiquer. Les énormes grilles en fer forgé et les gardes en uniforme ne représentant guère un obstacle, j'imagine que ce détail lui a paru accessoire. Voilà qui ne risque pas de m'arrêter moi non plus. Je décoche mon plus beau sourire à l'employée.

– Bonjour, je m'appelle Megan Foster. Je viens voir Jody Howard.

Je la regarde consulter son ordinateur, où le nom que je viens de lui donner, je le sais, figure en troisième position sur l'écran.

Elle me tend un macaron jaune portant la mention « VISITEUR » ainsi que la date.

– Placez ceci sur votre pare-brise, côté conducteur, m'indique-t-elle. Je vous rappelle qu'il est interdit de se garer du côté gauche de la rue. Côté droit uniquement.

Elle réintègre sa guérite, tandis que je franchis le portail et entre dans la résidence, espérant qu'elle ne remarquera pas que je dépasse la rue de Jody Howard et me dirige vers celle de Damen.

Je suis presque parvenue au sommet de la colline, où j'atteins l'allée suivante qui figure sur ma liste, et après un premier virage à gauche, puis un second, je stoppe devant la résidence de Damen, coupe le moteur et m'aperçois que je suis en train de me dégonfler.

Je commence à me dire que je suis une dangereuse psychopathe. Quelle fille saine d'esprit aurait l'idée tordue de solliciter l'aide de sa sœur défunte pour espionner son petit ami ? D'un autre côté, comme ma vie n'a rien de normal, je ne vois pas pourquoi mes relations amoureuses le seraient.

Assise derrière le volant, je me concentre sur ma respiration pour calmer les battements désordonnés de mon cœur. J'ai les mains moites de sueur. Et tandis que j'inspecte le décor si propret, parfaitement ordonné et huppé, je me rends compte que je n'aurais pu choisir un plus mauvais jour pour mon expédition.

D'abord, il fait beau et chaud, ce qui signifie que tout le monde est dehors, à vélo, promenant le chien ou soignant le jardin. Les pires conditions d'espionnage, donc. Et comme j'étais uniquement attentive au trajet, à l'aller, je n'ai pas pris le temps de réfléchir à ce que j'allais faire une fois sur place. Bref, je n'ai pas de plan.

En réalité, cela ne change pas grand-chose. Que pourrait-il m'arriver de pire que de me faire pincer et conforter Damen dans la certitude que je suis dingue ? Après mon numéro de sangsue hystérique de ce matin, il doit déjà en être plus que convaincu. Je descends de voiture et me dirige vers la maison, au fond d'une impasse avec plantes tropicales et pelouse manucurée. Je ne rampe pas, ne traîne pas les pieds et me garde d'attirer l'attention. Je marche avec une nonchalance étudiée, comme si j'avais parfaitement le droit d'être là, jusqu'à ce que je me retrouve devant les deux lourds battants de la porte, en me creusant la tête pour définir la prochaine étape.

Je recule d'un pas, lève la tête pour examiner les fenêtres, volets clos, rideaux tirés, et sans avoir la moindre idée de ce que je fais, je retiens mon souffle, appuie sur la sonnette et patiente.

Au bout de quelques minutes, n'obtenant aucune réponse, je sonne une deuxième fois. Toujours rien. Alors je tourne la poignée pour m'assurer que la porte est bien fermée, repars dans l'allée, et, après avoir vérifié qu'aucun voisin ne pointe un nez curieux, je me glisse par le portillon du jardin et gagne l'arrière de la maison.

Je ne m'écarte pas trop, et c'est à peine si je remarque la piscine, les plantes vertes et la magnifique cascade pour atteindre la baie vitrée, dûment verrouillée, comme de bien entendu.

Je suis sur le point de battre en retraite quand j'entends une petite voix dans ma tête : la fenêtre, à côté de l'évier. En effet, elle est entrebâillée, assez pour que je puisse y infiltrer les doigts et l'ouvrir en grand.

Les mains posées à plat sur le rebord, je me hisse à l'intérieur, à la force des poignets. À la seconde où mes pieds touchent le sol, je sais que j'ai officiellement franchi les limites.

Il ne faut pas que je continue. Je n'ai pas le droit. Je devrais ressortir par où je suis entrée et repartir en courant vers ma voiture. Rentrer vite chez moi pendant qu'il en est encore temps. Mais la petite voix me pousse à continuer, et puisqu'elle m'a guidée jusqu'ici, autant voir où elle va me mener.

J'explore la grande cuisine vide, le salon dépouillé, la salle à manger dépourvue de table et de chaises, la salle de bains ne contenant qu'une savonnette et une serviette noire, en songeant que Riley avait raison : cet endroit est désert au point de sembler abandonné et franchement inquiétant, sans aucun objet personnel, pas de photo ni le moindre livre. Un parquet sombre, des murs blancs, des placards vides, un frigo rempli d'innombrables bouteilles de ce drôle de liquide rouge, et c'est tout. En entrant dans le salon, je remarque l'écran plat dont m'a parlé ma sœur, un fauteuil qu'elle a oublié de mentionner, et une pile de DVD étrangers dont je ne comprends pas les titres. Je m'attarde un instant au pied de l'escalier, consciente que je ferais mieux de m'éclipser, j'en ai assez vu, mais quelque chose, je ne sais quoi, me pousse à continuer.

J'agrippe la rampe et tressaille au craquement de mes pas dans l'escalier, telle une plainte indignée résonnant sourdement dans ce vaste espace vide. Arrivée à l'étage, je tombe sur la porte que Riley avait trouvée fermée à clé et qui, cette fois, est entrouverte.

J'avance sur la pointe des pieds, appelant à l'aide la petite voix dans ma tête pour m'orienter. Pour toute réponse, j'entends le battement sourd de mon cœur quand je pousse la porte du plat de la main, et lâche un cri de stupeur en découvrant une pièce si richement décorée, si majestueuse et si solennelle que l'on se croirait à Versailles.

Je reste pétrifiée, n'en croyant pas mes yeux. Des tapisseries tissées de fils précieux, des tapis anciens, des lustres de cristal, des chandeliers en or massif, d'épais rideaux de soie, un canapé tendu de velours, une table à plateau de marbre où s'empilent des volumes anciens. Même les murs, entre les lambris et les moulures du plafond, sont ornés de grandes toiles dans des cadres dorés – toutes représentant Damen dans des costumes datant, semble-t-il, de différentes époques, dont un portrait où il est monté sur un étalon blanc, une épée d'argent au côté, vêtu de la même veste qu'il portait le soir de Halloween.

Je m'approche, à la recherche du trou à l'épaule, l'endroit un peu élimé dont Damen m'avait assuré, en plaisantant, qu'il provenait d'un coup de fusil. Ébahie, je le découvre bel et bien sur la peinture et l'effleure du doigt, comme envoûtée, subjuguée, en me demandant à quelle mauvaise plaisanterie malsaine Damen s'est livré, tandis que ma main glisse sur la toile jusqu'à la petite plaque en bronze indiquant :

« DAMEN AUGUSTE ESPOSITO, MAI 1775 »

J'examine le tableau voisin, et mon cœur s'emballe devant un portrait de Damen, la mine sévère dans un strict costume noir sur fond bleu. Je déchiffre la plaque :

« DAMEN AUGUSTE PEINT PAR PABLO PICASSO EN 1902 »

Sur le suivant, des tourbillons de couleur à la texture épaisse dessinent quelque chose qui ressemble à s'y méprendre à :

« DAMEN ESPOSITO PEINT PAR VINCENT VAN GOGH »

Et cela continue de la sorte sur les quatre murs où s'étalent les portraits de Damen, exécutés par les plus grands maîtres de la peinture.

Je m'écroule sur le divan, les yeux hagards, les genoux

en compote, le cerveau en ébullition, envisageant des milliers d'explications plus abracadabrantes les unes que les autres. J'attrape machinalement le livre le plus proche et l'ouvre à la page de garde.

« Pour Damen Auguste Esposito ».

Signé : « William Shakespeare ».

Il m'échappe des mains, et j'attrape le suivant : *Les Hauts de Hurlevent*.

« Pour Damen Auguste », signé par Emily Brontë.

Tous les ouvrages sont dédicacés à Damen Auguste Esposito, ou Damen Auguste, ou Damen tout court – chacun de la main d'un auteur disparu depuis au moins cent ans.

Je ferme les yeux, et respire à fond pour apaiser les battements de mon cœur et le tremblement de mes mains, persuadée qu'il s'agit d'une blague ou de quelque chose de ce genre, que Damen doit être un mordu d'histoire, un collectionneur d'antiquités ou un faussaire extrêmement doué, un rien déjanté. À moins que ce ne soient des objets appartenant à sa famille depuis des générations, un héritage légué par ses lointains aïeux, tous portant le même nom et se ressemblant à s'y méprendre.

Mais, comme je promène mon regard autour de moi, la vérité me saute aux yeux et me glace le sang : ce ne sont pas de banales antiquités, ni un héritage, mais les effets personnels de Damen, des trésors amassés au fil des années.

Les jambes flageolantes, luttant contre le vertige, je me relève tant bien que mal et redescends au rez-de-chaussée, impatiente de laisser derrière moi cette pièce lugubre, cette espèce de mausolée hideux, surchargé et rococo, cette maison semblable à une crypte. Je veux fuir au plus vite et ne jamais, jamais, y remettre les pieds, quelles que soient les circonstances.

Au bas de l'escalier, j'entends un cri suraigu, suivi d'un long gémissement étouffé qui semble provenir du fond du couloir. Sans réfléchir, je me précipite dans cette direction, ouvre une porte et découvre Damen par terre, vêtements déchirés et visage ensanglanté, allongé sur Haven qui se débat en gémissant sous lui.

– Ever !

Il bondit sur ses pieds et se jette sur moi, tandis que, avec force coups de pied, de poing et de genou, j'essaie désespérément d'atteindre Haven.

Je remarque sa pâleur, ses yeux fous, et comprends qu'il n'y a pas une minute à perdre.

– Qu'est-ce que tu lui as fait ?

– Ever, arrête, prie-t-il d'une voix posée, très calme, détonnant avec les circonstances horribles dans lesquelles nous nous trouvons.

– Qu'est-ce que tu lui as fait ? dis-je en le bourrant de coups.

Je mords, je griffe, j'y mets toute mon énergie, mais rien n'y fait. Il me retient d'une main et encaisse les chocs sans broncher.

– Ever, laisse-moi t'expliquer, implore-t-il en esquivant un coup de pied.

Soudain, en voyant mon amie saigner abondamment, le visage crispé de douleur, je réalise quelque chose d'affreux : voilà pourquoi il refusait que je l'accompagne !

– Non ! Ce n'est pas ce que tu crois. Tu te trompes. Je ne voulais pas que tu voies ça, c'est vrai, mais tu fais fausse route.

Il me soulève de terre, mes jambes pendouillant lamentablement comme si j'étais une poupée de chiffon, sans le moindre effort apparent malgré mes coups.

Je ne lui prête aucune attention, ni à moi non plus. La seule chose qui compte, c'est Haven, dont je constate les lèvres bleuies et le souffle de plus en plus faible.

Je dévisage Damen avec toute la haine dont je suis capable :

— Qu'est-ce que tu lui as fait ? Tu vas me le dire, espèce de malade ?

Il me supplie presque.

— Ever, s'il te plaît, écoute-moi !

Et malgré ma colère et la poussée d'adrénaline qui me monte au cerveau, je ressens comme un picotement langoureux au contact de ses mains et lutte de toutes mes forces pour l'ignorer. Je braille et me démène en essayant de lui décocher des coups de pied là où ça fait mal, mais il est si rapide que je ne parviens pas à l'atteindre.

— Tu ne peux rien faire pour elle, crois-moi. Je suis le seul capable de l'aider.

— Tu n'es pas en train de l'aider, tu es en train de la tuer !

— Non, Ever, c'est le contraire, murmure-t-il, les traits tirés et fatigués.

J'essaie de me dégager en pure perte, il est trop fort pour moi. Alors je cesse de lutter et me laisse aller, toute molle, les yeux fermés.

Voilà, c'est comme ça que ça se passe, je vais mourir, me dis-je.

Mais au moment où il relâche son étreinte, je balance mon pied de toutes mes forces, le bout de ma chaussure atteint sa cible, et il me laisse tomber par terre.

Je me précipite vers Haven et m'empare de son poignet couvert de sang pour chercher son pouls, les yeux fixés sur les deux petits trous au centre de son tatouage, la suppliant de respirer, de s'accrocher.

Je pêche mon portable pour appeler les secours quand Damen surgit derrière mon dos.

— Je voulais éviter d'en arriver là, soupire-t-il en m'arrachant le téléphone.

vingt-quatre

À mon réveil, je suis allongée dans mon lit et découvre ma tante, penchée sur moi. Une expression d'intense soulagement se peint sur son visage tandis que l'inquiétude brouille ses pensées. Elle se force à sourire.

— Salut ! Tu as passé un fameux week-end, on dirait, non ?

Je cligne des yeux, la regarde, puis consulte mon réveil avant de sauter du lit quand je me rends compte de l'heure.

— Ça va, Ever ? insiste Sabine. Tu dormais déjà quand je suis rentrée, hier soir. Tu n'es pas malade, au moins ?

J'entre dans la douche, ne sachant trop quoi répondre. Je ne me sens pas malade, mais je ne comprends pas comment j'ai pu dormir aussi longtemps.

— Y a-t-il quelque chose que je devrais savoir ? Tu as des choses à me dire ? reprend-elle, plantée dans l'encadrement de la porte.

Je ferme les yeux et me repasse le film du week-end : la plage, Evangeline, Damen qui a dormi ici et m'a préparé à dîner, puis le petit déjeuner...

— Non, rien, dis-je.

— Bon. Tu as intérêt à te dépêcher si tu ne veux pas arriver en retard. Tu es vraiment sûre que ça va ?

— Mais oui.

J'essaie d'avoir l'air tranquille, innocente et sûre de moi, mais quand j'ouvre le robinet et me glisse sous le jet brûlant, je ne sais plus trop si je mens ou si je dis la vérité.

Sur le chemin du lycée, Miles ne parle que d'Eric. Il me raconte en détail leur rupture par texto qui remonte à dimanche soir, en essayant de me convaincre qu'il s'en fiche complètement et qu'il a déjà oublié jusqu'à l'existence de son ex-petit ami, ce qui prouve bien le contraire.

— Tu m'écoutes, au moins ? lance-t-il, la mine renfrognée.

— Bien sûr.

Je stoppe à un feu rouge, à deux rues du lycée. J'essaie vainement de me remémorer les événements du week-end, mais je bute toujours sur le petit déjeuner de dimanche. J'ai beau faire, impossible de me rappeler ce qui a suivi.

— J'aimerais te croire, lance Miles avec une grimace en regardant par la vitre. Sérieusement, dis-moi si je te soûle, parce que Eric, au fond, c'est de l'histoire ancienne. Je t'ai déjà raconté la fois où...

— Miles, as-tu parlé à Haven dernièrement ? dis-je avant que le feu repasse au vert.

— Non, et toi ?

Je démarre, sans trop comprendre pourquoi le simple fait de prononcer le nom de mon amie me donne la chair de poule.

— Je ne crois pas.

Miles se tourne sur son siège et me regarde avec de grands yeux.

— Comment ça, tu ne crois pas ?

— Pas depuis vendredi.

Dans le parking, mon cœur s'affole lorsque je vois Damen qui m'attend à sa place habituelle, adossé contre sa voiture.

— Dis donc, il y en a au moins une qui a une chance de vivre heureuse et d'avoir beaucoup d'enfants, commente Miles en saluant d'un signe de tête Damen, qui m'ouvre la portière, une tulipe rouge à la main.

— Bonjour, dit-il, tout sourire.

Il me tend la fleur et m'embrasse sur la joue, à quoi je réponds par un marmonnement incompréhensible en fonçant vers la grille. La sonnerie retentit, tandis que Miles galope à toute allure pour rejoindre sa classe. Damen me prend la main et s'efface pour me laisser entrer la première. Nous passons devant la table de Stacia, qui me jette un regard meurtrier, tend la jambe dans l'intention de me faire un croche-pied, mais la replie au dernier moment.

— M. Robins ne va pas tarder, murmure Damen en me pressant les doigts. Il a laissé tomber la gnôle et essaie de regagner le cœur de sa femme.

Il esquisse un sourire dans le creux de mon oreille, alors que j'allonge le pas pour m'écarter de lui.

Je m'installe à ma place et sors mes livres, sans savoir pourquoi la présence de mon petit ami à côté de moi me met étrangement mal à l'aise. Je plonge les doigts dans la poche intérieure de mon sweat-shirt et réprime un haut-le-cœur quand je m'aperçois que j'ai oublié mon iPod à la maison.

— Je suis là, maintenant, tu n'en as plus besoin, murmure Damen en me caressant la main du bout des doigts.

Je ferme les yeux et suppute que M. Robins va arriver dans trois, deux, un...

— Ever, ça va ? chuchote Damen en me massant légèrement le poignet.

Je fais signe que oui.

– Tant mieux. J'ai passé un week-end génial. Toi aussi, j'espère ?

J'ouvre les yeux au moment où notre professeur fait son entrée. Il a les yeux un peu moins rouges et le visage moins bouffi que d'habitude, même si ses mains tremblent encore un peu.

– On s'est bien amusés, hier, non ?

Je tourne la tête vers Damen et le considère longuement. Sa main posée sur la mienne me donne la chair de poule, et je hoche la tête parce que je sais que c'est la réponse qu'il attend. Mais je me demande si c'est vrai.

Les heures suivantes passent dans un flou total, et ce n'est qu'au déjeuner que je finis par apprendre les événements de la veille.

– C'est à peine croyable que vous soyez entrés dans l'eau par ce froid ! s'exclame Miles en remuant son yaourt.

– T'inquiète, nous ne sommes pas fous, nous avions des combinaisons. Au fait, Ever, tu as oublié la tienne chez moi.

Je déballe mon sandwich. Je n'en ai aucun souvenir. D'ailleurs, je ne crois pas avoir de combinaison. À moins que si ?

– Euh... ce n'était pas plutôt vendredi ? dis-je en rougissant quand les événements de cette journée-là me reviennent très clairement à la mémoire.

– Non, vendredi, je suis allé surfer. Seul. C'est dimanche que je t'ai donné ta première leçon.

J'ôte la croûte de mon pain, en m'efforçant de me rappeler cette leçon, mais c'est peine perdue.

– Et alors, elle se débrouille bien ? demande Miles en léchant sa cuiller.

– En fait, il n'y avait pas tellement de vagues, donc nous n'avons pas beaucoup surfé. Nous sommes restés la plupart du temps sous des couvertures, sur la plage. Et là, elle se débrouille pas mal, précise-t-il en pouffant.

Je me demande si j'avais gardé ou pas ma combinaison sous ces fameuses couvertures, s'il s'est passé quelque chose, et si oui, quoi exactement. Est-il possible que j'aie fait quelque chose dont j'ai banni ensuite le souvenir de ma mémoire ?

Miles me dévisage d'un air interrogateur, mais je me contente de hausser les épaules en mordant dans mon sandwich.

– Vous étiez sur quelle plage ?

N'en sachant rien, je me tourne vers Damen, qui répond en sirotant son truc rouge.

– Crystal Cove.

Miles lève les yeux au ciel.

– Oh non ! Ne me dites pas que vous êtes en train de devenir un de ces couples où l'homme parle pour deux. Rassure-moi, il ne commande pas pour toi au restaurant ? Non, Ever, c'est à toi que je pose la question, poursuit Miles avant que Damen ait eu le temps de répondre.

Je repense à nos deux repas au restaurant, le premier lors de cette superbe journée à Disneyland qui s'est achevée si singulièrement, et le second au champ de courses, quand il a gagné cette fabuleuse somme.

– Ne t'en fais pas, je sais commander au restaurant toute seule, comme une grande. Au fait, je peux t'emprunter ton portable ?

Il le sort de sa poche et me le passe.

– Tu as oublié ton téléphone ?

– Oui, et je voudrais envoyer un message à Haven pour avoir des nouvelles. Je ne sais pas pourquoi, mais j'ai un drôle de pressentiment. Je n'arrête pas de penser à elle.

Je ne comprends pas bien moi-même et vois encore moins comment je pourrais leur expliquer. Je commence à taper mon message quand Miles intervient.

– Elle est chez elle, elle a la grippe ou un truc de ce genre. Et puis elle est encore sonnée, à cause d'Evangeline. Mais elle m'a juré qu'elle ne nous en voulait plus.

– Je croyais que tu ne lui avais pas reparlé ?

Je fronce les sourcils, sûre de ce qu'il m'a dit dans la voiture.

– Je lui ai envoyé un message pendant le cours d'histoire.

Je le regarde anxieusement et j'ai un drôle de nœud à l'estomac, sans m'expliquer pourquoi.

– Donc elle va bien ?

– Elle vomit tripes et boyaux, et elle a fait le deuil de son amie, mais à part ça, oui, elle ne va pas trop mal.

Je rends son téléphone à Miles. Inutile de la déranger si elle ne se sent pas bien. Damen pose la main sur mon genou, Miles recommence à nous parler d'Eric, et je finis mon sandwich tant bien que mal, souriant et hochant la tête en cadence, incapable de me débarrasser de ce drôle de malaise qui me colle à la peau.

Alors que Damen a décidé de ne pas sécher le lycée, c'est justement le jour où j'aurais aimé ne pas le voir. À la fin de chaque cours, je le découvre qui m'attend devant la porte pour prendre de mes nouvelles d'un air inquiet. C'est épuisant, je trouve.

Après l'heure d'arts plastiques, quand il me demande s'il peut passer à la maison en me raccompagnant à ma voiture, je réponds sans hésiter :

— Euh... j'ai envie d'être un peu seule, si ça ne t'ennuie pas.

— Tu es sûre que ça va ? questionne-t-il pour la cent millième fois.

Je monte dans ma voiture, pressée de fermer la portière et de mettre un peu de distance entre nous.

— Mais oui. J'ai pas mal de choses à rattraper, c'est tout. Alors à demain, d'accord ?

Et, sans lui laisser le temps de répliquer, je passe la marche arrière et quitte le parking.

En arrivant à la maison, je suis tellement fatiguée que je m'écroule sur mon lit, dans l'intention de faire une petite sieste avant le retour de Sabine, qui va recommencer à s'inquiéter pour moi. Mais quand je me réveille au milieu de la nuit, le cœur battant et les vêtements trempés de sueur, j'ai la certitude de ne pas être seule dans ma chambre.

J'attrape mon oreiller et le serre contre moi, comme si ces plumes duveteuses pouvaient me servir de bouclier, en scrutant l'obscurité autour de moi.

— Riley ? dis-je à mi-voix, même si je suis à peu près certaine que ce n'est pas ma sœur.

Je retiens mon souffle et perçois un son étouffé, un peu comme des chaussons glissant sur un tapis, près des portes vitrées.

— Damen ? dis-je dans un souffle.

Je sonde la nuit, mais ne distingue rien qu'un léger bruissement.

Je cherche l'interrupteur à tâtons, plissant les paupières

218

dans la lumière crue. J'étais tellement sûre de ne pas être seule que je suis presque déçue en constatant que la chambre est vide.

Toujours cramponnée à mon oreiller, je me lève pour verrouiller les baies vitrées. Puis j'inspecte mon placard et sous mon lit, comme mon père vérifiait qu'il n'y avait pas de monstres, quand j'étais petite, il y a une éternité. Ne trouvant rien, je retourne me coucher en me demandant si je n'ai pas rêvé.

Alors je me souviens : je courais dans un canyon obscur et venteux, vêtue d'une mince robe blanche qui me défendait mal contre le froid, une bise glaciale me cinglant la peau et me pénétrant jusqu'aux os. Pourtant, c'était à peine si je remarquais le froid, tant j'étais concentrée sur ma course, pieds nus sur la terre humide et boueuse, en direction d'un refuge enveloppé par la brume, que je distinguais à peine vers une lumière qui luisait faiblement.

Le dos tourné à Damen.

vingt-cinq

Le lendemain, au lycée, je me gare à ma place habituelle,
descends de voiture et, sans prêter la moindre attention à
Damen, cours retrouver Haven à la grille. Et moi qui,
d'ordinaire, évite soigneusement les contacts physiques, je
me précipite dans les bras de mon amie.

– Ça va, moi aussi je t'aime, pouffe-t-elle en se dégageant. Je n'allais pas rester fâchée toute ma vie, tu sais.

Ses cheveux rouges sont ternes et aplatis, son vernis à
ongles noir tout écaillé, les cernes sous ses yeux plus pro-
noncés que jamais, et son teint livide. Elle a beau me jurer
qu'elle va bien, je ne peux m'empêcher de l'étreindre de
toutes mes forces.

Je l'observe avec attention, m'efforçant de lire en elle,
mais, excepté son aura gris pâle, transparente, je ne distingue pas grand-chose.

– Comment te sens-tu ?

Elle me repousse.

– Qu'est-ce qui t'arrive ? C'est quoi, ces grandes effu-
sions ? Surtout toi, l'éternelle planquée derrière sa capuche
et son iPod.

– J'ai appris que tu étais malade, et, comme tu étais
absente hier...

Je n'en dis pas davantage, je me sens un peu ridicule de la coller de cette façon. Mais elle se contente de rire.

– Je sais ce qui se passe. C'est ta faute, Damen. À peine débarqué, tu fais fondre notre reine des glaces et nous la transformes en une espèce de Bisounours dégoulinant de romantisme.

Damen se force à rire, tandis que Miles prend le bras de Haven et l'entraîne dans la cour.

– C'était sûrement la grippe, ajoute-t-elle. Et pour ne rien arranger, j'étais en pleine déprime à cause d'Evangeline. J'avais une si forte fièvre que je suis même tombée dans les pommes, vous vous rendez compte ?

Je lâche la main de Damen pour me retrouver à la hauteur de Haven.

– C'est vrai ?

– Oui, c'était très curieux. Le soir, je suis allée me coucher habillée d'une certaine façon, et le lendemain, je me suis réveillée avec des vêtements complètement différents. Et impossible de retrouver mes affaires. Comme si elles s'étaient volatilisées...

– Il faut dire que ta chambre est un vrai souk, s'esclaffe Miles. Ou alors, c'étaient des hallucinations. Ça arrive quand on a la fièvre, tu sais.

– Oui, peut-être. Mais en attendant, mes foulards noirs ont disparu. J'ai dû emprunter ça à mon frère, dit-elle en désignant son écharpe bleu marine.

Damen me rattrape et me reprend la main, doigts entrelacés, déclenchant une onde de chaleur le long de mon échine.

– Y avait-il quelqu'un pour s'occuper de toi ? demande-t-il.

– Tu veux rire ? Même si j'étais émancipée comme toi,

ça ne changerait pas grand-chose. Et puis ma porte était fermée à clé. J'aurais pu mourir que personne ne s'en serait rendu compte.

— Et Drina ? dis-je, l'estomac noué.

Haven me jette un drôle de regard.

— Elle est à New York depuis vendredi soir. En tout cas, je ne vous souhaite pas d'attraper cette grippe, parce que même si j'ai fait des rêves plutôt cool, ce n'était pas trop votre genre, je crois.

Je lâche la main de Damen pour rejoindre Haven au moment où elle s'arrête devant sa classe et s'adosse contre le mur.

— As-tu rêvé d'un canyon, par hasard ?

Elle s'écarte en pouffant.

— Excuse-moi, mais tu empiètes sur mon espace vital ! Non, pas le moindre canyon dans mes rêves. Que des trucs gothiques. C'est difficile à expliquer, plutôt genre gore avec du sang partout, je crois.

À peine a-t-elle prononcé le mot « sang » que tout devient noir et que je tombe à la renverse.

Damen me rattrape de justesse.

— Ever ! s'écrie-t-il, visiblement très inquiet.

En rouvrant les yeux, lorsque je le vois penché sur moi, quelque chose dans l'expression de son visage, l'intensité de son regard, me semble familier. Les souvenirs commencent à resurgir quand la voix de Haven me fait perdre le fil.

— Ça commence comme ça. Moi je ne me suis pas évanouie tout de suite, mais j'avais des vertiges, au début.

— Et si elle était enceinte ? suggère Miles, assez fort pour que plusieurs élèves l'entendent dans le couloir.

Je me redresse en chancelant, étonnée de me sentir déjà mieux, en sécurité dans les bras de Damen.

– C'est peu probable, dis-je. En tout cas, ça va mieux, maintenant.

– Damen, tu devrais la ramener chez elle, elle n'a pas l'air bien, intervient Miles.

– Oui, renchérit Haven. Rentre te reposer si tu ne veux pas tomber vraiment malade.

J'ai beau insister pour aller en classe, personne ne m'écoute, et finalement Damen passe un bras autour de ma taille pour me ramener à sa voiture.

– C'est ridicule, dis-je pendant qu'il sort du parking et tourne au coin de la rue. Je me sens parfaitement bien. En plus, on va se faire tuer si on sèche encore une journée de cours.

– Personne ne va se faire tuer. Et je te rappelle que tu t'es évanouie. Tu as eu de la chance que je te rattrape.

– Justement. Tu m'as rattrapée, et je vais beaucoup mieux. Vraiment. Et puis, si tu es si inquiet, tu n'avais qu'à m'emmener à l'infirmerie au lieu de me kidnapper.

– Je ne t'ai pas kidnappée, rétorque-t-il, vexé. Je voulais juste prendre soin de toi, c'est tout.

– Ah, parce que tu es aussi médecin ?

Il ne relève pas. Il dépasse la rue qui mène chez ma tante, poursuit dans Coast Highway et s'arrête devant une grille imposante. Il fait un signe à la gardienne, qui nous laisse passer avec un sourire. Elle me rappelle vaguement quelqu'un, mais qui ?

– Où allons-nous ?

Damen s'engage sur une route en lacet qui gravit la

colline et aboutit dans un grand garage vide, au fond d'un cul-de-sac.

— Chez moi.

Il me prend par la main et me guide d'abord dans une cuisine cossue, puis dans le salon, où je reste plantée, les mains sur les hanches, ébahie devant le somptueux décor. Tout le contraire du style célibataire californien aisé auquel je m'attendais.

— C'est vraiment à toi, tout ça ?

Je caresse de la main le velours moelleux du canapé, en promenant les yeux autour de moi sur de superbes lampes, des tapis persans, une collection de peintures abstraites et une table basse en bois exotique supportant une pile de livres d'art, des bougies et une photo de moi encadrée. Je m'en empare pour l'examiner de plus près. Je n'en ai aucun souvenir.

— Quand l'as-tu prise ?

Damen me fait signe de m'asseoir.

— On dirait que tu n'es jamais venue ici.

— Mais non.

— Bien sûr que si ! Dimanche dernier, après la plage, tu te rappelles ? D'ailleurs, ta combinaison est toujours là-haut. Viens, tu as besoin de te reposer, dit-il en tapotant le divan de la main.

Je m'effondre sur les gros coussins, le portrait à la main. Je me demande quand il l'a pris. J'ai les cheveux lâchés, le visage animé, et je porte un sweat-shirt couleur pêche dont j'avais complètement oublié l'existence. J'ai l'air de rire, même si mon regard est grave et triste. Damen me reprend le cadre et le replace sur la table.

— J'ai réalisé ce cliché au lycée, à ton insu. Je préfère les photos prises sur le vif, c'est le seul moyen de capturer l'essence de quelqu'un. Maintenant, ferme les yeux et détends-toi, je vais préparer du thé.

Quelques minutes plus tard, il revient avec une tasse fumante ; il drape un plaid sur mes épaules et m'en enveloppe de la tête aux pieds.

Je pose ma tasse sur la table et consulte ma montre. En repartant tout de suite, nous avons une chance d'arriver à temps pour la deuxième heure de cours.

— C'est très gentil de t'occuper de moi, mais tu n'es pas obligé. Je me sens parfaitement bien. On devrait retourner en classe.

Damen s'installe à côté de moi et me caresse les cheveux sans me quitter des yeux.

— Ever, je te signale que tu as perdu connaissance.

Les prévenances dont il m'entoure m'embarrassent, d'autant que je sais très bien qu'elles sont totalement inutiles.

— Et alors ? Ce sont des choses qui arrivent.

Ses doigts descendent vers ma cicatrice.

— Pas quand je suis là pour veiller sur toi.

Je m'écarte avant qu'il ait le temps de la toucher. Sa main retombe.

— Non !

— Qu'y a-t-il ?

Je préfère mentir, ne pas lui dire la vérité, que la cicatrice est pour moi, et moi seule. Un souvenir de chaque instant, pour que je n'oublie jamais. Raison pour laquelle j'ai renoncé à la chirurgie esthétique et ai refusé que le médecin « répare ça ». Je savais que rien ne pourrait jamais s'arranger, que c'était ma faute. Voilà pourquoi je cache ma souffrance sous ma frange.

– Je ne veux pas que tu attrapes ma maladie.

Damen éclate de rire.

– Je ne suis jamais malade.

Je ferme les yeux avant de répondre, exaspérée :

– Et en plus, il n'est jamais malade !

Damen me tend la tasse en haussant les épaules.

J'avale une gorgée avant de la reposer.

– Voyons voir, tu ne tombes jamais malade, tu n'as jamais d'ennuis quand tu t'absentes, tu as toujours des super notes, même quand tu sèches les cours, il suffit que tu attrapes un pinceau pour que tu nous pondes un Picasso mieux que Picasso lui-même. Tu cuisines aussi bien qu'un chef cinq étoiles, tu as travaillé comme mannequin à New York avant de vivre à Santa Fe, c'est-à-dire après que tu as habité à Londres, à Paris, en Égypte, en Roumanie... Tu es émancipé, tu ne travailles pas, et pourtant tu vis dans une maison de rêve qui doit coûter des millions, luxueusement meublée, en plus tu conduis une décapotable, et...

– Rome, corrige-t-il.

– Pardon ?

– Tu as parlé de la Roumanie. Mais c'était à Rome.

– Pardon ! Je voulais dire que...

Les mots s'étranglent dans ma gorge. Damen se penche vers moi.

– Que voulais-tu dire... ?

J'avale ma salive en regardant ailleurs. Je suis sur le point de saisir quelque chose qui me titille depuis des semaines. Quelque chose concernant Damen et sa dimension quasi surhumaine. Serait-il un fantôme, comme Riley ? Non, impossible, tout le monde peut le voir.

Il pose la main sur ma joue pour me forcer à le regarder.

– Ever, dit-il, Ever, je...

Mais sans le laisser finir, je me lève en rejetant le plaid de mes épaules.

– Ramène-moi chez moi, s'il te plaît.

vingt-six

À **peine Damen** a-t-il stoppé dans l'allée conduisant à la maison que je saute de voiture, me rue vers la porte et grimpe les marches deux par deux en priant pour que ma sœur soit là. J'ai besoin de la voir, de lui parler des théories rocambolesques que j'ai élaborées dans ma tête. C'est l'unique personne à qui je peux me confier, la seule capable de comprendre.

J'inspecte la salle de jeu, la douche, puis je me plante au milieu de ma chambre, et l'appelle à cor et à cri. Je suis dans un état d'agitation étrange, une panique incompréhensible qui me fait trembler des pieds à la tête.

Comme Riley ne répond pas, je me recroqueville sur mon lit et revis sa disparition pour la deuxième fois.

Sabine laisse tomber son sac et, agenouillée à mon chevet, elle pose sa main fraîche et rassurante sur mon front moite.

– Ever, ma chérie, ça va ?

Les yeux clos, je secoue la tête, consciente que, malgré mon vertige de ce matin et la fatigue des derniers jours, je ne suis pas malade. Du moins, dans le sens où elle l'entend. C'est plus compliqué et ne se soigne pas si facilement.

Je me tourne sur le côté et m'essuie les yeux dans un coin de la taie d'oreiller.

— Il y a des moments où... où les souvenirs affluent en masse, tu vois ? Et cela empire presque.

Les sanglots m'empêchent de poursuivre, et mes larmes redoublent.

Sabine me dévisage, les traits adoucis par la peine.

— Je ne crois pas que cela s'arrangera jamais, tu sais. Je pense qu'il faut s'habituer à cette impression de vide et de perte, réapprendre à vivre avec.

Elle sèche mes larmes du bout des doigts.

Et quand elle s'allonge près de moi, je ne m'écarte pas. Je ferme les yeux, et m'autorise à sentir sa douleur et la mienne, jusqu'à ce que les deux se confondent en une même souffrance aiguë, insoutenable, sans commencement ni fin.

Nous demeurons longtemps ainsi, à pleurer, à parler, à communier dans le chagrin, comme nous aurions dû le faire depuis longtemps. Si je l'avais laissée approcher ! À condition que je ne l'aie pas repoussée.

Elle se lève pour préparer le dîner et fouille dans son fourre-tout.

— Regarde ce que j'ai retrouvé. Je te l'avais emprunté quand tu venais d'arriver. Je l'avais oublié dans le coffre de ma voiture.

Et elle me donne un sweat-shirt couleur pêche.

Celui dont j'avais oublié l'existence.

Celui que je n'ai plus mis depuis ma première semaine au lycée.

Celui que je porte sur la photo qui orne la table basse chez Damen, alors que nous ne nous étions pas encore rencontrés.

En arrivant au lycée, le lendemain, je dépasse Damen et la place de parking qu'il me réserve tous les matins, et vais me garer au bout du monde, à l'extrémité.

— Mais qu'est-ce qui te prend ? s'écrie Miles, les yeux ronds. Tu n'as pas vu Damen ou quoi ? Il va falloir marcher des kilomètres, maintenant !

Je claque la portière et traverse le parking à vive allure, prenant soin d'éviter Damen qui m'attend, adossé à sa voiture.

Miles m'agrippe le bras.

— Euh... tour de contrôle à Ever. Je te signale un grand brun ténébreux à 3 heures. Tu viens de passer devant ! Qu'est-ce qui vous arrive ? Vous vous êtes disputés ?

Je me dégage sans ménagement.

— Laisse tomber, il n'y a rien du tout, dis-je en m'éloignant à grands pas.

La dernière fois que j'ai vérifié, Damen était loin derrière nous. Pourtant, quand j'entre en classe et vais m'asseoir à ma place, il est déjà là. Je remonte ma capuche et allume mon iPod, bien décidée à l'ignorer jusqu'à ce que M. Robins fasse l'appel.

Je regarde droit devant moi, les yeux fixés sur le front dégarni de notre professeur, attendant mon tour de répondre « présente ».

— Ever, je sais que tu es fâchée, mais laisse-moi t'expliquer, chuchote Damen.

Je fais la sourde oreille, les yeux rivés sur le tableau.

— Ever, s'il te plaît, insiste-t-il.

Mais je m'obstine à l'ignorer.

— Tant pis, tu l'auras voulu, soupire mon voisin au moment où M. Robins appelle mon nom.

Une seconde plus tard, j'entends un terrible *blong*, tandis que dix-neuf fronts s'affalent sur leur bureau.

Tout le monde, sauf Damen et moi.

Je regarde autour de moi, bouche bée, je n'en crois pas mes yeux.

— C'était exactement ce que je voulais éviter, dit-il quand je le fusille du regard.

— Qu'est-ce que tu leur as fait ?

Je contemple les corps sans vie qui nous entourent, quand l'atroce vérité se fait jour. Mon cœur bat si fort que Damen ne peut pas ne pas l'entendre.

— Oh, mon Dieu ! Tu les as tués ! Tu les as tués !

— Voyons, Ever, pour qui me prends-tu ? Bien sûr que je ne les ai pas tués. Disons qu'ils font... une petite sieste, c'est tout.

Je m'écarte de lui le plus possible, sans quitter la porte des yeux, prête à prendre la fuite.

Il croise les jambes, le visage impassible, la voix calme et posée.

— Tu peux essayer, si tu veux. Mais tu n'iras pas loin. Tu as vu que je suis arrivé ici avant toi, même si tu avais de l'avance.

Je me rappelle certaines de mes pensées les plus embarrassantes, et les joues me cuisent. Je m'agrippe au bord de ma table.

— Tu lis dans mon esprit, c'est ça ?

— En général, oui. Pratiquement tout le temps, en fait.

Une partie de moi voudrait se sauver, mais l'autre aimerait bien obtenir certaines réponses avant de disparaître.

— Depuis longtemps ?

— Depuis la première fois que je t'ai vue, répond-il doucement, les yeux dans les miens, tandis qu'une vague de chaleur m'envahit de la tête aux pieds.

— Et cela remonte à quand ?

Je songe au portrait sur la table en me demandant depuis quand il me surveille.

— Je ne te surveille pas, Ever. Pas dans le sens où tu l'entends.

— Et pourquoi devrais-je te croire ?

Je suis furieuse. Je ne risque pas de lui faire confiance. En aucun cas.

— Parce que je ne t'ai jamais menti.

— Mais là, tu mens, justement !

— Je ne t'ai jamais menti sur les choses qui comptent vraiment.

Je suis hors de moi.

— Ah bon ? Parce que prendre une photo de moi avant de t'inscrire dans ce lycée, ça signifie quoi, à ton avis ?

— Et être extralucide, et bavarder avec sa petite sœur morte, ça signifie quoi, à ton avis ?

— Tu dis n'importe quoi !

Je me lève. J'ai les mains moites, tremblantes, et le cœur qui bat lorsque je contemple les corps avachis sur leur bureau. Stacia dort la bouche ouverte, Craig ronfle si fort qu'on dirait que son corps vibre, et M. Robins a l'air plus heureux et paisible que jamais.

— C'est tout le lycée ? Ou juste notre classe ?

— Je n'en sais rien, mais je crois bien que c'est tout le lycée.

Il sourit en regardant autour de lui, comme s'il était très fier de son œuvre.

Sans plus réfléchir, je me rue dehors, pique un sprint dans le couloir, traverse la cour et le bâtiment de l'administration, où les secrétaires sont assoupies, la tête sur le bras. La porte claque derrière moi, et je me retrouve sur le parking. Je me précipite vers ma petite voiture rouge, à côté de laquelle Damen m'attend, agitant mon sac à dos à bout de bras.

— Je t'avais avertie, dit-il en me le tendant.

Je reste là, paniquée, en sueur, au bord de la crise de nerfs. Tout ce que j'avais oublié me revient en mémoire : son visage couvert de sang, les gémissements de Haven se débattant sous lui, cette pièce à vous faire froid dans le dos, sans parler du fait qu'il a trafiqué ma mémoire pour que j'oublie tout. Même si je ne suis pas de taille, je suis bien décidée à me battre jusqu'au bout.

Il avance la main vers moi, mais la laisse retomber, l'air peiné, presque tragique.

— Ever ! Tu crois vraiment que je veux te tuer ?

— Parce que ce n'est pas ton intention, peut-être ? Haven croit que c'est un délire gothique dû à la fièvre, mais je sais quel genre de monstre tu es. Ce que je ne comprends pas, en revanche, c'est pourquoi tu ne nous as pas tuées toutes les deux quand tu en avais l'occasion. Et pour quelle raison tu as pris la peine de me brouiller la mémoire et de me garder en vie...

— Je ne te ferai jamais de mal, Ever. Tu te trompes complètement, j'essayais de sauver Haven, pas de la tuer.

Je serre les lèvres pour les empêcher de trembler, les yeux plantés dans les siens, luttant pour ne pas fondre de tendresse.

— Ah oui ? Alors, pourquoi avait-elle l'air mourante ?

— Parce qu'elle l'était, justement. Le tatouage sur son poignet s'était infecté et risquait de la tuer. Quand tu es arrivée, j'étais en train d'aspirer l'infection, comme le venin d'une morsure de serpent, tu comprends ?

– Non, je sais ce que j'ai vu.

Damen prend une profonde inspiration.

– Je devine ce que tu as pensé. Et je n'ignore pas que tu es sceptique. J'ai essayé de t'expliquer, mais tu n'as pas voulu m'écouter. Et Dieu sait si j'ai essayé de te convaincre. Crois-moi, Ever, quand je te dis que tu as tout compris de travers.

Il me dévisage intensément de ses yeux noirs, les mains ouvertes, paumes tournées vers moi, mais je ne marche pas. Je n'en crois pas un mot. Il a eu des centaines, peut-être même des milliers d'années pour perfectionner son numéro, alors oui, il est très persuasif, mais cela n'en reste pas moins un numéro. J'ai beaucoup de mal à croire ce que je vais dire, je n'arrive pas à me mettre dans le crâne que cela puisse être vrai, et pourtant c'est la seule explication possible, aussi folle soit-elle.

J'ai du mal à respirer, je me sens comme prisonnière d'un cauchemar infernal dont je voudrais me réveiller.

– Je veux que tu retournes dans ton cercueil, ou ta secte magique, ou je ne sais pas où tu vivais avant de t'installer ici, et... que tu me laisses tranquille, d'accord ? Ouste ! Dégage ! Va-t'en !

Damen réprime un petit rire.

– Ever, je ne suis pas un vampire.

– Ah oui ? Prouve-le ! dis-je, persuadée qu'il me faudrait un crucifix, une gousse d'ail ou un pieu en bois pour en venir à bout.

Il éclate de rire.

– Ne sois pas ridicule ! Les vampires, ça n'existe pas, voyons !

– Je sais ce que j'ai vu.

Le sang, Haven, cette pièce étrange et inquiétante, si je les revois en pensée, il les verra aussi, je le sais. Peut-être pourrait-il m'expliquer également les liens qui le liaient à Marie-Antoinette, Picasso, Van Gogh, Emily Brontë et Shakespeare – alors qu'ils vivaient à des siècles les uns des autres ?

– Écoute, si tu veux tout savoir, j'étais aussi très proche de Léonard de Vinci, de Botticelli, de Francis Bacon, d'Albert Einstein, et de John, Paul, George et Ringo.

Il s'interrompt en remarquant mon regard las.

– Les Beatles, Ever ! Tu me donnes un coup de vieux !

Je le regarde sans comprendre. J'ai du mal à respirer, mais, quand il tend la main vers moi, j'ai le réflexe de reculer d'un pas.

– Je ne suis pas un vampire, Ever. Je suis un immortel.

Je secoue rageusement la tête. C'est tellement ridicule de chipoter sur un nom.

– Et alors ? Vampire, immortel, c'est du pareil au même.

– Ah, mais non, c'est une étiquette qui mérite qu'on chipote, Ever. Il y a une sacrée différence. Un vampire, tu vois, c'est une créature fictive, qui n'existe que dans les livres, les films, et, en ce qui te concerne, dans les imaginations trop fertiles. Alors que moi je suis un immortel. Ce qui veut dire que j'arpente cette terre depuis des siècles sans interruption. Sauf que, contrairement au film que tu t'es inventé, mon immortalité ne repose pas sur des sacrifices humains, le sang d'innocentes victimes ou un rite ignoble de cet acabit.

Je repense à sa drôle de boisson rouge, et je me demande si elle joue un rôle dans sa longévité. Une sorte de jus d'immortalité ou un truc de ce genre.

– Jus d'immortalité ! s'esclaffe-t-il. Bien trouvé. Voilà qui ferait un tabac dans le commerce, imagine un peu ! Ever, tu n'as rien à craindre de moi, insiste-t-il, voyant que je ne me déride pas. Je ne suis pas dangereux, ni méchant, et je ne te ferai jamais le moindre mal. Disons que je suis simplement quelqu'un qui a vécu très longtemps. Trop longtemps, peut-être, qui sait ? Mais je ne suis pas mauvais pour autant. Juste immortel. Et j'ai bien peur que...

Il tend la main vers moi, mais je recule, les jambes flageolantes. Je refuse d'en entendre davantage.

– Tu mens ! C'est n'importe quoi, cette histoire ! Tu es complètement fêlé !

Damen fait un pas vers moi, le regard infiniment triste.

– Tu te rappelles la première fois que tu m'as vu ici, sur le parking ? Tu te souviens qu'à la seconde où tes yeux ont croisé les miens tu as eu l'impression de me reconnaître ? Et l'autre jour, lorsque tu t'es évanouie ? Quand tu es revenue à toi et que tu m'as vu, tu étais sur le point de te souvenir, c'était en train de refaire surface, et puis tu as perdu le fil ?

Immobile, je le regarde, médusée. Je devine ce qu'il est en train de me dire, mais refuse de l'entendre.

Je recule encore d'un pas. J'ai la tête qui tourne, les genoux qui lâchent, tout mon équilibre vacille.

– Non ! dis-je.

– C'est moi qui t'ai trouvée, ce jour-là, dans les bois. C'est moi qui t'ai ramenée à la vie !

Je secoue la tête, les yeux inondés de larmes. Non !

– C'est moi que tu as vu quand tu es... revenue, Ever. J'étais là. Tout près de toi. Je t'ai ramenée à la vie. Je t'ai sauvée. Je sais que tu t'en souviens. Je le lis dans tes pensées.

– Non ! dis-je en fermant les yeux et en me bouchant les oreilles. Arrête ! Tais-toi !

Je ne veux plus rien entendre. Mais sa voix s'introduit dans mes pensées et envahit mes sens.

– Ever, je suis désolé, mais c'est vrai. Tu n'as aucune raison d'avoir peur de moi, tu vois ?

Je m'effondre, la tête sur les genoux, suffoquée par de violents sanglots qui me secouent tout entière.

– Tu n'avais pas le droit de t'en mêler ! C'est ta faute si je suis devenue une pauvre tarée ! C'est à cause de toi que je suis coincée dans cette misérable vie ! Tu ne pouvais pas me laisser tranquille, non ? Pourquoi ne m'as-tu pas laissée mourir ?

Il s'agenouille à côté de moi.

– Parce que je ne supportais pas de te perdre encore. Pas cette fois.

Je ne comprends rien à ce qu'il dit, mais j'espère qu'il ne va pas essayer de m'expliquer. J'en ai assez entendu et je veux qu'il s'arrête. Je n'en peux plus.

Une expression de douleur se peint sur ses traits.

– Ever, non. Ne crois pas cela, je t'en prie.

Mais ma peine se mue en une rage indescriptible.

– Donc, si je comprends bien, tu as décidé de me ranimer pendant que ma famille mourait ? Mais pourquoi ? Pourquoi as-tu fait une chose pareille ? Et si ce que tu racontes est vrai, si tu es tellement fort que tu es capable de ressusciter les morts, pourquoi ne pas les avoir sauvés, eux aussi ? Pourquoi seulement moi ?

Mon regard haineux le fait tressaillir.

– Je ne suis pas aussi puissant que tu le penses. Et puis c'était trop tard, ils étaient déjà passés de l'autre côté. Mais pas toi... Toi, tu étais restée en arrière. J'ai cru que c'était parce que tu voulais vivre.

Je m'appuie à ma voiture, le souffle court.

Voilà, c'est vrai, c'est ma faute. C'est parce que je ne les ai pas suivis tout de suite, parce que j'ai traîné, que je me suis promenée dans cette prairie, fascinée par les arbres qui vibraient, les fleurs qui frémissaient. Et pendant ce temps, les autres ont poursuivi leur chemin, ils sont passés de l'autre côté, et moi je suis tombée dans ses filets...

Damen me lance un rapide coup d'œil, puis détourne la tête.

La seule fois de ma vie où je suis si en colère que je serais capable de tuer quelqu'un, il s'agit justement d'une personne qui se prétend, comment dire... invincible.

– Va-t'en !

J'arrache de mon poignet le bracelet en forme de mors de cheval incrusté de cristaux et le lui lance à la figure. Je veux oublier ces souvenirs, l'oublier lui, tout oublier ! J'en ai trop vu, trop entendu.

– Va-t'en ! Je ne veux plus jamais te revoir.

– Ever, je t'en prie, ne dis pas des choses que tu ne penses pas, balbutie-t-il d'une voix sourde, comme déchirée de chagrin.

Je me prends la tête dans les mains, trop épuisée pour pleurer, trop anéantie pour parler. Mais il peut entendre ce qui se passe dans ma tête, alors je ferme les yeux et pense tout bas.

Tu dis que tu n'as jamais voulu me faire de mal, mais regarde ce que tu as provoqué ! Tu m'as détruite, tu as complètement gâché ma vie, et tout ça pour quoi ? Pour que je reste seule ? Pour que je vive comme une folle solitaire le restant de mes jours ? Je te déteste pour la souffrance que tu as causée, pour ce que tu m'as obligée à devenir ! Je te déteste d'avoir été aussi égoïste ! Je ne veux plus te revoir, jamais !

La tête dans les mains, je me balance d'avant en arrière contre la roue de ma voiture, laissant les mots fuser, encore et encore.

Je veux juste être normale, je t'en prie, permets-moi d'être normale. Va-t'en, laisse-moi tranquille. Je te déteste... je te déteste... je te déteste... je te déteste...

En relevant la tête, je suis entourée de tulipes, des dizaines de milliers de tulipes rouges dont les pétales épais et soyeux luisent dans le soleil matinal, jonchant le parking et recouvrant les voitures qui y sont garées. Et quand je me redresse à grand-peine, je devine instantanément que leur créateur n'est plus là.

vingt-sept

C'est drôle, les cours de littérature en l'absence de Damen à mes côtés pour me tenir la main, me chuchoter à l'oreille et me servir de bouton « pause ». Je m'étais tellement habituée à sa présence que j'avais oublié à quel point Stacia et Honor pouvaient être odieuses. Mais à les voir ricaner bêtement en s'envoyant des textos du genre « quelle demeurée, celle-là, pas étonnant qu'il soit parti », je comprends que je vais devoir recommencer à me cacher derrière mes capuches, mon iPod et mes lunettes de soleil.

Je ne suis pas insensible à l'ironie de la situation. Moi qui suppliais mon immortel petit ami de disparaître de ma vue pour que je puisse enfin vivre normalement, me voilà le dindon de la farce.

Parce que, dans ma nouvelle vie sans Damen, les pensées débridées, les couleurs et les sons qui fusent dans tous les sens sont tellement envahissants, écrasants, que j'ai constamment les oreilles qui tintent et les yeux qui piquent. Et je souffre de migraines atroces et subites qui envahissent mon esprit, me prennent en otage, me donnent la nausée et le vertige au point que je suis à peine capable de fonctionner normalement.

Le plus curieux est que j'appréhendais tant d'annoncer la nouvelle à Miles et à Haven que j'ai attendu une semaine avant d'aborder la question. Ils sont tellement habitués à ses absences à répétition que sa disparition ne les a pas inquiétés outre mesure.

Donc un jour, au déjeuner, je me suis jetée à l'eau.

– Au fait, Damen et moi avons rompu, ai-je annoncé. Il est parti, ai-je ajouté en levant la main pour leur imposer silence quand ils ont écarquillé les yeux et se sont mis à parler en même temps.

– Il est parti ? ont-ils répété, incrédules.

Et même si je ne doutais pas de leur sollicitude et savais que je leur devais une explication, j'ai abruptement mis fin à la discussion.

Avec Mme Machado, cela a été une autre paire de manches. Quelques jours après le départ de Damen, elle s'est approchée de mon chevalet en s'ingéniant à ne pas regarder ma désastreuse imitation de Van Gogh.

– Je sais que Damen et toi étiez amis. J'imagine combien cela doit être dur pour toi maintenant qu'il n'est plus là, alors j'ai pensé que ceci te ferait plaisir. Je suis sûre que tu vas la trouver extraordinaire.

Et elle m'a donné une toile que j'ai calée contre le pied de mon chevalet sans interrompre mon travail. Je n'avais aucun doute sur le fait qu'elle était extraordinaire. Tout ce que Damen réalisait l'était. Mais quand on a erré sur Terre pendant des siècles, il est normal de maîtriser quelques compétences...

– Tu ne regardes pas ? s'est-elle exclamée, surprise par mon manque d'intérêt pour le chef-d'œuvre signé Damen.

– Non, mais merci quand même.

Quand la cloche a enfin sonné, j'ai porté le tableau dans ma voiture et l'ai fourré dans le coffre, que j'ai refermé sans même y jeter un coup d'œil.

– Qu'est-ce que c'est ? a demandé Miles.

– Rien, ai-je répondu en insérant la clé de contact.

En tout cas, je ne m'attendais pas à me sentir aussi seule. Je n'avais pas mesuré à quel point je comptais sur Riley et Damen pour combler les vides, colmater les petites fissures de mon existence. Et même si Riley m'avait prévenue qu'elle s'absenterait pendant un moment, au bout de trois semaines j'ai commencé à paniquer.

Si renoncer à Damen, mon magnifique et inquiétant petit ami, meurtrier en puissance et immortel, était beaucoup plus difficile que je l'avouerai jamais, dire adieu à Riley était carrément au-dessus de mes forces.

Samedi, j'ai accepté l'invitation de Miles et de Haven à les accompagner au pèlerinage annuel du Winter Fantasy, le salon d'hiver de l'artisanat. Il est grand temps de sortir de la maison, de lutter contre la déprime et de retourner dans le monde des vivants. Et comme c'est mon premier festival, ils sont très excités de me servir de mentors.

– C'est moins intéressant que le Sawdust Festival, remarque Miles une fois que nous avons acheté nos billets et passé l'entrée.

– Non, c'est mieux, corrige Haven, qui nous précède.

Miles sourit d'un air entendu.

– De toute façon, à part le fait que l'un se passe l'hiver et l'autre en été, il n'y a pas une grosse différence. Moi, les souffleurs de verre, c'est ce que je préfère.

– Pas étonnant ! Des types musclés qui travaillent torse nu ! s'esclaffe Haven en passant son bras sous celui de Miles.

Je marche à côté d'eux, la tête pleine de couleurs, d'images et de sons qui m'assaillent de toutes parts. Je regrette de ne pas être restée bien sagement à la maison, au calme.

— Ah non ! Tu ne vas pas le faire ici, quand même ! proteste Haven au moment où, ayant remonté ma capuche, je m'apprête à coiffer les écouteurs.

J'obéis et fourre docilement mon iPod dans ma poche. J'aimerais noyer le brouhaha général, mais je ne veux pas que mes amis croient que je me fiche d'eux aussi.

— Allez, viens, dit Miles. Il faut absolument que tu voies le souffleur de verre. Il est sensationnel !

Nous croisons un Père Noël plus vrai que nature et plusieurs orfèvres avant de nous arrêter devant un type qui fabrique de magnifiques vases colorés en se servant de sa bouche, d'un long tube de métal et de feu.

— Il faut que j'apprenne à le faire, murmure Miles, subjugué.

Je m'attarde un instant pour regarder les couleurs liquides prendre forme, avant de me diriger vers le stand voisin, où sont exposés de très jolis sacs à main.

Je m'empare d'une petite besace marron clair dont je caresse le cuir doux et crémeux, en songeant que cela constituerait un superbe cadeau de Noël pour Sabine, parce que c'est quelque chose qu'elle ne s'offrira jamais, même si elle en a peut-être secrètement envie.

— Combien coûte-t-il ? dis-je en grimaçant, car ma voix résonne dans ma tête comme un gong.

La marchande vêtue d'une tunique bleue en batik, jean délavé et collier Peace and Love, est prête à descendre le prix, je le devine. Mais les yeux me brûlent et j'ai trop mal à la tête pour marchander. J'ai hâte de rentrer à la maison.

— Cent cinquante, mais je vous le fais à cent trente,

m'annonce-t-elle au moment où je remets le sac à sa place et tourne les talons.

Elle est toujours en haut de sa fourchette de prix et il y a encore de la marge, mais je n'insiste pas.

– Nous savons que son prix plancher, c'est quatre-vingt-quinze dollars. Pourquoi as-tu abandonné aussi vite ? demande quelqu'un dans mon dos, au moment où je m'en vais.

Je me retourne pour voir une femme mince aux cheveux auburn, nimbée d'une aura d'un violet éclatant.

– Ava, se présente-t-elle.

– Je vous ai reconnue, dis-je en ignorant sa main tendue.

Elle sourit comme si je ne venais pas de commettre la pire des grossièretés, ce qui me rend encore plus mal à l'aise.

– Comment vas-tu ?

Je détourne la tête sans répondre. Je cherche Miles et Haven des yeux, et commence à paniquer en ne les voyant pas.

– Tes amis font la queue au Laguna Taco. Mais ne t'inquiète pas, ils n'oublieront pas de commander quelque chose pour toi.

– Je sais.

C'est faux. J'ai beaucoup trop mal à la tête pour lire quoi que ce soit.

Et alors que je commence à m'éloigner, elle me saisit par le bras.

– Ever, n'oublie pas que mon offre tient toujours. J'aimerais vraiment t'aider.

Ma première réaction est de me dégager et de me sauver le plus loin possible, mais, quand elle pose sa main sur mon bras, le gong dans ma tête se tait, mes oreilles cessent de siffler, et mes yeux ne larmoient plus. Et puis je me rappelle à temps que c'est l'horrible femme qui m'a volé Riley.

— Vous ne croyez pas que vous m'avez déjà assez aidée ? dis-je en me dégageant d'une secousse, réprimant mes larmes à grand-peine. Vous m'avez pris ma sœur, que vous faut-il de plus ?

Elle me jette un regard empli de compassion tandis que son aura vibre d'un bel éclat mauve.

— Riley n'a jamais appartenu à personne. Et elle sera toujours auprès de toi, même si tu ne la vois pas.

Elle tend la main pour me retenir, mais je refuse de l'écouter et de la laisser me toucher encore, même si sa présence est réconfortante.

— Je... Laissez-moi tranquille. Nous étions très bien, Riley et moi, avant que vous vous en mêliez.

Elle ne bouge pas. Elle reste là à me regarder de cet air qui m'énerve au plus haut point, comme si elle se souciait de moi.

— Je suis au courant pour tes migraines, Ever, reprend-elle d'une voix apaisante. Je peux t'aider, si tu veux.

Je donnerais beaucoup pour me libérer du bruit et de la douleur qui me rongent, mais je fais demi-tour et m'enfuis à toute vitesse, espérant ne jamais la revoir.

— C'était qui ? demande Haven en plongeant une tortilla dans une coupelle de salsa.

— Personne, dis-je en m'asseyant à côté d'elle.

— Ah ? On aurait dit la voyante de Halloween, chez ta tante.

J'accepte l'assiette que me tend Miles et attrape une fourchette en plastique.

– Comme on ne savait pas ce que tu voulais, on a choisi un peu de tout, précise-t-il. As-tu trouvé un sac à ton goût ?

Je fais non de la tête et le regrette aussitôt, car ma migraine empire. Je mets la main devant ma bouche, le bruit de mastication me fait monter les larmes aux yeux.

– Trop cher. Et toi, tu as acheté un vase ?

Je me doute bien que non, pas seulement parce que je suis extralucide, mais parce que je ne vois pas de paquet près de lui.

– Non, j'aime surtout les regarder souffler dans leur grand tube ! riposte-t-il dans un éclat de rire.

Haven fouille dans l'immense fourre-tout qui lui sert de sac.

– Chut, vous autres ! On dirait que mon téléphone sonne !

– Tu es la seule à avoir Marilyn Manson en sonnerie... commente Miles, qui grignote l'intérieur de son taco.

– Tu es au régime ?

Il hoche la tête.

– Je m'y suis mis, oui.

Je sirote une gorgée de Sprite en regardant Haven. L'expression de joie indicible qui se peint sur son visage m'éclaire sur l'identité de son interlocutrice.

Elle nous tourne à moitié le dos et se bouche l'autre oreille.

– Je croyais que tu avais disparu de la circulation ! Je suis avec Miles. Ever est là aussi. Oui, oui, ils sont à côté de moi.

Elle pose la main sur son téléphone et claironne, une lueur euphorique dans les yeux :

– Drina vous dit bonjour.

Elle attend une réponse, mais, voyant que nous ne réagissons pas, elle se lève pour poursuivre sa conversation un peu plus loin.

— Ils te disent bonjour aussi.

— Je n'ai rien dit, moi, rétorque Miles. Toi non plus, Ever, non ?

Je mélange mes haricots rouges et mon riz sans mot dire.

— Voilà les ennuis qui recommencent, ajoute Miles.

Il a raison, bien sûr, mais je me demande quand même ce que cela signifie, parce que l'énergie environnante tourbillonne telle une grosse soupe cosmique, avec trop de grumeaux pour que je puisse y naviguer ou y lire quoi que ce soit. La lumière est si intense que j'en ai mal aux yeux.

Ma tête me fait trop souffrir pour que je lise dans celle de Miles.

— Que veux-tu dire ?

— C'est évident, non ? Je trouve qu'il y a quelque chose de louche dans leur relation. Un coup de foudre entre filles, ça existe, bien sûr. Mais là, c'est vraiment un truc que je ne comprends pas et qui me fait peur.

Je mords dans mon taco.

— Explique-toi.

Il délaisse son riz et se concentre sur ses haricots.

— Ça va te paraître incroyable, mais c'est comme si elle était en train de faire de Haven sa complice. Une adepte, une fervente, un clone, un Mini-Moi, quoi. C'est vraiment trop...

— Flippant, dis-je.

Il sirote pensivement son soda.

— Tu as remarqué qu'elle s'habille comme elle, sans parler des lentilles de couleur, la coiffure, le maquillage, la manière de bouger, de parler. Elle la copie servilement... enfin, elle essaie.

– Est-ce tout ce qui te dérange, ou y a-t-il autre chose ?

Je me demande s'il sait d'autres détails que j'ignore, ou s'il n'a qu'un mauvais pressentiment.

– Pourquoi ? Ça ne te suffit pas ?

Je repose mon taco à moitié entamé dans mon assiette, l'appétit coupé.

– Et cette histoire de tatouage, vraiment très bizarre, hein ? continue-t-il en jetant un coup d'œil à Haven pour vérifier qu'elle n'entend pas. Non, mais c'est vrai, c'est quoi, ce truc ? Je sais ce que ça veut dire, mais qu'est-ce que cela représente pour elle ? La dernière tendance vampire-chic ? Parce que Drina n'est pas vraiment gothique, tu sais. D'ailleurs, je ne sais pas trop quel genre elle veut se donner avec ses robes de grande dame moulantes en soie et ses sacs assortis aux chaussures. Appartiendrait-elle à une secte ? Une société secrète ? Sans parler de cette infection. C'était horrible et pas normal, si tu veux mon avis. C'est ce qui l'a rendue malade, j'en suis sûr.

Je ne sais que répondre. En même temps, je me demande pourquoi je ne lui confie pas les révélations de Damen – des secrets autrement plus angoissants qui n'ont rien à voir avec moi. Mais j'hésite trop longtemps.

– En tout cas, c'est vraiment malsain, poursuit Miles, scellant le caveau des secrets, du moins pour aujourd'hui.

– Qu'est-ce qui est malsain ? demande Haven en fourrant son téléphone dans son sac.

– De ne pas se laver les mains après avoir été aux toilettes, réplique Miles d'un air innocent.

Haven n'a pas l'air convaincue.

– C'est de ça que vous étiez en train de parler ? Vous croyez vraiment que je vais gober ce mensonge ?

– Mais oui. Ever pense que c'est inutile, et j'essayais de

la convaincre des dangers auxquels elle s'expose. Et nous avec, d'ailleurs.

Il me lance un regard de reproche.

Je rougis sans trop savoir pourquoi, pendant que Haven fouille dans son sac, parmi des tubes de rouge à lèvres, un fer à friser sans fil, des bonbons à la menthe ayant depuis longtemps perdu leur emballage, avant de mettre la main sur une petite flasque argentée qu'elle débouche pour ajouter une généreuse ration de liquide transparent et inodore dans nos verres.

— C'est bien joli, tout ça, mais je suis sûre que c'est de moi que vous étiez en train de parler. Vous savez quoi ? Je suis tellement contente que je m'en moque.

Je pose la main sur mon verre pour l'empêcher d'y ajouter de l'alcool. Depuis le jour où j'ai vomi tripes et boyaux au camp de pom-pom girls après avoir trop bu de la bouteille que Rachel avait apportée en douce, j'ai juré de ne plus toucher à la vodka. En frôlant son bras, je panique en distinguant un calendrier où le 21 décembre est entouré en rouge.

— Vous ne me demandez pas ce qui me met en joie ?

— Non, puisque tu vas nous le raconter, rétorque Miles en abandonnant son assiette où il a mangé toutes les protéines, laissant le reste aux pigeons.

— Tu as raison, Miles, mais tu aurais été sympa de me le demander quand même. Enfin bon, c'était Drina. Elle est toujours à New York, où elle s'est payé quelques jours de folie dans les magasins. Elle a même pensé à moi, incroyable, non ? ajoute-t-elle avec un sourire extatique. Bref, elle vous salue, même si vous étiez trop malpolis pour lui répondre. Et n'allez pas croire qu'elle n'a pas compris, ajoute-t-elle en nous jetant un regard accusateur. En tout cas, elle revient bientôt, et elle m'a invitée à une fête à laquelle je suis super impatiente d'assister.

J'essaie de ne pas laisser la peur transparaître dans ma voix. Je me demande si ce ne serait pas par hasard le 21 décembre.

— Quand est-ce ?

— Désolée, top secret. J'ai promis de ne rien dire.

— Pourquoi ? nous exclamons-nous en chœur, Miles et moi.

— Parce que c'est super exclusif, sur invitation seulement, et ils ne veulent pas de resquilleurs.

— Ah, parce que tu crois qu'on est du genre à resquiller ? Trop aimable...

Haven se borne à boire une lampée de son verre, sans répondre.

— Ce n'est pas correct, insiste Miles. Nous sommes tes meilleurs amis, donc tu dois tout nous dire.

— Non. J'ai promis de garder le secret. Mais je suis tellement excitée que je ne vais pas tarder à exploser !

Son plaisir m'effraie. J'ai la tête qui cogne, les yeux qui piquent, et son aura est tellement amalgamée à celles de la foule qui nous entoure que je n'arrive plus à lire ses pensées.

Oubliant la vodka, je bois machinalement une gorgée de mon verre et sens une onde de chaleur me brûler la gorge, me fouetter le sang, me donnant le vertige.

Haven me lance un regard inquiet.

— Tu es toujours malade ? Tu devrais peut-être y aller doucement si tu n'es pas complètement guérie.

Je reprends une gorgée, puis une autre, jusqu'à ce que mes sens s'émoussent.

— Guérie de quoi ?

— La grippe à rêves ! Tu te souviens, l'autre jour, quand tu t'es évanouie à l'école ? Je t'avais bien dit que ça débutait par des nausées et des vertiges. Si tu commences à faire des rêves, promets-moi de me les raconter, ils sont hallucinants.

— Quels rêves ?

— Je ne t'ai pas raconté ?

— Pas en détail.

Je bois encore une gorgée, et remarque que, si j'ai la tête qui tourne, mes idées s'éclaircissent à mesure que s'atténue le tourbillon de visions, de pensées, de couleurs et de sons qui m'assaillaient.

— C'était génial ! Ne te fâche pas, mais j'ai même rêvé de Damen. Il ne se passait rien entre nous, tu sais. Ce n'était pas un rêve ordinaire. On aurait dit qu'il venait à mon secours, qu'il se battait contre les forces du mal pour me sauver la vie. Très bizarre. Tiens, à propos, Drina l'a vu à New York.

Je me sens soudain glacée, malgré l'alcool qui devrait me réchauffer le sang. Je me dépêche de reprendre une gorgée, puis une autre, et une autre encore, tandis que le froid disparaît, effaçant la douleur et l'anxiété.

— Pourquoi me dis-tu ça ?

— Oh, pour rien, Drina pensait que tu aimerais le savoir, c'est tout.

vingt-huit

Après le festival, nous nous entassons dans la voiture de Haven, nous arrêtons chez elle le temps de remplir sa flasque de vodka et retournons en ville. Elle se gare, nous récoltons toutes nos petites pièces pour payer le parcmètre, et bras dessus, bras dessous, nous déambulons de front sur le trottoir, obligeant les piétons à s'écarter pour nous éviter. Nous chantons *Call Me When You're Sober* d'Evanescence, à plein gosier et horriblement faux, en hurlant de rire devant les regards insistants ou agacés des passants.

En remarquant une pub pour une voyante dans la vitrine d'une librairie New Age, je détourne les yeux avec dédain, trop heureuse de ne plus faire partie de cet univers dont l'alcool m'a délivrée.

Nous traversons la rue vers la plage, dépassons l'hôtel Laguna et nous affalons sur le sable, bras et jambes emmêlés. Nous nous passons à tour de rôle la flasque, que nous vidons en trois lampées.

Je renverse la tête, et tapote vigoureusement le fond et les bords du flacon pour en faire tomber les dernières gouttes.

— Zut ! Il n'y en a plus.

— Du calme, m'enjoint Miles. Allonge-toi et détends-toi.

Mais je n'ai pas envie de m'allonger. Et pour ce qui est d'être détendue, je le suis tellement que je voudrais que cela ne s'arrête jamais. Maintenant que mes pouvoirs paranormaux se sont envolés, je veux m'assurer qu'ils le resteront le plus longtemps possible.

– Voulez-vous venir à la maison ? dis-je en espérant que Sabine sera sortie et que l'on pourra siffler les fonds de la vodka de Halloween pour continuer à planer.

– Non, décline Haven. Je suis complètement paf. Je crois que je vais laisser la voiture ici et ramper jusqu'à la maison !

– Miles ?

Je le supplie presque. Je ne veux pas que la fête s'arrête. Je me sens légère, libérée du fardeau qui me pesait, en un mot je suis redevenue normale. Et c'est la première fois depuis... que Damen est parti, en fait.

– Pas possible. Dîner de famille à 19 h 30 pile. Cravate en option. Camisole de force obligatoire.

Et il s'écroule de rire dans le sable, aussitôt rejoint par Haven.

Je croise les bras et considère mes amis d'un air fâché. Je ne veux pas rester seule, mais je les regarde se vautrer dans le sable en riant, sans se soucier de moi.

– Et moi, alors ? Qu'est-ce que je vais faire sans vous ?

Le lundi matin, en ouvrant les yeux, je sens que je n'ai plus mal à la tête !

Pas comme d'habitude, en tout cas.

Je roule sur le côté et me contorsionne pour attraper la bouteille de vodka que j'ai planquée sous mon lit en rentrant, samedi soir, et qui m'a tenu compagnie hier. Les yeux clos, je bois une longue gorgée et savoure la merveilleuse torpeur qui se répand le long de ma langue, dans ma gorge, et qui m'engourdit peu à peu l'esprit.

Et quand Sabine passe la tête dans ma chambre pour vérifier si je suis réveillée, je suis toute contente de voir que son aura a disparu.

Je cache la bouteille sous mon oreiller et saute du lit pour la serrer dans mes bras. Je suis curieuse de voir quel échange d'énergie va se produire et suis folle de joie quand il ne se passe rien.

J'essaie de sourire, mais mes lèvres sont toutes molles.

– Belle journée, hein ?

Sabine regarde par la fenêtre.

– Si tu le dis.

Effectivement, le ciel est gris, couvert et pluvieux à travers la grande baie vitrée. Mais je n'évoquais pas la météo. Je parlais de moi. Mon moi tout neuf.

Ma nouvelle personnalité pas extralucide du tout !

– Ça me rappelle la maison, dis-je en ôtant ma chemise de nuit avant de passer sous la douche.

En montant en voiture, Miles jette un regard interloqué sur mon pull, ma minijupe en jean et mes petites ballerines, reliques que Sabine a sauvées de mon ancienne vie.

– C'est quoi ce... ? Désolé, mais je ne monte pas en voiture avec des inconnus, poursuit-il en ouvrant la portière et en feignant de redescendre.

J'éclate de rire.

– C'est moi, Miles. Je t'assure. Croix de bois, croix de fer, si je mens... Bref, crois-moi sur parole. Ferme vite la portière. Il ne manquerait plus que tu tombes et que tu nous mettes en retard.

Miles me regarde, bouche bée.

– Je ne comprends pas. Il y a à peine deux jours, c'est limite si tu ne portais pas la burka. Et là, on dirait que tu as dévalisé la garde-robe de Paris Hilton. Sauf que tu as plus de classe.

Je souris en appuyant sur l'accélérateur. Les roues glissent et patinent sur la chaussée détrempée, et je ralentis seulement quand je me rappelle que mon détecteur de radar interne ne fonctionne plus.

– Arrête, Ever ! hurle Miles. Ça ne va pas, la tête ? Tu n'as pas dessoûlé depuis samedi, ou quoi ?

– Mais non ! J'ai décidé de sortir de ma coquille, tu comprends ? Il m'arrive d'être un peu, disons... timide pendant les quatre, cinq premiers mois ! Mais ne t'inquiète pas, c'est vraiment moi, dis-je en espérant qu'il me croira.

– Tu te rends compte que tu as choisi le jour le plus pourri de l'année pour sortir de ta coquille ?

– Tu n'imagines pas comme cette journée est belle. Ça me rappelle chez moi.

Je me gare le plus près possible de la grille, et nous nous précipitons dehors, nos sacs sur la tête en guise de parapluies, en nous aspergeant mutuellement les mollets dans les flaques. Haven nous attend en frissonnant à l'abri d'un arbre, et j'ai envie de sauter de joie quand je m'aperçois que son aura a disparu.

Elle me toise de la tête aux pieds, les yeux exorbités.

– C'est quoi, ce... ?

– Eh, vous deux, il va falloir apprendre à finir vos phrases ! dis-je dans un gloussement.

– Sérieusement, qui êtes-vous ? insiste-t-elle. Qu'avez-vous fait de ma copine ?

Miles éclate de rire et franchit le portail en nous prenant chacune par un bras.

– Ne fais pas attention à Miss Oregon. Elle trouve la journée splendide.

En entrant en cours de littérature, je suis rassurée de ne plus voir ni entendre ce qui ne m'est pas destiné. Bien sûr, Stacia et Honor chuchotent à qui mieux mieux en examinant d'un air dédaigneux ma tenue, mes chaussures, ma coiffure, et même mon maquillage, mais je n'y prête aucune attention. Je me doute bien qu'elles ne disent pas des gentillesses, mais, du moment que je n'entends plus rien, leurs simagrées me laissent froide. En croisant leurs regards appuyés, je me contente de leur adresser un petit coucou amical avec un grand sourire, et elles détournent la tête, furieuses.

Au cours de chimie, en troisième heure, je commence à dessoûler et sens que les couleurs, les visions et les sons menacent de me submerger.

Et quand je me décide à lever la main pour demander la permission de sortir, j'ai à peine le temps de passer la porte que déjà je perds pied.

Je titube jusqu'à mon casier, et fais tourner les roues du cadenas, incapable de me rappeler la bonne combinaison.

Est-ce 24-18-12-3 ? Ou 12-18-3-24 ?

Je jette un œil dans le couloir, tandis que les voix résonnent dans ma tête et que je me mets à larmoyer. Ça y est, j'y suis : 18-3-24-12. Je fourrage derrière mes livres et mes classeurs, qui dégringolent par terre sans que je le remarque. Je cherche la bouteille d'eau que j'ai cachée tout au fond, et la délivrance que son délicieux contenu va m'apporter.

Je finis par la retrouver, la débouche et renverse la tête pour absorber une longue gorgée, suivie d'une autre, puis d'une autre, et d'une autre encore. Espérant tenir jusqu'au déjeuner, j'avale une dernière lampée quand quelqu'un s'écrie dans mon dos :

– On ne bouge plus, c'est parfait ! Un joli sourire, peut-être ? Non ? Ce n'est pas grave, j'ai ce qu'il me faut.

Stacia brandit un appareil photo sur l'écran duquel, horreur, je me vois en train d'écluser ma vodka.

– Je n'aurais jamais cru que tu étais aussi photogénique, poursuit-elle. Il est vrai que ce n'est pas souvent qu'on a la chance de te voir sans ta capuche.

Elle sourit, et même si mes sens sont quelque peu éteints, je devine que ses intentions sont très claires.

– À qui préfères-tu que je l'envoie d'abord ? À ta maman ?

Elle met la main devant la bouche, la mine faussement contrite.

– Oh, pardon, excuse-moi ! Je voulais dire ta tante. Ou l'un de tes profs ? Pourquoi pas à tous ? Non ? Non, tu as raison, il vaut mieux l'expédier au proviseur pour faire d'une pierre deux coups, comme on dit.

Je me baisse pour ramasser mes affaires et les remettre dans mon casier avec une nonchalance feinte, comme si je n'avais rien à me reprocher, alors que je sais très bien qu'elle doit avoir autant de flair qu'un chien de la brigade des stups.

– Ce que tu as là se résume à une photo de moi en train de boire une bouteille d'eau. Quel scoop !

– Le coup de la bouteille d'eau ? Vraiment très original. Tu dois être la première à avoir eu l'idée géniale de mettre de la vodka dans une bouteille d'eau. Non, mais franchement ! Tu es fichue, Ever, reconnais-le. Un petit test d'alcoolémie, et c'est au revoir Fairview et bonjour l'Académie des Ratés et des Pintés.

Elle se plante devant moi, très sûre d'elle. Et elle a toutes les raisons de l'être, puisqu'elle m'a prise la main dans le sac. Et même si les preuves sont insuffisantes, nous n'ignorons ni l'une ni l'autre qu'elle a raison.

Tout le monde a un prix, il me suffit de découvrir le sien. J'ai lu dans assez de pensées et vu suffisamment de visions, ces derniers mois, pour le savoir.

— Que veux-tu en échange ? dis-je.

Elle croise les bras, après avoir calé sa pièce à conviction bien au chaud sous son aisselle.

— Pour commencer, que tu arrêtes de m'empoisonner la vie.

— Je ne t'empoisonne rien du tout. C'est toi qui me pourris l'existence !

— Au contraire, ma chérie ! rétorque-elle avec un regard fielleux. Le simple fait de voir ta tête tous les jours est un vrai poison. Un poison mortel.

J'ai toujours à la main ma bouteille dont je ne sais que faire. Si je la remets dans mon casier, Stacia la fera confisquer. Et si je la range dans mon sac aussi.

— Ah ? Tu voudrais que je sèche les cours de littérature ?

— Tu dois me rembourser la robe que tu as déchirée quand tu courais comme une dératée, l'autre jour, tu te rappelles ?

Nous y sommes. Du chantage ! Heureusement que j'ai gagné aux courses.

Je plonge la main dans mon sac et attrape mon porte-monnaie, déterminée à la dédommager et à régler définitivement la question.

— Combien ?

Stacia me dévisage, essayant de calculer à toute vitesse.

258

– Comme tu le sais, c'était une robe de créateur, pas facile à remplacer, donc...

Je lui tends un Benjamin Franklin que je tire de mon portefeuille.

– Cent dollars ?

Elle lève les yeux au ciel.

– On voit que tu ne connais rien à la mode ni à la valeur des choses. Franchement, il va falloir revoir ton offre un chouïa à la hausse, dit-elle en louchant sur la liasse de billets.

Mais comme les maîtres chanteurs ont la manie d'extorquer de l'argent en augmentant la mise à chaque fois, c'est bien connu, je me dis qu'il vaut mieux en finir au plus vite.

– Écoute, tu sais aussi bien que moi que tu as acheté cette robe dans une démarque en revenant de Palm Springs. Je te propose de te rembourser exactement le prix qu'elle a coûté, c'est-à-dire, sauf erreur de ma part, quatre-vingt-cinq dollars. Donc cent dollars, c'est plutôt généreux, tu ne trouves pas ?

Stacia s'empare du billet, qu'elle fourre aussitôt dans sa poche avec un sourire jaune.

– Tu m'offres à boire ? lance-t-elle en lorgnant la bouteille.

Si, la veille, on m'avait dit que je me soûlerais avec Stacia Miller dans les toilettes du lycée, je ne l'aurais pas cru. Et pourtant, c'est ce que je fais. Je l'entraîne dans un coin où nous biberonnons de la vodka dissimulée dans une bouteille d'eau.

Rien de tel que les vices partagés et les petits secrets pour rapprocher les gens.

Et quand Haven se rend aux toilettes et qu'elle nous

trouve ivres mortes, serrées l'une contre l'autre, ses yeux lui sortent littéralement de la tête.

— Mais qu'est-ce que vous fabriquez ? s'exclame-t-elle.

Je suis prise d'un fou rire à m'en rouler par terre.

— Salut, la gothique... marmonne Stacia.

— J'ai raté quelque chose ? demande Haven en fronçant un sourcil soupçonneux. C'est censé être drôle ?

De la voir plantée là avec son air tout à la fois autoritaire, narquois et raisonnable, redouble notre hilarité. Et dès qu'elle claque la porte derrière elle, nous nous remettons à boire.

Ce n'est pas parce que j'ai picolé avec Stacia dans les toilettes que je suis la bienvenue à la table des VIP. N'entretenant aucune illusion, je me dirige vers notre table habituelle, mais j'ai la tête si polluée et le cerveau si embrumé que je mets un temps fou avant de saisir que j'y suis mal accueillie, là aussi.

Je me laisse tomber sur le banc, considère Haven et Miles en fronçant le nez et éclate de rire sans raison. À leurs yeux, en tout cas. Mais s'ils pouvaient voir leurs têtes, je suis sûre qu'ils se tordraient de rire aussi.

Miles lève les yeux de son texto.

— Qu'est-ce qui lui prend ?

— Elle est ronde comme une bille, explique Haven. Je l'ai surprise dans les toilettes en train de picoler avec... je te le donne en mille... Stacia Miller.

Miles en reste comme deux ronds de flan, la mine chiffonnée, et, de le voir dans cet état, je me reprends à rire de plus belle. Il jette un rapide regard circulaire et me pince légèrement le bras.

— Chut ! fait-il. Vraiment, Ever, tu as pété les plombs, ou quoi ? Depuis que Damen est parti, on dirait que tu...

– Depuis que Damen est parti, on dirait que quoi ?

Je m'écarte si brusquement que je manque tomber du banc, mais je me rattrape à temps pour surprendre le sourire moqueur de Haven.

– Allez, Miles, lance-toi. Et toi aussi, Haven, crache le morceau !

Sauf que ça donne quelque chose comme « schrakleborso », et il ne faut pas croire qu'ils ne le remarquent pas.

– Ah oui, tu veux qu'on « schrakleborso » ? réplique Miles. Avec plaisir, si seulement on savait ce que ça veut dire. Tu le sais, toi, Haven ?

– On dirait de l'allemand, répond-elle.

J'essaie de me lever, mais je me mélange un peu les pinceaux et me cogne le genou. De douleur, je retombe sur le banc en me tenant la jambe, les yeux remplis de larmes.

Miles me tend sa bouteille d'eau vitaminée.

– Tiens, bois ça. Et passe-moi tes clés de voiture. Il est hors de question que tu me raccompagnes.

Miles a raison. Je ne le raccompagne pas. Il s'en charge lui-même.

Sabine est venue me chercher.

Elle m'aide à m'installer sur le siège du passager, contourne la voiture pour s'asseoir, et attend de démarrer puis de quitter le parking pour éclater, les mâchoires serrées.

– Pourrais-tu m'expliquer comment tu t'es débrouillée pour te faire renvoyer, alors que tu es la première de la classe ?

Je ferme les yeux et appuie la joue contre la vitre pour me rafraîchir.

– Oui, mais ce n'est pas définitif. Tu te souviens ? C'est

toi-même qui as plaidé pour une exclusion temporaire. J'ai été impressionnée, d'ailleurs. Je comprends mieux maintenant pourquoi tu gagnes autant de pognon.

L'inquiétude qui se lisait sur son visage se mue en indignation. Je devrais sans doute avoir honte, me sentir coupable... Mais je ne lui ai rien demandé, moi. Je ne l'ai pas suppliée de plaider les circonstances atténuantes, objectant que si j'ai bu dans l'enceinte du lycée, c'est à cause de la gravité de ma situation, du terrible contrecoup du deuil immense qui me frappe.

Et même si elle est de bonne foi et y croit sincèrement, cela ne signifie pas que ce soit vrai.

En fait, j'aurais préféré qu'elle s'abstienne d'intervenir et que l'on m'exclue définitivement.

À partir du moment où je me suis fait choper devant mon casier, je suis brutalement redescendue sur terre, et les événements de la journée ont défilé sous mes yeux, telle la bande-annonce d'un film que je n'avais aucune envie de voir. Avec une pause sur la scène où j'oublie de demander à Stacia d'effacer l'image, laquelle repasse en boucle. Plus tard, dans le bureau de M. Buckley, le proviseur, j'ai appris que la photo a été prise avec le téléphone portable de Honor et que Stacia est rentrée chez elle à cause d'une « intoxication alimentaire » fort opportune (non sans s'être concertée avec Honor pour qu'elle transmette le cliché à qui de droit, en même temps que ses « inquiétudes » à mon sujet). Et même si je suis dans les embêtements jusqu'au cou – sachez que cet écart de conduite sera consigné dans votre dossier scolaire, vous voyez le genre ? –, je n'ai pas pu m'empêcher de l'admirer et d'applaudir l'exploit.

Parce que, malgré tous les ennuis qu'elle me cause, non seulement avec le lycée mais aussi avec Sabine, Stacia a tenu sa promesse de me pourrir la vie, et en plus elle a gagné cent dollars et un après-midi de libre par-dessus le marché. Ce qui, je l'avoue, est remarquable !

À condition, bien sûr, d'apprécier le machiavélisme retors et glauque.

Pourtant, grâce aux efforts combinés de Stacia, de Honor et de M. Buckley, je n'aurai pas besoin d'aller en cours demain. Ni après-demain. Ni le jour d'après. J'aurai la maison pour moi seule à longueur de journée et je disposerai de tout le temps et de l'espace nécessaires pour continuer à boire et développer ma tolérance à l'alcool pendant que Sabine sera au travail.

Parce que, maintenant que j'ai trouvé le chemin de la paix, il est hors de question de laisser quiconque me mettre des bâtons dans les roues.

— Elle dure depuis combien de temps, cette histoire ? questionne Sabine, qui marche sur des œufs. Il faut que je cache toutes les bouteilles, c'est ça ? Que je t'interdise de sortir ? Ever, je te parle ! Que t'arrive-t-il ? Veux-tu que je prenne rendez-vous avec quelqu'un ? Je connais un excellent thérapeute spécialisé dans les problèmes de deuil...

Je sens son regard soucieux peser sur moi, mais je ferme les yeux et feins de dormir. Impossible de lui expliquer, de lui raconter mes histoires d'auras, de visions, de fantômes, et encore moins de mon ex-petit ami immortel. Bien sûr, elle a engagé une voyante pour Halloween, mais c'était pour rire, faire une innocente plaisanterie, une blague pour les amateurs de frissons occasionnels. C'est un esprit rationnel, ma tante, une cérébrale, chez qui tout est localisé dans l'hémisphère gauche, bien organisé, bien compartimenté, bien calé sur une logique en noir et blanc, surtout pas de gris. Donc, si je commettais l'erreur de me confier à elle et de lui révéler mes secrets les plus intimes, elle ne se bornerait pas à prendre un rendez-vous avec un psy. Elle me ferait interner sans perdre une minute.

Comme promis, Sabine met les bouteilles d'alcool sous clé avant de regagner son bureau. À peine a-t-elle tourné le dos que je descends chercher les bouteilles de vodka de Halloween, qu'elle a rangées dans un coin du cellier et complètement oubliées. Je les remonte dans ma chambre, m'affale sur mon lit et savoure la perspective de trois semaines sans école. Vingt et un jours de délectation étalés devant moi, comme un grand bol de crème devant un gros chat bien dodu. Une semaine d'exclusion, tempérée grâce au plaidoyer de Sabine, et deux semaines pour les vacances de Noël, qui tombent vraiment à pic. J'ai bien l'intention d'en profiter, de paresser toute la sainte journée dans des vapeurs de vodka.

Je m'adosse aux oreillers et débouche la première bouteille, décidée à m'imposer un rythme, à espacer chaque gorgée pour laisser l'alcool couler dans mes veines avant d'en reprendre une autre. Interdiction d'écluser à grandes lampées. Non, ce sera un flot lent et régulier, jusqu'à ce que ma tête se débarrasse des scories qui l'encombrent, que je me retrouve dans un monde éclatant de lumière, un endroit plus heureux, sans souvenirs, qui ne soit plus plongé dans le deuil.

Une existence où je ne verrai que ce que je suis censée voir.

vingt-neuf

Au matin du 21 décembre, je descends à la cuisine et, malgré ma tête qui tourne, mes yeux vitreux et une sévère gueule de bois, je m'applique à faire du café et préparer mon petit déjeuner, afin que Sabine parte au travail la conscience en paix, et que je puisse remonter dans ma chambre pour replonger dans mes vapeurs liquides.

À la minute où j'entends sa voiture quitter l'allée, je flanque mes céréales à la poubelle et retourne dans ma chambre. Je récupère la bouteille cachée sous mon lit et l'ouvre, impatiente de sentir le flot tiède qui m'apaisera bientôt de l'intérieur, endormira la douleur, soulagera mes angoisses et mes peurs, jusqu'à ce que plus rien n'en subsiste.

Mais, pour quelque obscure raison, je ne peux détacher mon regard du calendrier accroché au-dessus de mon bureau. La date me saute aux yeux, comme pour me dire quelque chose. Je vais l'examiner de plus près, mais la case du jour est vide, pas d'obligations, pas de rendez-vous, pas d'anniversaire, rien. Juste les mots « solstice d'hiver » inscrits en minuscules lettres noires, comme si cette date avait une quelconque importance pour l'éditeur du calendrier, alors que pour moi elle n'évoque strictement rien.

Je me rallonge, la tête calée sur une pile d'oreillers, et absorbe une longue gorgée d'alcool, les yeux clos pour mieux profiter de la merveilleuse chaleur qui court dans mes veines et me rassérène l'âme et le corps – comme Damen y parvenait d'un seul regard.

Je reprends une autre gorgée, puis encore une autre, trop vite, malgré l'entraînement auquel je me suis astreinte. Mais maintenant que j'ai réveillé son souvenir, j'ai hâte de le refaire disparaître. Alors je continue à boire à grandes lampées goulues, jusqu'à ce qu'il s'évapore et que je puisse enfin me détendre.

Quand je me réveille, je déborde d'amour, un amour infini qui me réchauffe et me console. On dirait qu'un rayon de soleil doré m'enveloppe, et je me sens si bien, heureuse, apaisée que j'aimerais demeurer là à jamais. Je serre les paupières pour retenir ce moment, déterminée à m'y accrocher de toutes mes forces. Soudain, quelque chose me chatouille le nez, une caresse presque imperceptible, et aussitôt j'ouvre les yeux et saute du lit.

La main sur le cœur, qui bat à tout rompre, je découvre une plume noire posée sur mon oreiller.

Celle que je portais le soir où je m'étais déguisée en Marie-Antoinette.

Celle que Damen avait gardée en souvenir.

Je comprends alors qu'il était ici.

Je consulte le réveil, incapable de croire que j'aie pu dormir aussi longtemps. En tournant la tête, je m'aperçois que le tableau entreposé dans le coffre de ma voiture est à présent appuyé contre le mur, comme pour me narguer. À la différence près que le portrait d'une jeune fille blonde et pâle courant dans un canyon sombre, noyé dans la brume, a remplacé la reproduction de la *Femme aux cheveux jaunes*, l'œuvre de Damen.

Le canyon de mon rêve.

Alors, mue par une inspiration subite, j'attrape mon manteau, chausse une paire de tongs, me précipite dans la chambre de Sabine pour prendre mes clés de voiture, qu'elle a cachées dans un tiroir, et descends l'escalier quatre à quatre jusqu'au garage, sans savoir où je vais ni pourquoi. Une chose est sûre, je dois me rendre à un endroit que je reconnaîtrai une fois que j'y serai.

J'emprunte l'autoroute du Nord en direction de Laguna centre. Je m'extirpe des bouchons habituels de Main Beach, puis tourne dans Broadway en évitant les piétons. Une fois sortie des encombrements, j'appuie sur le champignon et laisse mon instinct me guider pendant quelques kilomètres avant de faire une queue de poisson à une voiture et de me garer dans le parking du parc naturel. Après quoi je ramasse mes clés, mon portable et m'élance vers le chemin de randonnée.

Les nappes de brouillard ralentissent ma progression. Mais même si la raison me dicte de faire demi-tour et de rentrer à la maison, car c'est de la folie d'errer ici seule dans le noir, je ne peux pas m'arrêter, une force mystérieuse me pousse à continuer, comme si mes pieds se mouvaient tout seuls et que je n'avais d'autre choix que de les suivre.

Je fourre mes mains dans mes poches pour me protéger du froid et avance en trébuchant, à l'aveuglette, sans destination en tête. Une fois de plus, je saurai que je suis parvenue à destination quand je serai arrivée.

Je me cogne le gros orteil contre une pierre et m'étale par terre en hurlant de douleur. Au moment où je mets une sourdine, j'entends la sonnerie de mon téléphone et me relève tant bien que mal, à bout de souffle.

– Oui ?

– C'est comme ça que tu réponds au téléphone, maintenant ? Ce n'est pas très sexy, si tu veux mon avis !

Je brosse mes vêtements et poursuis mon chemin, en faisant attention, cette fois.

– Ah, salut Miles. Ça va ?

– Je voulais te dire que tu es en train de rater une soirée d'enfer. Et étant donné ton goût récent pour la fête, j'ai pensé t'inviter. Mais ne te fais pas trop d'illusions, c'est plus drôle qu'autre chose. Il faut le voir pour le croire ! Des centaines de gothiques pullulent dans le canyon, on dirait un congrès de Dracula ou quelque chose dans ce goût-là.

– Haven est avec toi ?

Mon estomac se contracte quand je prononce son nom.

– Oui, elle cherche Drina. Tu te rappelles le super événement top secret ? Eh bien, c'est ça. Elle ne sait pas garder un secret, cette fille, même quand c'est le sien.

– Je croyais que Haven n'était plus dans sa phase gothique ?

– Elle aussi, figure-toi ! Elle est en rogne de ne pas être habillée comme tout le monde.

Je parviens au sommet d'une crête d'où la vallée inondée de lumière s'étale à mes pieds.

– Tu te trouves dans un canyon, c'est bien ça ?

– Oui.

– Moi aussi, j'arrive, dis-je en amorçant la descente.

– Tu es déjà là ?

– Oui, je me dirige vers la lumière, comme on dit.

— Et tu as d'abord traversé le tunnel ? Ha ! Ha ! Tu saisis l'astuce ? Mais au fait, tu étais au courant ?

Alors voilà, une plume noire m'a chatouillé le nez et tirée des fumées de l'ivresse, et puis j'ai trouvé un tableau étrangement prophétique retourné contre le mur de ma chambre. J'ai donc fait ce que toute personne insensée aurait entrepris à ma place, j'ai enfilé mon manteau et mes tongs, et suis sortie en chemise de nuit !

Ne pouvant assurément pas lui avouer la vérité, je préfère garder le silence. Ce qui, bien entendu, attise sa curiosité.

— C'est Haven qui t'a prévenue ? grince-t-il. Parce qu'elle m'a juré ne l'avoir dit qu'à moi. Enfin, je ne voudrais pas te vexer, mais quand même...

— Non, Miles, je te jure qu'elle ne m'a rien dit. Je l'ai appris par hasard. Bon, je suis presque arrivée, à tout de suite... enfin, à condition que je ne m'égare pas dans le brouillard.

— Quel brouillard ? Il n'y a pas de...

Mais il n'a pas le temps de terminer sa phrase qu'on m'arrache le téléphone.

— Salut, Ever ! lance Drina, la mine réjouie. Je t'avais bien dit qu'on se retrouverait.

trente

Je sais que je devrais prendre mes jambes à mon cou, hurler, faire quelque chose. Mais je reste figée, mes tongs en caoutchouc scotchées au sol comme s'il leur était soudain poussé des racines. Je dévisage Drina avec curiosité en me demandant comment je me suis retrouvée là et ce qu'elle peut bien avoir en tête.

— Quelle saleté, l'amour, hein ? reprend-elle en m'observant, la tête légèrement penchée sur le côté. C'est quand tu rencontres l'homme de tes rêves, un type trop beau pour être vrai, que tu te rends compte qu'il est effectivement trop beau pour être vrai. Trop beau pour toi, en tout cas. Et alors, tu te retrouves seule, malheureuse et soûle comme une barrique la majeure partie du temps. J'avoue que je me suis beaucoup amusée à te regarder sombrer dans ta dépendance adolescente. C'était tellement prévisible, bref, un vrai cas d'école. Les mensonges, les cachotteries, les chapardages, toute ton énergie visant un seul but : ta prochaine dose. Voilà qui m'a grandement facilité la tâche. Parce que chaque gorgée d'alcool avait pour effet d'affaiblir tes défenses et, en même temps, d'émousser tous les stimuli indésirables, ce qui rendait aussi ton esprit désarmé, et par conséquent facilement manipulable.

Elle m'agrippe le bras et enfonce ses ongles acérés dans mon poignet pour me tirer à elle. J'essaie de me dégager, mais elle possède une force incroyable.

– Ah, vous, les mortels, poursuit-elle avec une petite moue, vous êtes si crédules, quelles parfaites victimes vous faites ! Tu crois vraiment que j'ai imaginé une ruse aussi diabolique pour rien ? Bien sûr, il y avait des moyens plus simples pour parvenir à mes fins. Ma pauvre ! Si j'avais voulu, j'aurais pu me débarrasser de toi dans ta chambre, pendant que je préparais la mise en scène. La question aurait été vite réglée, donc économie de temps, mais pas aussi amusant. Pour toi comme pour moi, d'ailleurs, tu ne trouves pas ?

J'observe son visage sans défaut, sa chevelure impeccable, sa robe en soie noire parfaitement coupée qui épouse ses formes, cintrée ici, bouffante là, et qui souligne sa beauté à couper le souffle. Quand elle passe la main dans ses beaux cheveux brillants aux reflets cuivrés, j'aperçois son tatouage d'ouroboros. Mais à peine ai-je cligné des yeux qu'il a disparu.

– Bon, récapitulons, tu croyais que c'était Damen qui t'attirait ici, qui t'appelait malgré toi ? reprend-elle. Désolée de te décevoir, Ever, mais ce n'était que moi. Toute cette mascarade, c'est moi qui l'ai organisée. J'adore le 21 décembre, pas toi ? Le solstice d'hiver, la nuit la plus longue, tous ces gothiques ridicules qui font la fête dans un canyon miteux. (Elle hausse ses épaules élégantes, tandis que son tatouage apparaît et disparaît par intermittence.) Tu pardonneras mon goût pour la mise en scène, mais cela met un peu de piment dans l'existence, tu n'es pas d'accord ?

Je m'efforce de me libérer, mais elle resserre son étreinte et ses ongles me cisaillent la peau, provoquant une douleur aiguë dans ma chair.

– Supposons une seconde que je te laisse partir. Que ferais-tu ? Tu te sauverais ? Je suis plus rapide que toi. Tu appellerais ta copine à l'aide ? Oups, désolée, Haven n'est pas ici. Disons que je l'ai expédiée à la mauvaise soirée, dans le mauvais canyon. En ce moment, figure-toi, elle prend un bain de foule et bouscule des centaines de pseudo-vampires ridicules pour me retrouver. Mais j'ai préféré t'offrir une petite fête privée dont tu serais l'invitée d'honneur.

J'entends mes os craquer quand elle me broie le poignet.

– Qu'est-ce que tu veux, à la fin ? dis-je, les dents serrées pour lutter contre la douleur.

Elle plisse ses magnifiques yeux verts.

– Chaque chose en son temps. Voyons, où en étais-je avant que tu m'interrompes si grossièrement ? Ah oui, on parlait de toi, comment tu t'es retrouvée ici. Tu t'attendais à tout sauf à ça, hein ? Mais bon, c'est la parfaite illustration de toute ta vie, non ? Et si tu veux le savoir, ce n'est pas nouveau. Tu vois, Damen et moi, c'est de l'histoire ancienne. Et quand je dis « ancienne », c'est vraiment très, très, très, très, très ancien... Bref, tu as compris. Pourtant, malgré toutes ces années de vie commune, notre longévité, si je puis dire, tu t'obstines à nous créer des difficultés.

Comment ai-je pu être si bête et si naïve ? Il n'a jamais été question de Haven dans cette histoire, uniquement de moi.

– Oh non, ne sois pas si dure envers toi-même. Ce n'est pas la première fois que tu commets cette erreur. Je suis personnellement responsable de ta mort depuis, voyons

272

voir... combien d'existences ? Pfft... je ne sais pas, je ne compte plus.

Soudain, je me rappelle les paroles de Damen sur le parking du lycée, disant qu'il ne supporterait pas de me perdre encore une fois. Mais en voyant le visage de Drina se durcir, je chasse bien vite ces pensées de mon esprit, consciente qu'elle peut lire en moi à livre ouvert.

Elle me tourne autour en tirant sur mon bras pour me forcer à pivoter sur moi-même, avec des claquements de langue.

– Alors, si je me souviens bien, et je te signale que j'ai une excellente mémoire, les dernières fois, on a joué à un jeu qui s'appelle Trick or Treat, « Supplice ou Délice ». Ce serait malhonnête de ne pas te prévenir que tu ne t'en es jamais vraiment bien tirée. Mais bon, comme tu sembles en redemander, je me suis dit que tu serais peut-être prête à en remettre une couche.

J'ai la tête qui tourne à cause des cercles qu'elle m'oblige à dessiner, des relents d'alcool qui m'embrument encore le cerveau et de la menace à peine voilée qu'elle vient de formuler.

– Tu as déjà vu un chat tuer une souris ? ajoute-t-elle, les yeux brillants, en se léchant les lèvres avec gourmandise. Tu as observé comment les félins jouent pendant des heures avec leur pauvre petite victime sans défense, jusqu'à ce qu'ils en aient assez et se décident à porter le coup de grâce ?

Je ferme les yeux, je ne veux plus l'entendre. Pourquoi ne me supprime-t-elle pas au plus vite, au lieu de jouer les prolongations ?

– Bon, ce sera le Délice, pour ce qui me concerne, en tout cas, conclut-elle en riant. Et le Supplice ? Tu n'as pas envie de savoir ? Pfft, tu es vraiment dure à la détente, soupire-t-elle, comme je ne réponds pas. Mais bon, je vais te le dire. Le Supplice, c'est lorsque je fais semblant de te laisser partir, je te regarde tourner en rond en essayant de m'échapper jusqu'à épuisement, et là on revient à la case Délice. Alors, tu préfères quoi ? Une mort lente ? Ou une agonie atrocement longue ? Allez, dépêche-toi, l'heure tourne !

– Pourquoi veux-tu me tuer ? Laisse-moi tranquille. D'ailleurs, Damen et moi ne sommes plus ensemble. Voilà des semaines que je ne l'ai pas vu !

Elle éclate de rire.

– Je n'ai rien contre toi personnellement, Ever. Mais j'ai la nette impression que Damen et moi nous entendons beaucoup mieux une fois que tu es... hors circuit.

Moi qui croyais vouloir en finir rapidement, voilà que, brusquement, je change d'avis. Je refuse de baisser les bras sans lutter. Même si je dois perdre la bataille.

Drina secoue la tête, la déception se lit sur son visage.

– Et voilà. Tu a choisi le Supplice, n'est-ce pas ? Bon, c'est parti !

À peine m'a-t-elle lâché le bras que je pique un sprint à travers le canyon, certaine que rien ne pourra me sauver, mais résolue à risquer le tout pour le tout.

J'écarte les cheveux qui me tombent sur la figure et cours à l'aveuglette en fendant la purée de pois, dans l'espoir de repérer le chemin et de revenir à mon point de départ. Mes poumons menacent d'exploser dans ma poitrine, mes tongs lâchent, et je me retrouve pieds nus, mais rien ne m'arrête, ni les cailloux froids et pointus qui m'entaillent la plante des pieds, ni le point de côté qui me brûle à hurler, ni les branches acérées qui déchirent mon manteau. Je galope par

274

instinct de survie, même si je ne suis pas très sûre que ma vie en vaille la peine.

Alors je me souviens d'avoir déjà vécu la même scène.

Dans mon rêve... Mais j'ignore comment il se termine.

J'arrive à l'orée de la clairière, d'où débouche le chemin, quand Drina émerge du brouillard et surgit devant moi.

J'essaie de l'esquiver, mais elle lève paresseusement une jambe et me fait un croche-pied qui m'envoie valser de tout mon long.

Étalée par terre, le nez dans une petite flaque de sang – apparemment le mien –, j'entends Drina se moquer sans vergogne. En levant la main pour me tâter le visage, je sens mon nez bouger d'une manière incongrue et comprends qu'il est cassé.

Je me relève en vacillant, crache des petits cailloux et frémis en avisant des dents et du sang mêlés au gravier.

Drina grimace de dégoût.

– Oh, Ever, tu es horrible. Tu devrais te voir, c'est ignoble. Je me demande ce que Damen peut bien te trouver.

La douleur me vrille le corps, et je respire à grand-peine à cause du sang qui me colle à la langue avec un goût amer et métallique.

– Bon, je suppose que tu aimerais connaître les détails, même si tu ne t'en souviens plus la prochaine fois, s'esclaffe-t-elle. C'est toujours amusant de voir ta tête quand je t'assène la vérité. Je ne sais pas pourquoi, mais je ne m'en lasse pas, même si c'est la trente-six millième fois qu'on le rejoue. Et puis, pour être honnête, je t'avoue que cela fait délicieusement durer le plaisir. Un peu comme des préliminaires, quoi, sauf que toi, tu n'as aucune idée de ce que cela signifie, bien sûr. Depuis le temps, tu te débrouilles toujours pour mourir vierge. Au fond, ce serait triste si ce n'était pas si drôle, persifle-t-elle. Par où vais-je commencer ? (Un rictus sardonique déforme ses traits, alors qu'elle se tapote les hanches de ses ongles laqués de rouge.) Voyons voir... J'ai échangé le tableau qui se trouvait dans le coffre de ta voiture, mais je ne t'apprends rien. Non, franchement, toi en *Femme aux cheveux jaunes* ? C'est trop drôle. Entre nous, Picasso n'aurait pas apprécié. Mais je l'aime quand même, tu sais. Damen. Pas le peintre. Enfin bon... Et la plume noire, c'est moi aussi. Damen est parfois tellement... dégoulinant de sensiblerie. Oh, et puis c'est encore moi qui t'ai inspiré ce rêve, il y a des mois. Ça s'appelle de la prémonition. Et, non, je ne vais pas t'expliquer le pourquoi et le comment, parce qu'on n'en finirait pas et que tu n'en as pas vraiment besoin, là où tu vas. Dommage que tu ne sois pas morte dans cet accident, cela nous aurait facilité la vie à toutes les deux. As-tu la moindre idée du mal que tu as causé ? C'est à cause de toi qu'Evangeline a succombé. Quant à Haven, c'était moins une, tu as vu ? Vraiment, Ever, quelle égoïste tu fais !

Je me garde de réagir et me demande si c'est un aveu de culpabilité.

— Mais oui ! pouffe-t-elle. Vu que tu es sur le point de quitter la scène, une petite confession ne peut pas faire de mal.

Elle lève la main droite comme pour prêter serment.

— Moi, Drina Magdalena Auguste, avoue avoir éliminé Evangeline, alias June Porter. Ce qui, entre nous, ne représente pas une grande perte pour l'humanité, car elle se contentait d'occuper de l'espace, alors c'est loin d'être aussi triste qu'on le croit. Je devais me débarrasser d'elle pour avoir le champ libre et atteindre Haven, précise-t-elle. Oui, comme tu t'en doutais, je t'ai délibérément volé ton amie. C'est si facile avec ces pauvres paumés mal aimés qui ont tant besoin d'attention qu'ils se damneraient, même pour quelqu'un qui consentirait à leur indiquer l'heure. Et, oui, je l'ai persuadée de porter un tatouage qui a failli la tuer, mais c'est parce que j'hésitais entre l'anéantir pour de vrai ou lui donner l'immortalité. Il y a longtemps que je n'ai pas eu de complice, et je dois reconnaître que c'est bien agréable. Mais que veux-tu, l'indécision est mon péché mignon. Quand il y a tellement d'options possibles et qu'on a l'éternité devant soi pour les voir toutes se réaliser, c'est dur de ne pas être trop gourmand et de s'empêcher de tout choisir !

Elle sourit comme une enfant ayant commis une grosse bêtise.

– Mais voilà, j'ai trop hésité, et Damen s'en est mêlé – ce gros naïf avec ses belles idées altruistes –, et puis... tu connais la suite. Ah, et je me suis également débrouillée pour que Miles décroche un rôle dans *Hairspray*. Honnêtement, je crois qu'il l'aurait obtenu tout seul, il a vraiment du talent, ce gamin. Mais, ne voulant prendre aucun risque, je me suis immiscée dans la tête du metteur en scène et j'ai fait pencher la balance en sa faveur. Oh, j'allais oublier Sabine et Jeff ! C'est encore moi ! Au fond, ça marche plutôt bien, pas vrai ? Qui aurait imaginé que ta tante, une femme si intelligente, avec la tête sur les épaules et une super carrière, puisse tomber amoureuse de ce loser ? C'est pathétique, mais en même temps c'est drôle, non ?

Mais pourquoi ? Pourquoi as-tu fait cela ? Je ne peux pas parler, puisqu'il me manque la plupart de mes dents et que je m'étouffe dans mon sang, mais je sais que c'est inutile, car elle entend mes pensées. *Pourquoi avoir mêlé tous ces gens à cette histoire ?*

– Je voulais te montrer à quel point tu es seule, te prouver avec quelle facilité tout le monde est prêt à te lâcher pour quelque chose de mieux, de plus excitant. Tu es seule, Ever, isolée, sans amour, solitaire. Tu traînes une misérable existence qui ne vaut pas la peine d'être vécue. Je te rends service, en fait. Même si je sais que tu ne me remercieras pas.

Je me demande comment quelqu'un d'aussi incroyablement beau peut être aussi hideux intérieurement. Je plante mes yeux dans les siens et recule imperceptiblement, espérant qu'elle ne le remarquera pas.

Mais je ne suis même plus avec Damen. Nous avons rompu depuis belle lurette. Alors pourquoi ne vas-tu pas le retrouver ? Laisse-moi partir et oublions cette histoire ridicule !

J'essaie de distraire son attention, mais elle se contente de rire.

– Tu es la seule qui va oublier cette histoire, crois-moi. Et puis ce n'est pas aussi simple que ça. Tu n'en as aucune idée, pas vrai ?

Un point pour elle.

– Damen est à moi, résume-t-elle. Il l'a toujours été. Sauf que, hélas, tu reviens encore et encore, coincée dans ton petit cycle de réincarnations débiles. Et comme tu t'obstines, c'est devenu une habitude de te retrouver et de t'éliminer à chaque fois.

Elle avance d'un pas, et moi, en reculant, je pose le pied sur un petit caillou pointu et grimace de douleur.

– Si tu crois que ça fait mal, attends de voir la suite, glousse-t-elle.

Je promène un regard autour du canyon, à la recherche

d'une issue, d'une échappatoire. Je recule encore d'un pas et trébuche de nouveau. Mais, quand ma main touche le sol, je referme les doigts sur une pierre coupante que je lui jette à la figure. Je l'atteins à la mâchoire et lui déchire la joue.

Elle éclate de rire, malgré la plaie béante et sanguinolente qui laisse apparaître deux dents cassées. Alors, saisie d'horreur, je vois la blessure se refermer et son visage retrouver sa beauté sans défaut.

– Encore le coup de la pierre, grince-t-elle. Allons, fais un effort. Tu ne pourrais pas te renouveler un peu, pour changer ? Qui sait, tu arriveras peut-être à m'amuser pour une fois.

Elle se campe devant moi, me toisant avec condescendance, mais je ne bouge pas. Je refuse de prendre l'initiative et de lui offrir le plaisir d'une autre course éperdue dont l'issue est connue d'avance. D'ailleurs, elle a raison, ma vie est un désastre de solitude. D'autant que tous ceux que j'approche se retrouvent embarqués dans cette galère.

Je la regarde avancer, soulagée de savoir que la fin est proche. Je ferme les yeux et me remémore l'instant précédant l'accident. Quand j'étais encore une adolescente saine d'esprit, choyée, entourée de sa famille. J'y pense si fort que je sens presque le cuir tiède de la banquette sous mes jambes nues et la queue de Caramel battant contre ma cuisse, j'entends la voix de Riley qui chante à tue-tête, complètement faux, je me rappelle la gaieté de ma mère se retournant pour tapoter le genou de ma sœur, je revois mon père m'observant dans le rétroviseur, son sourire intelligent, généreux et amusé...

Je m'accroche à ce moment, le berçant dans ma mémoire, j'en revis les sensations, les odeurs, les sons, les impressions, comme si j'y étais. C'est l'image que je veux emporter avec moi, la dernière fois que je me suis sentie vraiment heureuse.

Je suis tellement immergée dans mon souvenir que je revis la scène.

— Mais qu'est-ce que... ? s'exclame Drina.

J'ouvre les yeux. Elle a l'air bouleversée, les yeux écarquillés par la surprise, la bouche béante. Je remarque que ma chemise de nuit n'est plus déchirée, que mes pieds ne saignent plus, que mes genoux ne sont plus écorchés, que, lorsque je passe ma langue sur mes dents, le compte y est. Et en me tâtant le nez, je m'aperçois que les blessures de mon visage sont également guéries. Même si je n'ai pas la moindre idée de ce que cela signifie, je dois agir vite, avant qu'il ne soit trop tard.

Drina recule, indécise, alors je m'avance d'un pas, sans trop savoir ce que je vais faire. Une chose est sûre, je n'ai pas beaucoup de temps.

— Alors, Drina, Délice ou Supplice ? dis-je en prenant mon élan.

trente et un

Elle reste immobile, ses grands yeux verts exorbités, puis elle relève le menton et découvre ses dents. Mais, la prenant de vitesse, je me précipite, déterminée à donner l'assaut la première, pendant qu'il en est encore temps. Au moment où je m'apprête à bondir, je remarque une sorte de voile scintillant, un cercle de lumière dorée, qui luit doucement et qui semble être une invite à m'y fondre, comme dans mon rêve. Et, même si c'est un leurre dangereux, probablement encore l'œuvre de Drina, je suis incapable de résister à la tentation.

Je sombre dans une brume étincelante, une pluie de lumière caressante, chaude, intense, qui calme instantanément mes angoisses et mes craintes, et atterris dans une prairie verdoyante, l'herbe amortissant ma chute.

Étendue par terre, j'observe le champ de fleurs, dont les pétales semblent éclairés de l'intérieur, et les arbres qui dressent vers le ciel leurs branches chargées de fruits mûrs. J'ai l'étrange certitude d'être déjà venue ici.

– Ever !

Je saute sur mes pieds, prête à défendre chèrement ma peau, et découvre qu'il s'agit de Damen... Je bats précipitamment en retraite, incapable de déterminer avec précision où il se trouve.

Il me tend la main en souriant, mais je refuse de la saisir, de tomber dans le piège. Je recule encore, cherchant Drina des yeux.

— Ever, calme-toi. Tu n'as rien à craindre. Elle n'est pas là, il n'y a que moi ici.

J'hésite. J'ai du mal à croire que je suis en sécurité avec lui et envisage en vitesse toutes les options possibles (limitées, bien entendu).

— Où sommes-nous ? dis-je, alors qu'en fait j'aimerais bien savoir si je suis morte.

— Non, tu n'es pas morte, répond-il à ma question muette. Tu es à Summerland, « l'Été perpétuel », si tu préfères.

Explication qui me plonge dans des abîmes de perplexité.

— C'est quelque part entre deux mondes. Un peu comme une salle d'attente. Un lieu de repos. Une dimension entre les dimensions, si tu veux.

— Une dimension ?

Ce mot me semble inintelligible, hermétique, dans le sens où il l'emploie, en tout cas. Mais quand il tend la main pour prendre la mienne, je me dérobe, parce que, je le sais, je manque de lucidité chaque fois qu'il me touche.

Il me fait signe de le suivre à travers la prairie, où chaque fleur, chaque arbre, chaque brin d'herbe s'incline, se balance, se ploie et se courbe, comme dans une danse infinie.

— Ferme les yeux. S'il te plaît, insiste-t-il, voyant que je refuse d'obtempérer.

Je les ferme à moitié.

— Fais-moi confiance. Juste une fois.

Alors je cède et les ferme complètement.

— Et maintenant ?

– Maintenant, imagine quelque chose.

– Comment ça ? dis-je en visualisant un énorme éléphant.

– Autre chose. Vite !

J'ouvre les yeux, sidérée de voir nous foncer dessus une espèce de mammouth, que je parviens in extremis à transformer en papillon – un magnifique monarque qui se pose au bout de mon doigt, ses antennes noires tournées dans notre direction.

– Mais comment... ?

Damen éclate de rire.

– Tu veux essayer encore ?

Je m'efforce de penser à autre chose qu'un éléphant ou un papillon.

– Vas-y, lance-toi. C'est génial, on ne s'en lasse pas.

Je ferme les yeux, le papillon se transforme en oiseau, et, quand je les rouvre, un majestueux perroquet est perché sur mon épaule. Damen me tend une serviette au moment où une coulée d'excrément me dégouline le long du bras.

– Et si on expérimentait quelque chose d'un peu moins... salissant ?

Je pose l'oiseau à terre et le regarde s'envoler, puis, les yeux fermés, je me concentre de toutes mes forces. Lorsque je les rouvre, Orlando Bloom se tient devant moi.

Damen fait la grimace.

– Est-il vrai ? dis-je pendant qu'Orlando Bloom m'adresse un clin d'œil complice.

– Non, tu ne peux pas matérialiser les gens en chair et en os, juste leur image. Heureusement, il ne va pas tarder à disparaître.

Effectivement, Orlando se volatilise peu après, ce qui m'attriste un peu.

– Que se passe-t-il ? Où sommes-nous ? Tu pourrais m'expliquer ?

Sans répondre, Damen fait surgir un superbe étalon blanc et, après m'avoir aidée à monter, il en crée un noir pour lui.

– Viens, on va faire un tour.

Nous cheminons le long d'un sentier parfaitement entretenu, serpentant à travers les fleurs et les arbres, et franchissons un petit ruisseau étincelant de toutes les couleurs de l'arc-en-ciel. Je remarque alors un chat, perché sur la même branche que mon perroquet, et m'écarte du chemin pour le chasser, mais Damen s'empare des rênes de mon cheval.

– Ne t'inquiète pas. Il ne risque rien. C'est le royaume de la paix, ici.

Nous chevauchons en silence. Je suis émerveillée par tant de beauté, mais d'innombrables questions se bousculent dans ma tête, et je ne sais trop par quoi commencer.

– Le voile brillant qui t'a attirée ici, c'est moi qui l'ai envoyé, signale Damen.

– Tu veux dire, dans le canyon ?

– Oui, et dans ton rêve aussi.

Il monte avec une élégance, une aisance stupéfiantes, comme s'il ne faisait qu'un avec son cheval. Alors je me souviens du tableau que j'ai vu chez lui – le portrait le représentant sur un destrier blanc, une épée au côté – et songe qu'il a eu amplement le temps de se perfectionner.

– Mais Drina m'a affirmé que c'était elle qui avait inventé ce rêve.

– Elle t'a indiqué l'endroit, et moi la sortie.

– La sortie ?

– Ne t'inquiète pas, ce n'est pas ce que tu crois. Tu n'es

pas morte, je te l'ai dit. En fait, tu es plus vivante que jamais, capable de manipuler la matière et de concrétiser tes désirs. Le summum de la gratification immédiate, si tu préfères ! Mais il ne faut pas venir ici trop souvent, parce qu'on devient vite complètement accro, je te préviens.

J'essaie de mettre de l'ordre dans mes pensées.

– Vous avez tous les deux forgé mes rêves ? Une espèce de collaboration, c'est ça ?

Il hoche la tête.

L'idée ne me plaît vraiment pas.

– Donc je ne contrôle plus mes propres rêves, si je comprends bien ?

– Pas celui-là, non.

– Excuse-moi, mais tu ne trouves pas que c'est un peu abusif ? Et puis d'abord, pourquoi n'y as-tu pas mis un terme, puisque tu te doutais de ce qui allait suivre ?

– J'ignorais ce que manigançait Drina. En surveillant tes rêves, j'ai compris que tu avais peur de quelque chose et je t'ai guidée jusqu'ici, où je savais que tu serais en sécurité.

Je jette un regard inquiet autour de moi, pour vérifier qu'elle n'est pas là.

– Pourquoi Drina ne m'a-t-elle pas suivie ?

Damen me prend la main et la serre dans la sienne.

– Parce que tu es la seule à voir cet endroit.

Je suis dans le noir le plus complet. Cette histoire n'a aucun sens.

– Ne t'en fais pas, tu finiras par comprendre. Mais pour le moment, pourquoi ne pas en profiter un peu ?

La mémoire me revient petit à petit, encore confuse et fragmentaire.

– C'est drôle, mais j'ai l'impression d'être déjà venue.

– C'est vrai. C'est ici que je t'ai trouvée. Tu étais étendue à côté de la voiture, mais ton âme s'était envolée et s'attardait quelque part par là.

Il arrête les chevaux et m'aide à mettre pied à terre, puis il m'entraîne vers un coin d'herbe ensoleillé, qui scintille et miroite dans la lumière dorée, laquelle ne semble pas provenir d'une même source ; et, en un battement de cil, il fait apparaître un divan moelleux, une sorte d'ottomane.

– Tu veux autre chose ? s'enquiert-il.

Je ferme les yeux et imagine une table basse, des lampes, quelques bibelots, un joli tapis persan, et, en les rouvrant, je me retrouve installée dans un vrai salon de jardin.

– Et s'il se met à pleuvoir ?

– Ne dis pas...

Trop tard, nous sommes déjà trempés jusqu'aux os. Damen fait surgir un immense parapluie sur lequel la pluie glisse pour retomber sur le tapis.

– La pensée peut vraiment créer, explique-t-il. Sur terre, cela nécessite plus de temps. Ici, en revanche, c'est instantané.

– « Ne souhaite pas n'importe quoi, tu risquerais de l'obtenir ! », nous répétait ma mère, je me rappelle.

– Exactement ! Maintenant, tu sais d'où ça vient. Tu veux bien arrêter cette pluie, qu'on puisse se sécher ? dit-il en s'ébrouant.

– Comment dois-je m'y prendre ?

– Il te suffit de penser à un endroit sec et chaud.

Et en clin d'œil, nous nous retrouvons étendus sur une splendide plage de sable nacré.

– Bon, on va s'arrêter là, si tu veux bien ! s'esclaffe-t-il pendant que je crée une épaisse serviette bleue et un océan turquoise pour compléter le tableau.

Je m'allonge en fermant les yeux pour mieux savourer la chaleur tandis que Damen confirme ce que je commençais à pressentir sans le formuler clairement. Une phrase qui commencerait par « je suis immortel » et qui se terminerait par « toi aussi ». Ce qui n'est pas si banal.

Je me demande comment je me débrouille pour tenir une conversation aussi bizarre d'une voix normale. Mais, me trouvant quelque part au milieu de l'Été perpétuel, rien ne peut plus m'étonner.

– Donc nous sommes tous les deux immortels ?

Il hoche la tête.

– Et moi, tu m'as rendue immortelle quand j'ai succombé dans l'accident ?

Nouveau hochement de tête.

– Mais comment t'y es-tu pris ? Y a-t-il un rapport avec cette drôle de boisson rouge ?

– Oui.

– Alors pourquoi n'ai-je pas besoin d'en boire, moi aussi ?

Il tourne la tête et s'absorbe dans la contemplation de la mer.

– Tu en auras besoin un jour.

Je me redresse et me mets à jouer avec un pan de la serviette, incapable d'assimiler ces informations à dormir debout. Dire que, il n'y a pas si longtemps, je trouvais qu'être extralucide était une calamité !

– Ce n'est pas si terrible, poursuit Damen en posant sa main sur la mienne. Regarde autour de toi, n'est-ce pas fabuleux ?

– Oui, mais pourquoi ? Enfin, je veux dire, l'idée que je n'avais peut-être pas envie d'être immortelle ne t'a jamais effleuré ? Pourquoi ne m'as-tu pas laissée partir ?

Damen tressaille, évitant de croiser mon regard.

– Tu as raison, j'ai fait preuve d'égoïsme. En te sauvant, je n'ai pensé qu'à moi. Je ne pouvais pas supporter de te perdre encore une fois, après... Et puis je n'étais pas certain d'y parvenir. Je t'avais ramenée à la vie, mais j'ignorais pour combien de temps. Je n'étais pas sûr de t'avoir rendue immortelle avant de te voir dans le canyon, tout à l'heure...

Je n'en crois pas mes oreilles.

– Parce que tu m'as vue dans le canyon ?

Il acquiesce.

– Tu veux dire que tu étais là ?

– Non, je te regardais à distance. C'est compliqué à expliquer.

– Attends, si j'ai bien compris, tu me regardais à distance, mais tu as assisté à la scène, et tu n'as pas levé le petit doigt pour m'aider ?

Je m'étrangle presque de colère.

– Non, parce que tu ne voulais pas. J'ai attendu que tu changes d'avis pour t'inciter à me rejoindre ici.

Je m'écarte le plus loin possible, écœurée.

– Tu veux dire que tu m'aurais laissée mourir ?

– Oui, si tel était ton choix. Ever, rappelle-toi notre dernière conversation sur le parking du lycée. Tu m'as lancé que tu me détestais pour ce que je t'avais fait, pour t'avoir égoïstement séparée de ta famille en te ressuscitant. Tes paroles m'ont fait mal, mais tu avais raison. Je n'avais pas le droit de me mêler de ta vie, ni de ta mort. Mais là, dans le canyon, tu t'es laissé submerger par l'amour, et c'est cela qui t'a sauvée, qui t'a régénérée, et c'est alors que j'ai compris.

Je m'abîme dans mes réflexions.

Mais pourquoi n'ai-je pas pu me réparer à l'hôpital et ai-je dû supporter les plâtres, les contusions, les blessures ? Pour quelle raison n'ai-je pas pu me... me régénérer, comme dans le canyon ?

– Seul l'amour peut guérir. La colère, la culpabilité, la peur ne peuvent que détruire et éroder tes capacités.

– Encore une chose qui m'exaspère, dis-je, furieuse. Tu peux lire dans mes pensées, alors que moi je suis incapable de déchiffrer les tiennes, ce n'est pas juste !

Il éclate de rire.

– Tu veux vraiment lire dans mon esprit ? Je croyais que mon petit air mystérieux ajoutait à mon charme ?

Je rougis de confusion en repensant à toutes les choses embarrassantes qui me sont passées par la tête.

– Il y a des moyens de te protéger, tu sais. Tu devrais aller voir Ava.

Je me sens comme prise au piège.

– Tu connais Ava ?

– Non, je ne sais d'elle que ce que j'ai lu dans son esprit. J'observe une famille de lapins qui sautillent non loin.

– Et au champ de courses ? dis-je.

– Simple prémonition. Pour toi aussi, d'ailleurs.

– Oui, mais alors, comment se fait-il que tu aies perdu un pari ?

– Il faut bien que je perde de temps en temps, sinon les gens commenceraient à se poser des questions. Et puis je me suis bien rattrapé, non ?

– Et les tulipes ?

– Je les crée. Pareil pour l'éléphant, tout à l'heure, ou cette plage. C'est de la physique quantique pure et simple. La conscience donne forme aux choses là où il n'y avait que de l'énergie. Ce n'est pas très compliqué, tu vois.

Pour lui, c'est peut-être simple, mais moi, je n'y comprends goutte.

— On crée notre propre réalité, en fait. Et ça marche n'importe où, précise-t-il, anticipant la question que j'ai à peine formulée dans ma tête. Tu le fais déjà, d'ailleurs, mais tu ne t'en rends pas compte, parce que cela exige beaucoup plus de temps.

— Mais chez toi, c'est quasi instantané, non ?

— Il y a belle lurette que je suis sur Terre, j'ai eu le temps d'apprendre quelques trucs.

— Depuis quand exactement ?

Je revois la pièce que j'ai visitée chez lui, en me demandant ce qu'elle signifie pour lui.

— Très longtemps.

— Et maintenant, moi aussi, je vais vivre pour toujours ?

— Ce n'est pas indispensable. Tu peux extirper cette histoire de ton esprit et continuer à vivre normalement. Ou lâcher prise à tout moment. Je me suis contenté de t'offrir une possibilité, à toi de décider ce que tu veux en faire.

Je contemple l'océan, d'un bleu si profond, si beau que j'ai du mal à croire qu'il est le simple produit de mon imagination. Bien sûr, c'est génial de jouer les magiciens, mais soudain, je me mets à ruminer de sombres pensées.

— J'aimerais savoir ce qui s'est passé avec Haven, le jour où je me suis rendue chez toi... Et Drina ? C'est une immortelle elle aussi, n'est-ce pas ? Est-ce grâce à toi ? Et comment cela a-t-il commencé, d'ailleurs ? Comment devient-on immortel ? Savais-tu que c'est Drina qui a supprimé Evangeline et qu'elle a failli tuer Haven aussi ? Et puis c'est quoi, cette pièce étrange que j'ai vue chez toi ? Elle m'a donné la chair de poule !

Damen éclate de rire :

– Tu peux répéter la question ?

– Oh, j'allais oublier. Drina m'a avoué m'avoir tuée des milliers de fois. Je n'ai rien compris.

Damen blêmit affreusement.

– Elle a vraiment dit cela ?

Je me rappelle son air hautain quand elle m'a annoncé la nouvelle.

– Oui. Elle a dit quelque chose comme : « Et c'est reparti, pauvre mortelle débile, tu tombes toujours dans le panneau. Blablabla... » Je croyais que tu nous regardais, que tu avais tout vu ?

– Non, je n'ai pas tout vu. Je suis arrivé un peu tard. Désolé, Ever, c'est ma faute. J'aurais dû m'en douter et ne pas te mêler à cette histoire. J'aurais mieux fait de te laisser tranquille...

– Elle a affirmé aussi t'avoir croisé à New York. Enfin, c'est ce qu'elle a dit à Haven.

– Elle a menti, je ne suis jamais allé à New York.

Ses yeux trahissent un tel chagrin que je ne peux m'empêcher de prendre sa main dans la mienne. Je suis bouleversée de le voir si triste et si vulnérable. Je pose mes lèvres sur les siennes, pour qu'il comprenne que, quoi qu'il arrive, je lui ai pardonné.

– Tes baisers sont plus doux à chaque incarnation. Mais on dirait que nous sommes condamnés à ne jamais aller plus loin. Je comprends pourquoi, maintenant.

Le front contre le mien, il m'insuffle une joie et un amour immenses, avant de s'écarter en soupirant.

– Ah oui, tes questions. Par où commencer ?

– Pourquoi pas depuis le début ?

Son regard semble se perdre dans la nuit des temps. Je m'assieds en tailleur et suis tout ouïe.

– Mon père était un rêveur, un artiste, un dilettante, féru de sciences et d'alchimie, très en vogue à l'époque.

Je veux connaître les lieux, les dates, des choses tangibles, pas une interminable litanie philosophique d'idées abstraites.

– À quelle époque était-ce ?

– Il y a très, très longtemps. Je suis un peu plus vieux que toi, tu sais.

– Oui, mais de combien, exactement ? Je veux dire, nous avons une différence d'âge de quel ordre, à peu près ?

– Sache que mon père, en bon alchimiste qu'il était, croyait que tout pouvait être transmué en un élément primordial et que, si l'on parvenait à isoler cet élément, on pouvait créer n'importe quoi. Il a travaillé à cette théorie pendant des années, inventant des formules à mesure qu'il les abandonnait, et, quand ma mère et lui sont... décédés, j'ai continué ses recherches et j'ai fini par découvrir la solution.

Je tente encore ma chance.

– Quel âge avais-tu ?

– J'étais jeune, je crois.

– Donc tu peux vieillir encore ?

– Oui. J'ai atteint un certain âge avant de décider de m'arrêter. Je sais que tu préfères la théorie du vampire figé dans le temps, mais là, il s'agit de la vraie vie, Ever, pas de science-fiction.

– D'accord, et alors...

– Et alors, mes parents sont morts, et je me suis retrouvé orphelin. Tu sais qu'en Italie, d'où je suis originaire, les noms de famille reflétaient souvent les origines d'une personne ou son métier. Esposito veut dire orphelin, abandonné. C'est le nom qui m'a été donné, mais j'ai cessé de l'utiliser, il y a un siècle ou deux, puisqu'il n'était plus d'actualité.

— Mais pourquoi n'as-tu pas gardé ton vrai nom de famille ?

— C'est compliqué. Mon père était, disons... recherché. J'ai préféré prendre mes distances.

— Et Drina ? dis-je, la gorge serrée.

— *Poverina*, la pauvre petite. Nous étions tous deux sous la tutelle de l'Église, c'est là que nous nous sommes rencontrés. Et quand elle est tombée malade, je n'ai pas supporté l'idée de la perdre, alors je lui ai fait boire ma fameuse potion.

— Elle m'a appris que vous étiez mariés.

J'ai la gorge sèche et nouée. Ce n'est pas exactement ce qu'elle a dit, mais elle l'a clairement indiqué quand elle a décliné sa véritable identité.

Il regarde ailleurs en marmonnant quelque chose dans sa barbe.

— C'est vrai ? dis-je, l'estomac en boule, le cœur battant.

— Oui, mais c'était il y a si longtemps que cela n'a plus guère d'importance.

J'ai les joues en feu et les yeux qui brûlent.

— Pourquoi n'avez-vous pas divorcé, puisque cela n'avait plus guère d'importance ?

— Tu voudrais peut-être que je me présente au tribunal avec un certificat de mariage datant de plusieurs siècles pour demander le divorce ?

Je me mords les lèvres sans répondre. J'admets qu'il a raison, mais quand même...

— Ever, s'il te plaît, ne me juge pas. Je ne suis pas comme toi. Il y a à peine dix-sept ans que tu es venue au monde, dans cette vie, en tout cas, alors que moi, cela fait des siècles ! J'ai eu le temps de commettre des erreurs, crois-moi. J'ai sans doute eu une conduite condamnable à bien des égards, mais je ne pense pas que ma relation avec Drina en fasse partie. Les choses étaient différentes à l'époque. Moi-même je n'étais pas le même. J'étais arrogant, super-ficiel et extrêmement matérialiste. Je ne pensais qu'à ma petite personne et profitais de toutes les opportunités. Mais dès que je t'ai rencontrée, tout a changé, et quand je t'ai perdue... je n'avais jamais éprouvé pareil chagrin. Et puis tu es réapparue, mais... À peine t'avais-je retrouvée que je te perdais de nouveau. Et cela a continué ainsi pendant des siècles. Un cycle perpétuel d'amour et de deuil. Jusqu'à présent.

– Tu veux dire que nous... nous réincarnons ?

Le mot résonne bizarrement à mes oreilles.

– Toi, oui, pas moi. Moi je reste là, toujours le même.

– Mais alors, j'étais qui ? Et pourquoi je ne m'en sou-viens pas ?

Je ne suis pas encore sûre d'y croire, mais l'idée est fas-cinante.

Damen a l'air soulagé de changer de sujet.

– Pour ressusciter, il faut d'abord traverser la Rivière de l'Oubli. On n'est pas censé se rappeler, mais on est là pour apprendre, évoluer, payer sa dette karmique. Chaque réin-carnation est un nouveau départ, et il faut retrouver son chemin. Parce que, tu sais, Ever, la vie n'est pas comme un test à livre ouvert.

– Tu ne tricherais pas un peu en restant ici ?

– Sans doute, oui.

– Et comment es-tu au courant, puisque tu ne t'es jamais réincarné ?

– J'ai eu largement le temps d'étudier les mystères de la

vie. Et j'ai eu aussi la chance d'avoir de merveilleux professeurs. Si tu veux le savoir, tu as toujours été une femme, très belle, qui a beaucoup compté pour moi, dit-il en coinçant une mèche de mes cheveux derrière l'oreille.

Je regarde la mer, y crée quelques vagues pour m'amuser, avant de la faire disparaître. Retour à notre salon de plein air.

— Changement de décor ? demande Damen.

— De décor, peut-être, mais pas de sujet de conversation.

— J'ai donc fini par te retrouver après t'avoir cherchée pendant des années et des années. Tu connais la suite...

Je prends une profonde inspiration, les yeux fixés sur la lampe, que j'allume et éteins, éteins et allume à distance, en essayant d'assimiler ces informations.

— J'ai quitté Drina il y a très longtemps, mais elle a une fâcheuse tendance à resurgir au moment où je m'y attends le moins. Tu te rappelles la soirée au St Regis, quand tu nous as vus ensemble ? J'essayais de la convaincre de m'oublier et de vivre sa vie, une bonne fois pour toutes. Évidemment, j'ai fait chou blanc. Oui, je sais qu'elle a tué Evangeline, parce que, ce jour-là, sur la plage, quand tu t'es réveillée toute seule... (Je le savais ! Je savais qu'il n'était pas allé surfer !) je venais de retrouver son corps, mais il était trop tard. Et, oui, je sais aussi pour Haven, sauf que, heureusement, j'ai réussi à la sauver, elle.

— Alors c'est à cela que tu étais occupé, cette nuit-là, quand tu m'as dit que tu étais descendu boire un verre d'eau ?

Il fait oui de la tête.

— Tu m'as raconté d'autres mensonges ? Le soir de Halloween, par exemple, où étais-tu après la fête ?

— Je suis rentré chez moi. Quand j'ai vu la façon dont

Drina te regardait, j'ai songé que j'avais intérêt à prendre mes distances. J'ai essayé de m'éloigner, mais sans succès. C'était trop dur. J'avais besoin d'être près de toi. Voilà, tu sais tout, maintenant. J'espère que tu comprends pourquoi je ne pouvais rien t'expliquer d'entrée de jeu.

Je ne veux pas m'avouer vaincue si facilement, même si je sais qu'il n'a pas tort, bien entendu.

— Ah, poursuit-il, et la pièce qui t'a « donné la chair de poule », comme tu dis ? Eh bien, il se trouve que je m'y sens bien. Un peu comme le souvenir de tes derniers moments heureux avec ta famille, dans la voiture. Mais il faut que je te dise que j'ai bien ri quand j'ai compris que tu croyais que j'étais un suceur de sang, un vampire, quoi !

— Oui, bon, excuse-moi. Mais vu qu'il y a des immortels qui se baladent en liberté, pourquoi n'y aurait-il pas des fées, des sorciers, des loups-garous, des... ? Non, mais tu te rends compte que tu en parles comme si c'était la chose la plus normale du monde !

— Pour moi, c'est normal. C'est ma vie. Et la tienne aussi, si tu le désires. Ce n'est pas si terrible, Ever, crois-moi.

Il me regarde intensément, et même si une partie de moi souhaite le haïr à cause de ce qu'il m'a fait, je ne peux pas. Je sens une vague de chaleur vibrante qui m'attire contre ma volonté.

— Arrête, dis-je en retirant ma main de la sienne.

— Arrêter quoi ?

— Cette chaleur, là, tu sais très bien de quoi je parle. Je veux que tu cesses immédiatement !

Je suis déchirée entre amour et haine.

— Je n'y suis pour rien, Ever.

– Bien sûr que si ! C'est quand tu... Oh, et puis laisse tomber !

– Je te jure que jamais je n'utiliserais la magie pour te séduire.

– Ah bon ? Et les tulipes ?

– Tu n'as aucune idée de ce que cela signifie, n'est-ce pas ? Les fleurs signifient quelque chose. Je ne les ai pas choisies au hasard.

Pour me donner une contenance, je remets de l'ordre sur la table, à distance, faute de pouvoir en remettre dans mes idées.

– Tu as tant de choses à apprendre ! Mais tout n'est pas drôle. Il faut faire très attention, avancer avec prudence, se méfier du mauvais usage de notre pouvoir. Drina en est la parfaite illustration. La discrétion s'impose, ce qui veut dire n'en parler à personne. À personne, tu m'entends ?

Je hausse les épaules en songeant : oui, d'accord. Il se penche vers moi.

– Ever, je suis très sérieux, personne ne doit le savoir, insiste-t-il. Promets-le-moi.

– Parole de scout !

Il me lâche la main, se détend et se carre au fond du canapé.

– Mais tu dois savoir qu'il existe une porte de sortie. Tu as toujours la possibilité de passer de l'autre côté. En fait, tu aurais très bien pu mourir dans le canyon, mais tu as choisi de rester en vie.

– Pourtant je voulais mourir.

– Tes souvenirs t'ont redonné de la force. Ton amour, aussi. Je te l'ai expliqué tout à l'heure, les pensées peuvent créer. Dans ton cas, elles t'ont donné le pouvoir de guérir. Si tu avais vraiment voulu mourir, tu aurais baissé les bras, tout simplement. Et au fond de toi, tu devais le savoir. Non, ce n'est pas ce que tu crois, répond-il quand je m'apprête à lui demander pourquoi il est venu m'espionner dans ma chambre pendant mon sommeil.

– C'est quoi, alors ? dis-je, même si je ne tiens pas vraiment à le savoir.

– J'étais là pour... pour t'observer. J'ai été étonné que tu puisses me voir. J'étais transmuté, en quelque sorte.

J'entoure mes genoux de mes bras. Ses explications me passent au-dessus de la tête, mais j'en ai compris assez pour m'inquiéter.

– Ever, je me sens responsable de toi, et...

Je le regarde avec sévérité.

– Et tu voulais jeter un coup d'œil à la marchandise au passage ?

Il éclate de rire.

– Euh... je te rappelle que tu as une prédilection pour les pyjamas en flanelle !

– Donc tu te sens responsable de moi, comme... un père ?

– Non, pas comme un père, grimace-t-il. Ever, je ne suis entré qu'une fois dans ta chambre, le soir où nous nous sommes croisés au St Regis. Si tu as l'impression qu'il y a eu d'autres fois...

Je frémis en imaginant ma pire ennemie en train de m'espionner dans ma chambre.

– Drina ! Tu es sûr qu'elle n'est pas ici ?

Il me prend la main et la presse entre les siennes pour me rassurer.

– Elle ne connaît même pas l'existence de cet endroit. Elle ne saurait pas comment s'y rendre. À ses yeux, tu t'es volatilisée, purement et simplement.

– Dans ce cas, comment es-tu parvenu jusqu'ici, toi ? Serais-tu mort une fois, comme moi ?

– Non. Il y a deux types d'alchimie : l'alchimie physique, que j'ai connue par mon père, et l'alchimie spirituelle, que je n'ai rencontrée que bien plus tard, quand j'ai senti qu'il y avait autre chose, quelque chose qui me dépassait. Alors j'ai étudié, je me suis entraîné, j'ai travaillé dur pour y parvenir. J'ai même appris la MT, la méditation transcendantale, avec Maharishi Mahesh Yogi.

– Euh... si tu essaies de m'impressionner, c'est raté, je ne comprends rien à ce que tu racontes.

– Disons simplement que j'ai mis des centaines d'années à passer du stade physique au stade mental. Toi, dès que tu t'es aventurée dans la prairie, tu as eu droit à l'accès aux coulisses, si je puis dire. Les visions et la télépathie sont les effets secondaires, en quelque sorte.

– Ah bon ? Pas étonnant que tu t'ennuies au lycée ! dis-je dans une tentative pour changer de sujet et ramener la conversation vers quelque chose de concret, que je comprenne. Tu as fini tes études il y a des années-lumière, non ?

En le voyant tressaillir, je comprends que son âge est un sujet sensible, ce qui est plutôt comique, car il a choisi de vivre pour l'éternité.

– Au fait, pourquoi as-tu pris la peine de t'inscrire au lycée ?

– C'est là que tu entres en scène.

– Admettons. Donc, si j'ai bien compris, tu as vu une minette en jean trop grand et sweat à capuche, et tu tenais tellement à la séduire que tu as décidé de recommencer le lycée, juste pour la fréquenter ?

– C'est à peu près ça, oui.

Il commence à m'agacer un peu.

– Tu aurais pu trouver un autre moyen pour t'introduire dans ma vie, non ? Ce n'est pas logique.

– L'amour n'est pas logique.

Je déglutis avec peine. Je me sens à la fois timide, euphorique et pas du tout sûre de moi. J'ai l'estomac comme une boule métallique glacée et amère. Le plus beau garçon de la Terre me déclare sa flamme. Je devrais sauter de joie. Pourquoi suis-je aussi négative ?

– Je croyais que tu étais nul en amour.

– J'espérais que cette fois ce serait différent.

– J'ignore si je suis prête, dis-je d'une toute petite voix. Je ne sais pas quoi faire.

Damen me prend dans ses bras.

– Tu n'es pas obligée de décider quoi que ce soit. Tu as tout le temps.

Je remarque qu'il évite de me regarder.

– Qu'y a-t-il ?

– Je n'aime pas les adieux, répond-il avec un pauvre sourire. Tu vois, il y a deux domaines où je suis nul : l'amour et les adieux.

Je lutte contre les larmes, m'efforce de parler d'une voix calme, normale, mais mon cœur refuse de battre, je ne peux plus respirer, j'ai l'impression de mourir de l'intérieur.

– Peut-être est-ce lié ? Où vas-tu ? Tu vas revenir ?

– Ça dépend de toi. Ever, tu me détestes toujours autant ?

Je fais non de la tête.

– Est-ce que tu m'aimes ? insiste-t-il.

Bien sûr que je l'aime, avec chaque cellule de mon corps, chaque goutte de mon sang. Je sens que je vais exploser d'amour, il bouillonne, déborde, mais je ne parviens pas à l'exprimer. Après tout, si Damen lit dans mes pensées, je ne devrais pas avoir besoin de le dire. Il doit le savoir.

Il effleure ma joue de ses lèvres.

— Oui, mais c'est mieux quand on l'exprime à haute voix. Quand tu auras pris ta décision, à propos de nous et de ton immortalité, appelle-moi, je viendrai. J'ai l'éternité devant moi. Je suis très patient, tu verras.

Il plonge la main dans sa poche et en tire le bracelet d'argent en forme de mors de cheval, incrusté de petits cristaux, qu'il m'avait offert au champ de courses, celui que je lui avais jeté à la figure sur le parking du lycée, et s'apprête à me le passer au poignet.

— Je peux ?

Je fais oui de la tête, la gorge trop nouée pour parler. Alors il ajuste le fermoir, me prend le visage dans les mains, repousse ma frange et, les lèvres sur ma cicatrice, il me transmet tout l'amour dont il est capable.

— Tu dois te pardonner, Ever, ajoute-t-il en me retenant quand j'essaie de me dégager. Tu n'es pas responsable de ce qui est arrivé.

— Qu'en sais-tu ?

— Je sais que tu te crois coupable de quelque chose qui n'est pas ta faute. Je sais aussi que tu aimes profondément ta petite sœur et que, chaque jour qui passe, tu te demandes si tu fais bien d'encourager ses visites. Je te connais, Ever. Tu n'as aucun secret pour moi.

Je détourne la tête pour cacher mes larmes.

— Ce n'est pas vrai. Tu n'as rien compris. Je suis une malédiction. Il arrive un tas de trucs horribles à ceux qui m'approchent, alors que c'est moi qui devrais souffrir.

Je sais que je ne mérite pas d'être heureuse, que je ne suis pas digne de son amour.

Damen me presse contre son cœur, et son étreinte m'apaise, sans réussir toutefois à gommer la vérité.

– Je dois y aller, Ever. Si tu veux m'aimer, si tu penses que nous pourrons être heureux ensemble, il faudra que tu m'acceptes, que tu t'acceptes, tels que nous sommes. Mais si tu n'y arrives pas, je comprendrai.

Les yeux clos, je l'embrasse éperdument, je me fonds en lui, j'ai besoin de sentir ses lèvres sur les miennes, de flotter dans le merveilleux halo de chaleur de son amour, cet instant qui se dilate, enfle et finit par combler chaque espace, chaque interstice, chaque faille.

En rouvrant les yeux, je me retrouve dans ma chambre, seule.

trente-deux

— **Que t'est-il arrivé ?** On t'a cherchée partout. Pourtant tu m'avais dit que tu étais presque arrivée, non ?

Je roule sur mon lit, le téléphone à la main, le dos à la fenêtre, et me maudis mentalement de ne pas avoir pensé à inventer une excuse. Du coup, je vais devoir improviser.

— Oui, j'étais tout près, et puis j'ai été prise de crampes, enfin tu vois, et...

— C'est bon, n'en rajoute pas, dit Miles. J'ai compris.

Je ferme les yeux pour bloquer le flot de pensées qui lui passent par la tête et défilent devant mes yeux, comme les nouvelles de dernière minute en bas de l'écran sur CNN.

— J'ai raté quelque chose ?

— À part le fait que Drina n'est jamais venue, elle non plus ? Rien, que dalle. J'ai passé la première moitié de la soirée à aider Haven à la chercher, et la deuxième moitié à essayer de la convaincre que ce n'était pas la fin du monde et qu'elle se porterait mieux sans elle, de toute façon. On dirait vraiment qu'elle est amoureuse, je te jure. Cette amitié a quelque chose de pervers, Ever. Ha, ha ! Ça rime !

Miles adore jouer avec mon nom.

Je me passe la main sur le visage, sors du lit et m'aperçois que, pour la première fois depuis plus d'une semaine, je n'ai pas la gueule de bois au réveil. Et même si, au fond, je sais que c'est une très bonne chose, il n'empêche que je me sens plus mal que jamais.

— Et sinon, tu fais quoi ? demande-t-il. Ça te dirait, un après-midi shopping de Noël à Fashion Island ?

— Peux pas. Je suis toujours privée de sortie.

Je fouille dans une pile de sweat-shirts et tombe sur celui que Damen m'a offert à Disneyland, avant que ma vie sombre dans le chaos et devienne extraordinairement bizarre, comme si elle ne l'était pas déjà assez comme ça.

— Pour combien de temps encore ?

— Je n'en sais rien.

Je pose le téléphone sur la commode, le temps d'enfiler un sweat couleur citron vert. Je n'ignore pas que la durée de ma punition n'a aucune importance et que je peux sortir si j'en ai envie. Il me suffit de rentrer avant le retour de Sabine. En d'autres termes, il est impossible de garder une extralucide entre quatre murs. Mais cela me donne l'excuse rêvée pour rester tranquillement à la maison et me préserver de l'énergie agressive du dehors. L'unique raison pour laquelle je respecte l'interdiction de Sabine, d'ailleurs.

Je récupère le téléphone à temps pour entendre Miles déclarer :

— Tu m'appelles quand tu seras libre ?

J'enfile un jean et m'installe à mon bureau. J'ai la tête qui résonne comme un gong, les yeux brûlants et les mains qui tremblent, mais je suis déterminée à survivre à cette journée sans l'aide de l'alcool, de Damen, ou d'excursions illicites dans les dimensions astrales. Je regrette seulement d'avoir omis de demander à Damen comment me protéger. Pourquoi, en effet, tout me ramène-t-il toujours à Ava ?

Sabine frappe à ma porte avant d'entrer. Elle a le visage blême, les traits tirés, les yeux rougis, et son aura est gris sale. Le cœur serré, je comprends que c'est à cause de Jeff, parce qu'elle a fini par découvrir la vérité sur la montagne de mensonges qu'il lui a débités. Et que j'aurais pu lui révéler dès le début, lui évitant ce fiasco, si je n'avais pas fait passer ma petite personne égoïste avant le reste.

Elle se campe près de mon lit.

— Ever, j'ai réfléchi. Je n'aime pas trop cette histoire d'interdiction de sortir, et puisque tu es presque une adulte, je me suis dit que je ferais mieux de te traiter comme telle...

Donc tu n'es plus privée de sortie : je termine sa phrase in petto. Mais sachant qu'elle croit toujours que ma conduite était due au chagrin, je suis morte de honte.

— ... tu n'es plus privée de sortie, conclut-elle avec un sourire, un geste de paix que je n'ai pas mérité. Au fait, au cas où tu aurais changé d'avis à propos de consulter quelqu'un, je te rappelle que je connais un thérapeute...

Je secoue la tête sans la laisser finir. Je sais qu'elle veut mon bien, mais je refuse de me prêter au jeu.

— Au fait, Sabine, ça te dirait d'aller dîner dehors, ce soir ? dis-je au moment où elle s'apprête à partir. C'est moi qui t'invite.

Stupéfaite, elle s'immobilise sur le pas de la porte.

Comment vais-je m'y prendre pour supporter une soirée dans un restaurant bondé ? Aucune idée. En tout cas, je pourrais toujours puiser dans la cagnotte que j'ai gagnée aux courses pour payer l'addition.

— Cela me ferait vraiment plaisir, répond-elle en s'engageant dans le couloir. Je serai là vers 7 heures.

J'entends la porte d'entrée se refermer et le verrou tourner avec un bruit sec. La seconde d'après, Riley me tape sur l'épaule en me hurlant dans l'oreille :

– Ever ! Ever ! Tu me vois ?

Je manque sauter au plafond.

– Riley ! Tu m'as fichu une de ces trouilles ! Pas la peine de crier comme ça !

Je me demande pourquoi je suis aussi grincheuse avec elle, alors que je suis folle de joie de la retrouver.

Elle se vautre sur mon lit.

– Voilà des jours que j'essaie de te joindre. Je croyais que tu ne pouvais plus me voir et je commençais à me poser des questions.

– Je ne pouvais effectivement plus te voir. Parce que je m'étais mise à boire... pas mal. Je me suis même fait renvoyer du lycée. C'était du grand n'importe quoi, tu comprends ?

– Je sais. Pendant ce temps, je t'ai observée, je t'ai appelée, j'ai crié, tapé des mains, n'importe quoi pour que tu réagisses, mais tu étais trop perdue pour me voir. Tu te rappelles la fois où la bouteille t'a échappé des mains ? C'était moi. Et encore, tu as eu de la chance que je ne te flanque pas un coup sur la tête avec. Non, mais franchement, qu'est-ce qui t'est arrivé ?

Je sais que je lui dois une réponse, une explication pour la rassurer, mais je ne sais par où commencer.

– Disons que cette énergie, qui fuse dans tous les sens, était devenue trop lourde à supporter, je n'en pouvais plus. Alors, quand je me suis aperçue que l'alcool m'en préservait, j'ai voulu entretenir cette sensation de normalité. Comme avant, tu saisis ?

– Et maintenant ?

– Et maintenant... maintenant, je me retrouve à la case départ. Sobre, mais horriblement mal.

– Ever, ne te fâche pas, je t'en prie, mais je crois que

tu devrais aller voir Ava. (Elle lève la main quand je fais mine de l'interrompre.) Laisse-moi finir, s'il te plaît. Je pense réellement qu'elle peut t'aider. En fait, je le sais. Elle essaie depuis le début, mais tu refuses de l'écouter. Or, là, je crois que tu n'as pas vraiment le choix, non ? Je veux dire, soit tu recommences à boire, planquée dans ta chambre jusqu'à la fin de tes jours, soit tu vas la voir. Il n'y a pas photo, tu ne crois pas ?

Je fais signe que non, malgré le gong qui se déchaîne dans ma tête.

— Écoute, je sais que tu l'admires. Tu fais ce que tu veux. Mais à moi, elle n'a rien à apporter. Alors, s'il te plaît, lâche-moi, d'accord ?

— Non, tu te trompes, Ava peut vraiment t'aider. Et puis qu'est-ce que ça te coûte de lui passer un coup de fil ?

Je balance mes pieds contre le sommier du lit en songeant que tout ce qu'Ava a fait pour moi, jusqu'à présent, c'est de me compliquer l'existence. Soudain, je remarque que ma sœur a laissé tomber les costumes de Halloween pour revenir aux jeans, tee-shirts et Converse d'une gamine de douze ans. En même temps, elle est devenue vaporeuse et transparente, au point que je peux presque voir à travers elle.

— À propos, que s'est-il passé avec Damen, le jour où tu es allée chez lui ? Vous êtes toujours ensemble ?

Je n'ai pas la moindre envie de lui répondre. De toute façon, je ne saurais pas par où commencer. Et puis je sais très bien qu'elle essaie de détourner mon attention de sa nouvelle apparence.

— Que se passe-t-il ? dis-je d'une voix qui frôle l'hystérie. On dirait que tu t'évapores.

— C'est vrai. Il ne me reste pas beaucoup de temps.

Je panique quand je la vois disparaître avec un geste de la main, en laissant derrière elle la carte de visite froissée d'Ava.

– Comment ça, il ne te reste pas beaucoup de temps ? Tu vas revenir, dis ?

trente-trois

Je n'ai pas le temps de serrer le frein à main qu'elle est là, devant la porte.

À moins d'être réellement extralucide, elle doit faire le pied de grue depuis que j'ai téléphoné.

Je me sens coupable de cette pensée, en remarquant son expression inquiète.

– Bienvenue, Ever, dit-elle avec un sourire en me conduisant dans un joli salon, décoré avec goût.

Je parcours la pièce du regard : des photos encadrées, une table basse soutenant une pile de livres, un canapé et des fauteuils assortis. Je suis étonnée de trouver l'ameublement aussi normal.

Elle éclate de rire.

– Tu t'attendais à voir des tentures violettes et des boules de cristal ?

Elle me fait signe de la suivre dans la cuisine inondée de soleil, avec un carrelage beige, des appareils en inox, et un Velux qui laisse pénétrer des flots de lumière. Elle m'offre une chaise et met de l'eau à bouillir.

– Je vais faire du thé.

Je la regarde disposer des biscuits dans une assiette, laisser infuser le thé, avant de s'installer en face de moi.

– Euh, désolée d'avoir été aussi... aussi grossière, dis-je en me reprochant ma maladresse.

Ava pose sa main sur la mienne en souriant. Et, à ce contact, je ne peux pas m'empêcher de me sentir mieux.

– Ne t'inquiète pas. Je suis contente que tu sois venue, Ever. Je me faisais beaucoup de souci pour toi.

Je garde les yeux baissés, fixés sur le set de table vert pomme, sans savoir quoi répondre.

Mais elle a la situation bien en main.

– Tu as vu Riley, ces jours-ci ? commence-t-elle abruptement.

Je ne m'y attendais pas et hésite avant de répondre.

– Oui. D'ailleurs, elle n'a pas l'air bien du tout, dis-je, convaincue qu'elle y est pour quelque chose.

Ava éclate de rire et porte sa tasse à ses lèvres.

– Elle va très bien ! Crois-moi.

Je suis estomaquée. Je la regarde siroter son thé et grignoter son cookie avec ce petit air serein qui me porte sur les nerfs.

– Vous voudriez que je vous croie ? Vous ? Et pourquoi le devrais-je, d'abord ? C'est vous qui lui avez monté la tête ! Qui l'avez convaincue de ne plus venir me voir !

Je perds mon sang-froid, regrettant déjà d'être venue. Quelle monstrueuse bêtise !

– Ever, je sais que tu es en colère et qu'elle te manque terriblement, mais as-tu la moindre idée de ce qu'elle a sacrifié pour rester avec toi ?

J'aperçois par la fenêtre le jardin, une fontaine, des fleurs, une petite statue de Bouddha, et me prépare à une réponse stupide.

– L'éternité, ajoute-t-elle.

– Ah bon ? Comme si elle ne disposait pas de tout le temps qu'elle veut !

– Je te parle de quelque chose de plus que le temps.

– Oui ? Quoi, par exemple ?

Je ferais mieux de reposer ma tasse et de me sauver. Ava est complètement dingue, elle ment sans vergogne.

– Si Riley reste avec toi, cela signifie qu'elle ne peut pas être avec eux.

– Avec qui ?

– Tes parents et Caramel, précise-t-elle en passant le doigt sur le bord de sa tasse.

– Mais comment vous... ?

– Allons, Ever, c'est clair, non ?

– Ridicule, dis-je en baissant les yeux, incapable de comprendre ce que Riley trouve à cette femme.

Elle repousse une mèche de son visage, révélant un front lisse, sans aucune ride.

– Tu crois ?

Je la regarde dans les yeux en pensant : on va bien rire.

– D'accord. Puisque vous savez tout, dites-moi où Riley passe son temps quand elle n'est pas avec moi !

– Elle flotte, répond-elle en reprenant une gorgée de thé.

– Elle flotte ? Voyez-vous ça ! Admettez plutôt que vous n'en savez rien.

– Elle n'a pas le choix, du moment qu'elle a choisi de rester avec toi. Ta sœur n'a pas traversé le pont.

Je détourne les yeux en songeant qu'elle ne peut pas avoir raison : impossible.

– C'est faux, je l'ai vue. Elle m'a même fait au revoir de la main. Ils m'ont tous dit au revoir. Je le sais, j'y étais.

– Ever, je ne doute pas de ce que tu as vu. Mais Riley

n'est pas parvenue de l'autre côté. Elle s'est arrêtée au milieu et a effectué un demi-tour pour te retrouver.

– Désolée, mais c'est faux.

J'ai le cœur qui bat à se rompre quand je repense au dernier moment : les sourires, les gestes d'adieu, et puis... plus rien. Ils ont disparu tandis que je me débattais et suppliais pour pouvoir rester. On les a emmenés, et moi je n'ai pas bougé. C'est entièrement ma faute. J'aurais dû être à leur place. Je suis toujours responsable des malheurs qui arrivent aux autres.

– Riley a fait demi-tour à la dernière seconde, alors que personne ne la regardait, et que tes parents et Caramel avaient déjà traversé. Elle me l'a dit, Ever, nous en avons parlé à plusieurs reprises. Tes parents sont passés de l'autre côté, tu es revenue à la vie, et Riley s'est retrouvée coincée. Et maintenant, elle te rend visite, à toi et à d'anciens voisins et amis, en plus de quelques célébrités, ajoute-t-elle en riant.

– Vous êtes au courant ?

– Oui. C'est normal, mais la plupart des esprits enracinés s'en lassent vite.

– Des esprits quoi ?

– Enracinés, des fantômes qui parcourent la Terre, si tu préfères. Ils sont différents de ceux qui ont vraiment traversé.

– Donc vous êtes en train de me dire que Riley est coincée entre deux mondes ?

– Oui, et c'est à toi de la convaincre de partir.

Je regarde Ava d'un air accusateur, comme si c'était sa faute à elle. Ce qui est le cas, d'ailleurs.

– Elle est en train de partir. Elle ne vient presque plus jamais me voir.

312

– Tu dois l'encourager, lui faire comprendre que tu es prête.

Je commence à en avoir assez qu'Ava se mêle de mes affaires et me dise comment mener ma vie.

– Écoutez, je venue ici pour que vous m'aidiez, pas pour vous parler de ma sœur. Si Riley a envie de rester ici, ça la regarde. Ce n'est pas parce qu'elle a douze ans que je peux lui donner des ordres. Elle est plutôt têtue, vous savez.

– Hum ! C'est sans doute de famille, plaisante Ava en m'observant par-dessus sa tasse.

Je me lève, les larmes aux yeux, les nerfs en boule, la tête en ébullition, bien décidée à partir. Je me rappelle ce que mon père me répétait : la clé de toute négociation, c'est d'oser s'en aller, quoi qu'il arrive.

– Si vous ne voulez pas m'aider, vous n'avez qu'à me le dire.

Ava me fait signe de me rasseoir.

– Bon, comme tu veux. Voilà comment il faut s'y prendre.

Il fait nuit quand Ava me raccompagne à la porte. J'ai dû m'attarder plus longtemps que je ne le croyais. J'ai appris à entrer petit à petit en méditation pour m'ancrer solidement dans le réel et me forger une sorte de bouclier psychique. Cela n'a pas été sans mal au début, surtout quand il a été question de Riley, mais je ne regrette pas d'être venue. C'est la première fois depuis bien longtemps que je me sens normale, sans avoir besoin de béquilles comme Damen ou l'alcool.

Je remercie Ava encore une fois avant de la quitter. Elle est nimbée de la douce lumière du porche maintenant que son aura a disparu à mes yeux.

– Ever ? lance-t-elle, au moment où je m'apprête à monter en voiture. Tu devrais me laisser te montrer comment désactiver le bouclier. Tes pouvoirs psychiques pourraient te manquer, ajoute-t-elle sur un ton persuasif.

Nous en avons déjà parlé. J'ai pris ma décision, et elle ne me fera pas changer d'avis. Vive la vie normale, et adieu l'immortalité, Damen, l'Été perpétuel, la voyance et le reste. Depuis l'accident, je ne désire qu'une chose, redevenir comme avant. Alors, maintenant que j'y suis arrivée, j'ai bien l'intention d'en profiter.

Je fais non de la tête en mettant la clé dans le contact.

– Ever, s'il te plaît, pense à ce que je t'ai dit. Je crois que tu te trompes. Tu n'as pas dit au revoir à la bonne personne.

J'ai hâte de rentrer à la maison pour goûter à ma nouvelle vie.

– De quoi voulez-vous parler ?

– Tu sais très bien de quoi je parle.

trente-quatre

N'étant plus privée de sortie, ni encombrée par mon arsenal extralucide, je passe les jours suivants en compagnie de Miles et Haven. Nous traînons au café, faisons du shopping, allons au cinéma, nous promenons en ville, assistons aux répétitions de Miles. Je suis si heureuse d'avoir retrouvé une vie normale ! Mais quand Riley apparaît le matin de Noël, je suis incroyablement soulagée de la voir.

Elle me décoche un sourire radieux. Elle n'est plus floue ni translucide.

— Eh ! Attends ! s'écrie-t-elle en me barrant le passage pour m'empêcher de gagner le couloir. Tu ne vas quand même pas ouvrir tes cadeaux sans moi ! Je sais déjà ce que tu vas avoir ! Tu veux un indice ?

— Hors de question ! J'adore ne pas savoir, ça me change.

Je la regarde exécuter une série de roues au milieu de ma chambre.

— À propos de surprise, tu ne le croiras pas, glousse-t-elle. Jeff a acheté une bague à Sabine ! Il a quitté sa mère, a emménagé dans un appartement, et maintenant il la supplie de lui redonner sa chance !

Je remarque son jean délavé et ses tee-shirts superposés, contente de voir qu'elle a cessé de se déguiser et de me copier.

– C'est vrai ?

– Bien sûr. Sabine va lui renvoyer la bague illico. Enfin, je crois, parce qu'elle ne l'a pas encore reçue, la bague. On verra. Mais bon, les gens sont rarement surprenants, non ?

Je me demande si elle a des anecdotes croustillantes à raconter.

– Tu espionnes toujours les célébrités ?

– Oh non, pitié ! Ça commençait sérieusement à me fatiguer, ces histoires. Et puis c'est toujours la même chose : overdose de shopping, overdose de bouffe, overdose de drogues, et hop, en cure de désintox. Laver, rincer, on prend les mêmes et on recommence... pfft !

J'aimerais pouvoir la serrer dans mes bras. J'ai eu tellement peur de la perdre...

– Qu'est-ce que tu regardes ?

– Toi.

– Et alors ?

– Et alors, je suis folle de joie que tu sois là. Et d'être capable de te voir. Je craignais d'en avoir perdu la faculté, quand Ava m'a montré comment me fabriquer un bouclier.

– En fait, tu l'as bel et bien perdue, cette faculté. J'ai été obligée de rassembler toute mon énergie pour que tu puisses me voir. D'ailleurs, j'ai dû emprunter un peu de la tienne, aussi. Tu ne te sens pas légèrement fatiguée ?

– Si, mais comme je viens de me lever...

– Ce n'est pas grave, ça va passer.

– Riley ? Est-ce que tu... tu vois toujours Ava ?

Je retiens mon souffle en attendant la réponse.

– Non, c'est fini. Terminé. Allez, viens, il me tarde de voir ta tête quand tu vas déballer ton nouvel iPhone ! Oups !

Et elle se met la main sur la bouche et éclate de rire, avant de quitter la pièce par la porte fermée.

Je sors d'une manière plus traditionnelle.

– Tu restes vraiment avec moi ? Tu n'es pas obligée de partir, d'aller quelque part ?

Elle grimpe sur la rampe et se laisse glisser en bas, avant de se retourner et déclarer avec un grand sourire :

– Non, plus maintenant.

Sabine a renvoyé la bague. J'ai eu un iPhone. Riley vient me voir tous les jours et m'accompagne même de temps à autre au lycée. Miles sort avec l'un des danseurs de *Hairspray*, Haven s'est teint les cheveux en châtain foncé, elle s'est débarrassée de sa panoplie gothique et a entamé de douloureuses séances de laser pour effacer son tatouage. Elle a brûlé toutes ses robes à la Drina, et adopté le look emo. Le Nouvel An est arrivé, puis reparti, fêté par une petite soirée à la maison, avec du cidre pour moi (je ne touche plus une goutte d'alcool), du champagne acheté avec une fausse carte pour mes amis, et un petit bain de minuit dans le Jacuzzi. Plutôt tranquille pour une soirée de Nouvel An, mais nous ne nous sommes pas ennuyés. Stacia et Honor n'ont pas changé, elles continuent à me jeter des regards assassins, pire qu'avant, les jours où je soigne un peu mon look. M. Robins a refait sa vie (sans sa fille, ni sa femme), Mme Machado continue à frissonner d'horreur en examinant mes peintures, et au milieu de tout cela il y a Damen.

Comme la reliure d'un livre, ou un joint entre les carreaux, il comble les vides et rend ma vie plus cohérente, plus pleine. Quoi que je fasse, pendant un contrôle, un repas, un film, une chanson, un plongeon dans le Jacuzzi, je le garde dans un coin de ma tête, rassurée de savoir qu'il est là, quelque part, même si j'ai décidé de vivre sans lui.

À la Saint-Valentin, Haven et Miles sont amoureux – pas l'un de l'autre, bien sûr. Nous déjeunons ensemble, mais je pourrais aussi bien être seule : ils ont chacun le nez collé à leur portable, alors que mon iPhone est posé à côté de moi, silencieux et atone.

– Oh non ! Il est trop drôle, ce type ! Trop intelligent ! jette Miles pour la trente-six millième fois, le visage rayonnant, en cherchant la réponse adéquate.

– Oh, Seigneur ! Josh vient de m'envoyer des tonnes de chansons ! Ce qu'il est gentil ! bredouille Haven en tapant une réponse à toute vitesse.

Je suis contente de les voir si heureux, en me demandant si je ne vais pas sécher le cours de dessin, en fin d'après-midi. Parce que ici, à Bay View High, ce n'est pas seulement la Saint-Valentin, c'est aussi le Jour des Secrets du Cœur. Ce qui veut dire qu'on distribue de grosses sucettes rouges en forme de cœur, justement, ornées d'une faveur rose. Et tandis que Miles et Haven ne tiennent plus en place à l'idée de recevoir la leur, même si leurs petits amis respectifs ne fréquentent pas le même lycée, moi j'espère finir la journée sans laisser trop de plumes.

Depuis que j'ai abandonné le look iPod/capuche/lunettes de soleil, certains garçons du lycée ont commencé à me tourner autour, mais je ne suis pas intéressée. Le fait est qu'il n'y a personne dans cet établissement (sur cette planète !) capable de rivaliser avec Damen. Nada. Impossible. Et je ne suis pas pressée de placer la barre plus bas.

Mais quand la sonnerie annonçant la dernière heure retentit, je sais que je ne peux pas sécher. Ma période d'absentéisme, comme ma période d'alcoolisme d'ailleurs, est révolue. Alors je prends mon courage à deux mains et entre en classe, où je me concentre sur mon nouveau travail, déjà voué à l'échec : imiter l'un des mouvements en « isme ». J'ai fait l'erreur de choisir le cubisme, en me disant que ce serait facile. Sauf que c'est loin de l'être. Vous pouvez me croire sur parole.

Je sens une présence derrière mon dos. Mais quand j'aperçois un garçon armé d'une sucette rouge, je me remets au travail, persuadée qu'il y a erreur sur la personne.

— Désolée, je crois que tu te trompes, dis-je sans prendre la peine de me retourner, en voyant qu'il insiste.

— C'est bien toi, Ever ?

Je fais oui de la tête.

— Bon, alors elle est pour toi, la sucette. Grouille, parce que je dois distribuer toute la boîte avant la sonnerie.

Et il me lance la sucrerie avant de s'éclipser. Je pose mon fusain, déplie la carte, et lis ce qui suit :

Je pense à toi
Toujours.
Damen.

trente-cinq

J'ouvre la porte et me précipite dans l'escalier pour montrer à Riley ma sucette de la Saint-Valentin, ce petit objet qui fait briller le soleil, chanter les oiseaux, et a complètement chamboulé ma journée, même si je refuse de revoir l'expéditeur.

Mais, quand je l'aperçois assise sur le canapé, quelques secondes avant qu'elle se retourne à mon entrée, si petite et esseulée, les paroles d'Ava me reviennent à l'esprit : j'ai dit au revoir à la mauvaise personne. Sous le choc, j'ai du mal à respirer.

Elle me sourit.

— Salut ! Tu ne croiras jamais ce que je viens de voir dans l'émission d'Oprah. Il y avait un chien qui n'a plus de pattes avant, et pourtant il pouvait...

Je laisse tomber mon sac à terre, je m'assieds à côté d'elle et attrape la télécommande pour couper le son.

— Il y a un problème ?

— Que fabriques-tu ici ?

Elle louche en me tirant la langue.

— Je regarde la télé sur le canapé en attendant que tu rentres, grosse maligne !

— Non, je veux dire, pourquoi es-tu ici et pas... ailleurs ?

Elle me tourne le dos, préférant regarder la télé sans le son plutôt que moi.

J'insiste.

– Pourquoi n'es-tu pas avec papa, maman et Caramel ?

Sa lèvre inférieure se met à trembler, légèrement d'abord, puis de plus en plus fort. Je m'en veux horriblement et dois me faire violence pour poursuivre.

– Riley... (J'avale ma salive à grand-peine.) Je crois que tu ne devrais plus venir.

Elle bondit sur ses pieds, l'air outragée.

– Tu me mets dehors ?

– Non, pas du tout. C'est juste que...

Elle arpente ma chambre.

– Tu ne peux pas m'empêcher de venir te voir, Ever ! Je fais ce que je veux, tu m'entends ? Ce que je veux ! Et si tu n'es pas d'accord, c'est pareil !

– Je sais. Mais je crois que je ne devrais pas t'encourager à revenir.

Elle croise les bras avec une grimace, puis se laisse retomber sur le canapé, en balançant les jambes d'avant en arrière comme lorsqu'elle est fâchée, pas contente, frustrée, ou les trois à la fois.

– Ce que je veux dire, c'est que, au début, j'avais l'impression que tu avais de quoi t'occuper, quelque chose à faire, et que tu étais heureuse comme cela. Mais maintenant, on dirait que tu passes tout ton temps ici, et je me demande si c'est à cause de moi. Parce que, même si l'idée de te perdre m'est insupportable, ton bonheur est déterminant, à mes yeux. Et je ne crois pas que perdre ton temps à espionner les voisins et les célébrités, ou à regarder Oprah en m'attendant, soit bon pour toi.

Je m'interromps, le temps de reprendre mon souffle. J'aimerais ne rien ajouter, mais il le faut.

– Parce que, tu vois, même si j'attends avec impatience le moment de te retrouver, je ne peux pas m'empêcher de penser que... que tu serais mieux ailleurs, tu comprends ?

Nous restons assises en silence. Elle regarde la télé pendant que je l'observe.

– Je te signale que je suis heureuse, finit-elle par dire. Je vais parfaitement bien. Voilà. Et si tu veux le savoir, je ne suis pas constamment ici. Je vais de temps en temps dans cet endroit qui s'appelle l'Été perpétuel. C'est génial, au cas où tu aurais oublié, ajoute-t-elle avec un regard en coin.

Je hoche la tête. Pour m'en souvenir, je m'en souviens.

Elle s'enfonce dans le canapé en croisant les jambes.

– Alors, tu vois, j'ai le meilleur des deux mondes ! Où est le problème ?

Je refuse de me laisser influencer par ses arguments : je sais que j'ai fait le bon choix, le seul possible.

– Le problème, c'est que je crois qu'il y a un endroit encore mieux. Là où papa, maman et Caramel t'attendent...

Mais elle me coupe la parole.

– Écoute, Ever. Tu crois que je suis ici parce que je mourais d'envie d'avoir treize ans, et que, comme ça n'arrivera jamais, je vis mon adolescence à travers toi. Ce n'est d'ailleurs pas complètement faux, note bien. Mais t'es-tu seulement demandé si je n'étais pas là aussi parce que je ne supportais pas l'idée de t'abandonner ? (Elle cligne des yeux, mais, quand je m'apprête à parler, elle lève la main et poursuit :) Au début, je les ai suivis sur le pont parce que, bon, ce sont les parents, et je me sentais un peu obligée. Et quand j'ai remarqué ton absence, je suis repartie te chercher, mais tu n'étais plus là, et puis le pont aussi avait disparu, et je me suis retrouvée coincée. Ensuite, j'ai rencontré des gens qui erraient là depuis des années, enfin, des années terrestres, ils m'ont fait visiter, et...

— Riley...

Mais elle m'interrompt de nouveau.

— D'ailleurs, j'ai vraiment vu papa, maman et Caramel. Ils vont bien. En fait, ils vont même mieux que bien, ils sont parfaitement heureux. Mais ils aimeraient que tu arrêtes de te sentir coupable. Ils te voient, tu sais ? Toi, non, tu peux seulement distinguer ceux qui n'ont pas traversé le pont, comme moi.

Mais je me moque complètement des détails, qui je peux voir ou pas. Je me répète ses paroles : ils ne veulent pas que je me sente coupable, même si je sais qu'ils jouent leur rôle de parents afin de me réconforter. En fait, l'accident est entièrement ma faute. Si je n'avais pas obligé papa à faire demi-tour pour aller récupérer ce pauvre sweat-shirt du Pinecone Lake Cheerleading Camp à deux balles que j'avais oublié, nous n'aurions jamais été sur cette route à cet endroit précis, au moment où une biche complètement déboussolée nous a foncé dessus, forçant mon père à l'éviter, nous envoyant valser dans le ravin et nous écraser contre un arbre, en tuant tout le monde, sauf moi.

C'est entièrement ma faute.

— Écoute, si c'est la faute de quelqu'un, c'est celle de papa, reprend ma sœur. On ne doit jamais essayer d'éviter un animal qui déboule devant une voiture, c'est connu. Il faut continuer tout droit, et tant pis pour la bête. Mais tu sais comme moi que papa en était incapable, alors il a essayé de nous sauver, mais finalement, il n'a épargné que la biche. Et si c'était la faute de la biche ? Que venait-elle faire sur la route, alors qu'elle avait une forêt entière à sa disposition ? Ou alors c'est le garde-fou qui n'était pas assez solide ? À moins que ce ne soit la faute de la voiture, un défaut de fabrication au niveau de la direction ou des freins ? Ou bien... (Elle s'arrête.) Ce que j'essaie de te faire comprendre, c'est que ce n'est la faute de personne. Ça s'est passé comme ça, un point c'est tout. Peut-être que ça devait arriver.

Je retiens un sanglot. J'aimerais bien la croire, mais je ne peux pas. Je sais ce qui s'est passé, je connais la vérité.

– Mais on la connaît tous, la vérité, et on l'accepte. Maintenant, c'est à toi de te faire une raison et d'admettre ce qui s'est passé. Ce n'était pas ton heure, voilà.

Si ! C'était mon heure, mais Damen a triché, et je l'ai suivi !

J'avale ma salive et jette un œil distrait sur l'écran, où Oprah a été remplacée par Dr Phil, un petit crâne chauve et huileux surplombant une énorme bouche qui ne cesse de parler.

– Tu te souviens quand je commençais à devenir transparente ? C'est parce que je me préparais à traverser. Chaque jour, je me rapprochais de l'autre côté du pont. Mais au moment où j'ai pris la décision, tu avais besoin de moi et je n'ai pas eu le courage de t'abandonner dans cet état. C'est toujours le cas, d'ailleurs.

Je meurs d'envie qu'elle reste, mais je lui ai déjà volé une vie. Je ne vais quand même pas, en plus, la priver de l'éternité.

– Riley, il est temps que tu t'en ailles.

J'ai parlé si bas que j'espère qu'elle ne m'a pas entendue. Mais une fois que c'est dit, je sais que c'est la bonne décision, et je le répète, plus fort, avec davantage de conviction. Je n'en crois pas mes propres oreilles.

— Tu devrais y aller, Riley.

Elle se lève du canapé, ses grands yeux empreints de tristesse, les joues ruisselantes de larmes.

— Tu n'imagines pas à quel point tu m'as aidée, dis-je alors. Je ne sais pas ce que j'aurais fait sans toi. C'était uniquement pour toi que je me levais le matin et continuais à mettre un pied devant l'autre. Mais je vais mieux, maintenant, et il est temps pour toi de...

Les mots m'étouffent, je suis incapable de continuer.

— Maman m'avait prévenue que tu me renverrais un jour.

Je la dévisage sans comprendre.

— Elle m'a dit : « Un jour, ta sœur va enfin grandir et faire le bon choix. »

Et à peine a-t-elle prononcé cette phrase que nous éclatons de rire, tant la situation est absurde. Sans parler de l'habitude qu'avait notre mère de râbacher : « Un jour, tu vas grandir et... » La suite au choix. C'est une manière de soulager un peu la tension et le chagrin, au moment de nous dire adieu. Et puis c'est tellement bon de pouvoir rire toutes les deux !

— Tu passeras me dire bonjour, de temps en temps ?

— Je doute que tu arrives à me voir, puisque papa et maman sont invisibles à tes yeux.

Je pourrais retourner chez Ava pour lui demander de m'aider à ôter mon bouclier, quand j'aurais envie de rendre visite à ma sœur.

— Et dans l'Été perpétuel, ce serait possible ? dis-je.

— Sais pas. Mais je trouverai le moyen de t'envoyer un

signe, pour t'informer que je vais bien, quelque chose que tu reconnaîtras comme venant de moi.

Je panique en la voyant disparaître. Je ne pensais pas que ce serait aussi soudain.

– Quoi, par exemple ? Et comment saurai-je que c'est toi ? Comment en être sûre ?

– Ne t'inquiète pas, tu le sauras.

Et elle s'efface, un sourire aux lèvres, agitant la main en guise d'au revoir.

trente-six

Une fois Riley partie, je m'effondre en sanglotant. J'ai fait ce que je devais, mais fallait-il vraiment que ce soit aussi douloureux ? Je reste un moment sans bouger, recroquevillée sur le canapé, repensant à ce qu'elle m'a dit à propos de l'accident, que ce n'était pas ma faute. J'aimerais y croire, mais je sais que c'est faux. Quatre vies ont été détruites ce jour-là, à cause de moi.

Tout ça pour le minable sweat-shirt bleu ciel d'un camp de pom-pom girls.

– Je t'en achèterai un autre, a promis mon père en me regardant dans le rétroviseur, nos deux paires d'yeux bleus identiques se croisant. Si je fais demi-tour maintenant, on va tomber dans les embouteillages.

– Mais c'est mon préféré, je l'ai eu au camp des pom-pom girls. On n'en trouvera pas dans les magasins.

Je l'ai regardé avec une petite moue, sachant que j'étais à deux doigts de le convaincre.

– Tu y tiens à ce point ?

J'ai acquiescé avec un grand sourire, et il a fait demi-tour, avant de me regarder de nouveau dans le rétroviseur au moment où la biche a surgi devant la voiture.

J'ai envie de croire Riley, de m'habituer à cette nouvelle

façon d'envisager les choses. Mais, connaissant la vérité, je n'y arriverai jamais.

En séchant mes larmes, je repense à ce qu'a affirmé Ava. Si c'était à Riley que j'étais censée dire au revoir, je me suis trompée en rejetant Damen.

Je tends la main pour prendre la sucette, posée sur la table, et pousse un petit cri de surprise en constatant qu'elle s'est changée en tulipe.

Une énorme tulipe rouge vif.

Je me précipite dans ma chambre, ouvre mon ordinateur portable sur le lit et lance une recherche sur la signification des fleurs. Je parcours la page en diagonale jusqu'à ce que je tombe sur le passage suivant :

« Au dix-huitième siècle, on communiquait souvent ses intentions en envoyant des fleurs, chacune ayant une signification bien précise. Voici les plus usuelles. »

Je déroule la liste alphabétique en cherchant le mot « tulipe ».

« Tulipe rouge – symbole de l'amour éternel. »

Par curiosité, je vais voir à « rose blanche » et éclate de rire en lisant :

« Rose blanche – symbolise le cœur qui ne sait pas aimer, qui ignore l'amour. »

Et soudain je comprends que Damen me mettait à l'épreuve. Depuis le début. Il gardait le secret qui allait bouleverser ma vie, sans trop savoir comment me le révéler, sans savoir comment j'allais réagir : si j'allais accepter, refuser, ou ne pas l'écouter. Il flirtait avec Stacia pour tester mes réactions, pour pouvoir lire mes pensées, savoir si je tenais à lui. Mais j'avais tellement pris l'habitude de me mentir à moi-même, refusant d'admettre mes sentiments sur à peu près tout, que j'ai fini par nous embrouiller tous les deux.

Même si je n'approuve pas ce qu'il a fait, je suis bien forcée d'admettre que le subterfuge a fonctionné. À présent, si je veux le revoir, il me suffit de prononcer les mots qu'il faut et il se manifestera. C'est vrai, je l'aime. Depuis le premier jour. À la seconde où je l'ai vu. Même quand je jurais le contraire. Je n'y peux rien, c'est la vérité. Et puis, même si j'ai mes doutes sur cette histoire d'immortalité, l'Été perpétuel, c'était plutôt sympa. Et si Riley a raison et que le destin existe, alors peut-être est-ce vraiment le mien ?

Je ferme les yeux et imagine la chaleur du corps de Damen contre le mien, la délicieuse caresse de ses lèvres contre mon oreille, mon cou, ma joue, la douceur de sa bouche sur la mienne... Je m'accroche à cette image, à notre amour parfait, à ce baiser parfait, et j'ose enfin murmurer les mots que j'ai si longtemps retenus, que j'avais tellement peur de prononcer, les mots qui vont me le ramener.

Je les dis et les répète, de plus en plus fort, ma voix emplit la pièce.

Mais quand j'ouvre les yeux, je suis seule.

J'ai attendu trop longtemps.

trente-sept

Je descends chercher une glace à la cuisine : si un pansement Häagen-Dazs bien crémeux ne suffit sans doute pas à rafistoler mon cœur brisé, il pourra aider à calmer la douleur. Je sors un pot du congélateur et le cale au creux de mon coude pour attraper une cuiller, mais je lâche le tout en entendant une voix derrière moi.

— Comme c'est touchant, Ever. A-do-rable, vraiment.

Je me penche pour me masser les doigts de pied, où vient de s'écraser un grand pot de glace vanille aux amandes enrobées de chocolat, et en relevant la tête j'aperçois Drina tirée à quatre épingles, jambes croisées, mains jointes sur les genoux, une vraie petite poupée, assise au comptoir du petit déjeuner.

— C'était trop mignon d'appeler Damen après avoir imaginé cette chaste petite scène d'amour dans ta tête, persifle-t-elle en me toisant des pieds à la tête. Mais oui, je peux toujours lire en toi. Ton bouclier psychique ? Plus mince que le Suaire de Turin, j'en ai bien peur. Enfin bon, en ce qui concerne Damen et toi, et votre « ils vécurent heureux jusqu'à la fin des temps, et au-delà », tu sais que je ne peux pas laisser faire ça. Il se trouve que le but de ma vie a été de te détruire, et crois-moi sur parole, j'en suis encore capable.

Je ne la quitte pas des yeux et me concentre, pour continuer à respirer lentement et régulièrement, en essayant de vider ma tête de toute pensée qu'elle risque d'utiliser contre moi. Le problème, c'est qu'essayer de se vider la tête, c'est aussi efficace que de dire à quelqu'un de ne pas songer à des éléphants – à partir de là, il lui sera impossible de penser à autre chose.

– Des éléphants ? Voyez-vous ça ? dit-elle avec un grognement cynique qui résonne dans la pièce. Mon Dieu, mais qu'est-ce qu'il peut bien te trouver ? ajoute-t-elle en me gratifiant d'un regard dédaigneux. Ça ne peut pas être ton intellect, ni ton esprit, parce que j'ai la preuve que tu en es dépourvue. Et ta conception d'une scène d'amour ? Tellement Disney, ou Harlequin, bref affligeant de banalité. Ever, vraiment, dois-je te rappeler que Damen a vécu des siècles, y compris les années soixante et la libération sexuelle ? Pfft...

– Si c'est Damen que tu cherches, il n'est pas là.

J'ai la voix éraillée, comme si elle n'avait pas servi depuis des jours.

Drina hausse les sourcils.

– Oh, mais je sais où il se trouve. Je sais toujours où il est. Je te rappelle qu'il est ma raison de vivre.

– Tu es une espèce de maniaque obsessionnelle, si je comprends bien.

Ce n'est peut-être pas très prudent de la provoquer, mais qu'ai-je à perdre ? Elle est venue me tuer.

La bouche tordue de rage, elle lève la main comme pour inspecter ses ongles parfaitement manucurés.

– Pas du tout.

– Oui, enfin, si c'est ta seule occupation depuis trois cents ans, on pourrait penser que...

– Six cents, tu veux dire, espèce de pitoyable troll, six cents ans, rectifie-t-elle.

Six cents ans ? Elle veut rire ?

Elle se redresse de toute sa hauteur.

– Vous, les mortels, vous êtes vraiment trop bêtes, stupides, et tellement prévisibles, si ordinaires. Et pourtant, malgré tes défauts qui sautent aux yeux, tu sembles toujours inciter Damen à nourrir les affamés, à servir l'humanité, à lutter contre la pauvreté, à sauver les baleines, à ne plus jeter de papiers par terre, à trier les poubelles, à militer pour la paix dans le monde, à refuser la drogue, l'alcool, les dépenses superflues, bref, à faire de son mieux pour être un type bien – une quête altruiste chassant l'autre. Et tout ça pour quoi ? Les humains apprennent-ils quoi que ce soit ? La preuve que non : le réchauffement climatique, ça te rappelle quelque chose ? Pourtant, allez savoir pourquoi, Damen et moi nous retombons toujours sur nos pieds, même si cela peut prendre un temps fou pour le déprogrammer et retrouver le garçon voluptueux, hédoniste, cupide et égoïste que j'aime. Mais crois-moi, cela n'est qu'un léger contretemps, et avant que tu aies le temps de dire ouf, nous serons de nouveau les maîtres du monde.

Elle s'avance avec un grand sourire, contournant le comptoir d'un mouvement souple, tel un chat siamois.

– Tu sais, Ever, je ne comprends pas ce que tu lui trouves. Je ne parle pas de ce que toutes les femmes, voire la plupart des hommes aussi, voient en lui. Non, ce que je veux dire, c'est que tu souffres à cause de lui. C'est à cause de lui que tu te retrouves dans la pire des situations, comme aujourd'hui. Si seulement tu n'avais pas survécu à ce maudit accident ! C'est vrai ! Au moment où je pensais pouvoir enfin me reposer sur mes lauriers, alors que je te croyais morte et enterrée, voilà que Damen emménage en Californie parce que, ô surprise, il t'a ramenée à la vie ! Pfft... On aurait pu croire qu'après toutes ces années j'aurais appris la patience, mais non ! Tu m'agaces vraiment trop, et ce n'est pas ma faute, je t'assure.

Je m'abstiens de réagir. J'essaie d'assimiler l'information – Drina serait-elle responsable de l'accident ?

– Bien sûr que oui ! Il faut vraiment tout t'expliquer, c'est assommant ! C'est moi qui ai fait peur à cette biche pour qu'elle fonce sur votre voiture. Je savais que ton père était un pauvre bougre sentimental, prêt à risquer la vie de toute sa famille pour sauver un animal. Les mortels sont tellement prévisibles ! Surtout les honnêtes gens qui s'évertuent à bien faire. Sauf qu'au final c'était presque trop facile pour être vraiment drôle. Mais ne te fais pas d'illusions, Ever. Cette fois, Damen n'est pas là pour te sauver, et je ne partirai que lorsque j'aurai terminé le travail.

Je parcours la pièce du regard, en quête d'une protection quelconque. J'aperçois le bloc à couteaux, à l'autre bout de la cuisine, mais je sais que je ne l'atteindrai jamais avant elle. Je ne suis pas aussi rapide qu'elle ou Damen. Enfin, je ne crois pas, et ce n'est vraiment pas le moment d'essayer.

– Oh, mais je t'en prie, va chercher le couteau, ça ne changera rien, soupire-t-elle en consultant sa montre incrustée de diamants. En revanche, j'aimerais bien commencer, si ça ne t'ennuie pas. D'habitude, j'aime prendre mon temps, m'amuser un peu, tu vois ? Mais c'est la Saint-Valentin, aujourd'hui, et j'ai prévu un dîner avec mon amoureux dès que j'en aurai fini avec toi.

Elle a les yeux ombrageux, la bouche crispée, et, l'espace d'un instant, la vraie noirceur de sa nature émerge à la surface. Mais cela s'évanouit aussitôt, laissant la place à une beauté époustouflante, presque insoutenable.

— Tu sais que j'étais son grand amour, avant que tu débarques, lors de l'une de tes... réincarnations précédentes. Et puis tu es arrivée, et tu as essayé de me le voler, et depuis, c'est toujours le même cycle qui se répète.

En parlant, elle s'approche à petits pas feutrés et se retrouve juste sous mon nez avant que j'aie eu le temps de réagir.

— Je suis venue le reprendre. Et que les choses soient bien claires, Ever, il finit toujours par me revenir.

J'attrape la planche à découper en bambou pour la lui assener sur la tête, mais elle se jette sur moi avec une telle vitesse que mes pieds décollent du sol et qu'elle me plaque contre le frigo. La violence de l'impact me coupe le souffle, et je m'écroule par terre en luttant pour retrouver de l'air. J'entends ma tête cogner avec un bruit sourd et je sens une goutte de sang me couler dans la bouche.

Je n'ai pas le temps de bouger ni de faire un geste pour me défendre que Drina est sur moi, et me lacère les vêtements, les cheveux, le visage, en me sifflant à l'oreille :

— Abandonne, Ever. Laisse-toi aller. Va rejoindre ta jolie petite famille, qui est très pressés de te revoir. Tu n'es pas taillée pour cette vie. Tu n'as plus rien à faire ici. Je te donne la possibilité d'en sortir.

trente-huit

J'ai dû perdre connaissance quelques secondes, car, lorsque j'ouvre les yeux, Drina est toujours penchée sur moi, le visage et les mains maculés de sang – le mien – en train de chuchoter à mon oreille, de me cajoler pour me convaincre de renoncer, de lâcher prise une bonne fois pour toutes.

J'ai failli le faire une fois, mais cela ne marche plus. Cette saleté a tué ma famille, et elle va me le payer.

Je ferme les yeux pour retrouver cet instant si précieux – toute la famille en voiture, au milieu des éclats de rire, unie par un amour infini, et je le perçois encore plus clairement qu'avant, maintenant que la culpabilité ne vient plus gâcher le tableau, que je sais que je n'y suis pour rien.

Je sens soudain ma force revenir et envoie Drina valdinguer à travers la pièce. Elle va s'écraser contre le mur, et son bras forme un angle curieux avec son corps quand elle retombe à terre.

Elle lève sur moi des yeux élargis par le choc, mais, aussitôt après, elle se relève et époussette sa robe en riant. Et quand elle revient à l'attaque, je la repousse de toutes mes forces, et elle vole dans le salon, brisant les portes vitrées au passage avant d'atterrir dans une explosion de verre.

– Tu es en train de nous faire une vraie scène de crime !

335

dit-elle en ôtant les éclats de verre de ses bras, ses jambes, son visage, chaque coupure se refermant aussitôt. Très impressionnant. Je suis impatiente de lire ce qu'en diront les journaux demain matin.

Et la voilà intacte, détendue, décidée à renouveler l'assaut, prête à tout pour gagner.

– Tu es fichue, ma pauvre Ever. Franchement, ta petite démonstration de force est plutôt pathétique. Et puis quelle mauvaise hôtesse tu fais ! Pas étonnant que tu aies si peu d'amis : est-ce une manière de traiter ses invités ?

Je la repousse, déterminée à la jeter à travers mille fenêtres s'il le faut. Mais l'idée m'a à peine traversé l'esprit que je suis terrassée par une douleur atroce, fulgurante, insoutenable. Je regarde Drina approcher, me paralysant à distance pour m'empêcher de me défendre.

– Ah, ça, c'est le bon vieux coup de la tête serrée dans un étau à pointes, s'esclaffe-t-elle. Ça marche à tous les coups. Admets que j'ai essayé de te prévenir. Tu n'as pas voulu m'écouter. À toi de voir. Je peux augmenter la douleur, si tu veux...

Mon corps se convulse de souffrance et s'affaisse sur le sol, mon estomac n'est plus qu'un tourbillon de nausées.

– Ou alors tu peux lâcher pied, gentiment. Sans douleur. Choisis.

J'essaie de la suivre du regard, mais j'ai la vue complètement brouillée, et les bras et les jambes en caoutchouc, je ne peux pas lutter tant elle se déplace vite.

Mais impossible de la laisser gagner. Pas cette fois. Pas après ce qu'elle a fait à ma famille.

Je lance mon poing, et malgré ma gaucherie, ma maladresse et mon corps endolori, je suis étonnée de l'atteindre en pleine poitrine. Mon bras retombe, je recule en trébuchant, respirant à grand-peine, consciente que le coup n'était pas assez puissant et n'a servi à rien.

Je ferme les yeux et attends la fin. Inévitable. J'espère seulement que ce sera rapide. Mais la douleur disparaît, mon estomac se calme et, en rouvrant les yeux, je vois Drina tituber contre le mur en se tenant la poitrine.

– Damen ! gémit-elle en regardant derrière moi. Ne la laisse pas faire ça, à moi, à nous...

Je me retourne et le découvre à côté de moi. Il me saisit la main, doigts entrelacés.

– C'est trop tard. Il est temps de partir, Poverina.

– Ne m'appelle pas comme ça ! braille-t-elle, ses yeux émeraude bordés de rouge. Tu sais que j'ai horreur de ça !

– Je sais, dit-il en serrant ma main tandis qu'elle vieillit et se ratatine sous nos yeux avant de disparaître, laissant comme seules preuves de son existence une robe en soie noire et une paire de chaussures de marque.

Je me tourne vers Damen, en quête d'explications.

– Mais comment... ?

Il me prend dans ses bras et me couvre le visage de baisers brûlants.

– C'est fini. Complètement, absolument, éternellement. Elle ne viendra plus nous gâcher la vie. Jamais.

– Est-ce que... je l'ai tuée ?

Je ne suis pas sûre d'aimer cette idée, malgré ce qu'elle a fait à ma famille, et le nombre de fois où elle a prétendu m'avoir assassinée, elle.

Damen hoche la tête.

– Mais... de quelle façon ? Enfin, je veux dire, si elle est immortelle, n'étais-je pas censée lui couper la tête ou je ne sais quoi ?

Il éclate de rire.

– Quel genre de livres lis-tu ? Non, ça ne marche pas comme cela. Pas de décapitation, de pieu en bois ni de balles en argent. En d'autres termes, la vengeance affaiblit et l'amour rend plus fort. Tu as réussi à atteindre Drina à l'endroit le plus vulnérable.

Je ne comprends rien. Je revois mon poing l'effleurer.

– Mais je l'ai à peine touchée.

– Tu visais le quatrième chakra, et tu as tapé en plein dans le mille.

– Pardon ?

– Le corps possède sept chakras. Le quatrième, appelé aussi chakra du cœur, est le centre de l'amour inconditionnel, de la compassion, du dépassement de soi. Tout ce qui manquait à Drina. Elle était affaiblie, sans défense. Ever, c'est son manque d'amour qui l'a perdue.

– Mais si elle était si vulnérable, pourquoi ne se protégeait-elle pas davantage ?

– Elle n'en avait pas conscience, tant elle était aveuglée par son ego. Drina ne s'est jamais rendu compte à quel point elle était devenue sombre, rancunière, haineuse, possessive, et...

– Mais puisque tu étais au courant, pourquoi ne m'as-tu rien dit ?

– Ce n'était qu'une théorie. Je n'ai jamais tué un immortel, je n'avais pas la certitude que cela marcherait. Maintenant je le sais.

– Parce qu'il existe d'autres immortels ? Drina n'est pas la seule ?

Il ouvre la bouche, pour la refermer aussitôt. Je surprends dans ses yeux une lueur... de regret, de remords ? qui s'évanouit très vite.

– Elle m'a dit des choses sur toi, sur ton passé...

338

— Ever, regarde-moi, dit-il en me prenant le menton dans le creux de sa main pour me forcer à relever la tête. Il y a très longtemps que je suis sur Terre, tu le sais...

— Un peu, oui ! Six cents ans !

— Environ, oui. J'ai vu pas mal de choses, j'en ai accompli autant, ma vie n'a pas toujours été un modèle de bonté ou de pureté. En réalité, c'est l'inverse.

J'essaie de m'écarter, mais il me serre contre lui.

— Fais-moi confiance, tu es prête à l'entendre. N'aie pas peur, je ne suis pas un criminel. Je ne suis pas foncièrement mauvais non plus. C'est juste que... Disons que j'appréciais la belle vie. Et pourtant, lorsque je te retrouvais, j'étais prêt à tout abandonner pour rester près de toi.

Cette fois je réussis à me dégager.

Oh non ! Ce n'est pas vrai ! Le coup classique du garçon qui perd la fille de ses rêves, sauf que, pour corser le tout, la scène se répète pendant des siècles, et à chaque fois il la perd avant de conclure ! Voilà pourquoi il continue de s'intéresser à moi, je lui échappe sans cesse ! Je suis l'incarnation vivante, en chair et en os, du fruit défendu ! Suis-je condamnée à rester vierge pour l'éternité ? À disparaître de loin en loin pour le garder en haleine ? Et maintenant que nous sommes coincés ensemble à jamais, une fois la chose faite, il se lassera de jouer à *La Petite Maison dans la prairie* et aura envie de retrouver la « belle vie, » comme il dit.

— Coincée avec moi pour l'éternité ? C'est ainsi que tu vois les choses ?

Je n'arrive pas à déterminer s'il est amusé ou vexé. J'ai les joues en feu. J'avais momentanément oublié qu'il était impératif de contrôler mes pensées en sa présence.

— Non, mais... J'avais peur que tu le vives de cette manière. C'est l'histoire d'amour classique – la bien-aimée qui disparaît, encore, et encore, et encore ! Pas étonnant que tu te sois obstiné ! Je n'ai rien à voir dans l'histoire ! Voilà six siècles que tu t'évertues à baisser mon jean !

– Cotillon, jupon, combinaison, les jeans ne sont devenus à la mode que bien plus tard ! s'esclaffe-t-il. (Mais, voyant que je ne partage pas son hilarité, il reprend son sérieux.) Ever, bien sûr que je tiens à toi. Et si tu veux le savoir, le meilleur moyen de se préparer pour l'éternité, c'est de vivre au jour le jour.

Il dépose un léger baiser sur ma joue, avant de faire mine de battre en retraite, mais je lui prends la main et l'attire à moi.

– Ne pars pas. Ne me quitte plus, je t'en prie. Plus jamais.

– Même pas pour aller te chercher un verre d'eau ?

– Même pas.

Mes doigts palpent son visage, ses traits d'une incroyable beauté.

– Damen, je...

Les mots s'étranglent dans ma gorge.

– Oui ?

– Tu m'as manqué.

– Je sais.

Il s'avance pour m'embrasser sur le front, mais se rétracte aussitôt, un sourire ravi aux lèvres.

– Qu'y a-t-il ?

Je passe la main sous ma frange, sidérée. Ma cicatrice a disparu.

– Tu vois, pardonner peut guérir, lâche-t-il.

Je dois ajouter quelque chose, mais je ne sais comment m'y prendre. Cependant, puisqu'il peut lire dans mes pensées, je ne devrais pas avoir besoin de prononcer les mots.

– C'est encore meilleur à haute et intelligible voix, tu sais, glousse-t-il.

– Mais je te l'ai déjà dit, et c'est la raison pour laquelle tu es revenu, non ? Entre nous, tu aurais quand même pu te dépêcher. Un petit coup de main n'aurait pas été de refus, tu ne penses pas ?

– Je t'ai entendue. Et j'aurais pu arriver plus tôt, mais je voulais m'assurer que tu étais vraiment prête, que ce n'était pas le contrecoup du départ de Riley.

– Tu es au courant ?

– Oui, et tu as très bien agi.

– Tu veux dire que tu m'as presque laissée mourir, parce que tu voulais être sûr de ton fait ?

– Non, Ever. Je ne t'aurais pas laissée mourir. Pour rien au monde. Pas cette fois.

– Et Drina ?

– Je l'avais sous-estimée. Je ne pensais pas qu'elle irait si loin.

– Vous ne pouvez pas lire vos pensées ?

Il me caresse la joue du pouce.

– Il y a très longtemps que nous avons appris à déguiser nos pensées.

– Tu me montreras comment ?

– Je t'apprendrai toute ma science, je te le promets. Mais tu dois prendre conscience de ce que cela implique, Ever. Tu ne reverras jamais ta famille. Tu ne traverseras jamais le pont. Je veux que tu saches exactement à quoi tu t'exposes.

– Mais je pourrai toujours, enfin, abandonner, quoi... n'est-ce pas ? Tu sais, laisser tomber, comme tu as dit ?

– Hum, c'est plus difficile une fois que l'on est vraiment dedans.

J'évalue les sacrifices auxquels je vais devoir consentir, mais il doit quand même y avoir des solutions. Riley a promis de m'envoyer un signe, c'est déjà un bon début ! Dans l'intervalle, si l'éternité commence aujourd'hui, c'est ainsi que je vais la vivre. Au jour le jour. Avec la certitude que Damen sera éternellement à mes côtés. C'est bien vrai ?

Il attend, le regard soudé au mien.

– Je t'aime, dis-je dans un souffle.

Ses lèvres cherchent les miennes.

– Moi aussi, je t'aime. Depuis toujours. Pour toujours.